碎梦集

卞荣中/著

天津出版传媒集团
百花文艺出版社

图书在版编目（CIP）数据

碎步集 / 卞荣中著 . -- 天津 : 百花文艺出版社，2024. 8. -- ISBN 978-7-5306-8933-2

Ⅰ . I267

中国国家版本馆 CIP 数据核字第 20240530FG 号

碎步集

SUIBU JI

卞荣中　著

出 版 人：薛印胜

封面题字：卞荣中

插画绘制：卞一乔　卞奕然

责任编辑：郑　爽

策划编辑：李多胜

装帧设计：悟阅文化

出版发行：百花文艺出版社

地址：天津市和平区西康路 35 号　**邮编**：300051

电话传真：+86-22-23332651（发行部）

+86-22-23332656（总编室）

+86-22-23332478（邮购部）

网址：http://www.baihuawenyi.com

印刷：成都市兴雅致印务有限责任公司

开本：880 毫米 ×1230 毫米　1/32

字数：225 千字

印张：9.75

版次：2025 年 1 月第 1 版

印次：2025 年 1 月第 1 次印刷

定价：78.00 元

如有印装质量问题，请与成都市兴雅致印务有限责任公司联系调换

地址：成都市金牛区沙河源街道陆家桥社区

电话：028-83181689

邮编：610000

一位军人的侠骨柔情

姜琍敏

在古城高邮参加“运河边的老家”征文活动期间，受热心文友相托，转来一部同道中人卞荣中创作的散文集初稿《碎步集》，嘱我作序。我与卞荣中本不相识，然而文友之识未必要面晤，纸上的交流有时少了面子上的相酬，可能更加坦荡和舒适一点。初看书稿和目录，看到前人名句“无事此静坐”的意境，以及作者从军旅到地方的经历——一个侠骨柔情的军人身影就从纸上走来，站在了我们的面前。

我以为这样的相识是更加坦诚、真实和雅致的，所以我愿意为之作序，谈谈作为同道中人对他文章的一些看法，也是想借此讲讲日常与我们的书写。这样的序言可能少些熟人间的相互客套，真正做到从文本出发，会更加“及物”，不至于因为情面而说太多恭维的空话。

卞荣中的文章中，我们能看到鲜活的“表情”。无论怎样的写作者，首先是日常生活中的凡人，并且与无数的凡人一起构成生活的本身。可以说日常之于写作，既是来源也是其本身，对写作更有某种“建设”作用。而组成日常生活的核心，则是无数的凡人以及他们身上发生的琐碎事情。作为从高邮界首古镇走出来的一名写作者，“乡人旧事”也必然成为其写作的重要对象。尽管可能很多写作者讲究写作要“离地三尺”，但究其内里，我们的写作离不开生龙活虎的人以及林林总总的事情。正如《相邻而居》一文中所讲，乡人是生活信息的持有者以及发生者，写作者用文学的方法转述这些就成了写作本身：“邻居们的家长里短，她是知道得最多的。她不传话，不在背后捣鼓。她像是一个单位的档案室，信息进去了，但出来不容易。她若开口讲话，除了邻里之间的笑谈以外，就是告诉你一些‘真骨子’的情况。”当然，在乡者所见的人与事也不局限于本土，当他离开故乡的时候，他同样会以在乡者的温情对待异乡人。在《异乡人》中，卞荣中表现出这种慈悲：“异乡人是漂进陌生河流里的一叶小舟，不谙水性，但仍需航行。我曾经三度离开故土，独自在异乡漂泊了十八年。或许是因为自己饱尝过独在异乡的滋味，我对身边的异乡人多了些关注。”可喜的是，卞荣中的笔触并没有完全被现实的人事所完全席卷，他的写作中也有某种诗意和探索，这使得他的文本显出某种高妙，作者笔下凡人在旧事中显示出了更多的表情，让文本更加生动和丰赡。

卞荣中的文章中，我们能感到动人的“豪情”。乡村旧事、地方工作中的思考以及家庭生活的记趣无论如何丰富，作为写作者的卞荣中有一个无法被忽略的身份，他曾经是一名军人，并且生命中总有一种军人的豪情统摄着他的思考、人生以及书写的笔触。这是一种意境，更是一种信念，哪怕是打赌的事情中都有某种合理的存在。在《打赌》中，他这样描述作为军人的使命和意识：“生命对于军人，仿佛只是使命和意志的载体。为了使命的实现和意志的体现，军人是可以抛弃一切乃至生命的。所以他们需要刚，需要硬，需要勇，需要超越和强大，需要以另一种方式珍惜自己的生命。从这个意义上说，打赌倒成了军人实现自我价值的一种合理存在。”这种心怀及至其退伍之后，依然成为其精神上反刍与深思的一种重要对象，在《怀念书信》中他写道：“我曾经在转业以后和父亲笑谈过：‘您不及我坚强。’父亲用凝重的语气回答我：‘有些眼泪是无法控制的。你那叫什么坚强？少年麻木，不解父母之心罢了。’后来我自己有了孩子，和妻子的书信往来，确实便有了些流泪的冲动。”当然他不是麻木，是出于军人的某种特质，而时过境迁之后他才承认“眼泪”其实是存在的。这种固执的坚守不仅是他，是所有军人的某种坚定，在《怀念吉米》中他给出了答案：“时间终于告诉我，吉米其实是压抑的，郁闷的，自闭的。他的笑、他的好胜、他的逞强，其实只是一件遮挡内心的外衣。他活得很假，但又很真实。他过于固执地坚持了自己年轻时的一些设计，想拥有很多，更想改变很多东西，却唯独没有想到改变自己，以致后来他身体状况骤然变糟。”军人的豪情，在某种程度上也是一种以柔情为基础的情怀——他既是一块钢铁，也是一个有血有肉的人。

卞荣中的文章中，我们能读到温存的“深情”。一个写作者的长项，可能不仅仅是拥有生活和思考生活，更为重要的是“动中思静”地理解生活，哪怕是日常生活中细微的点点滴滴之中都暗藏着这种态度和能力。去思考安静的事情以及安静地思考事情，让作为军人、常人以及书写者的卞荣中在生活和文字中体现出可贵的“深情”。这样的文字才令人动容与感佩。在《安静的女人》一文中，他写出了一种具体的安静：“安静，让安静的女人投射出一股神奇而含蓄的力量，如禅，能让男人们的世界也因此变得淡定而不浮躁。安静的女人只是用一种态度和情绪去影响男人。而影响男人并非她们的本意，男人们却被吸引着去阅读她们，并且因为难以知晓究竟而又不遗余力地阅读。”这些表述中的女人可能只是一个喻体，真正所表现的哲学境界是写作者打开心门一般的深思，这让生活成了表达，让经历成为经验，让语言成为思考，有了“来源于生活而高于生活”的热度、深度与高度。正如《把门打开》一文所讲：“心门是沉重的，人人如此。有的人一生紧闭，有的人半开半合，有的人借着文化的力量全然开启。生活之得失、生存之难易、生命之明暗，一切有赖于我们的心门开启与否，敞开到何种状态。”

当然，卞荣中的思考没有让他悬于云端，他始终在火热的生活和滚烫的文字之中。他把生活当“哥们”，生活对他也不薄，让他对一起并肩举杯酣战的现实中的“哥们”珍惜得如珠宝一样：“人的一生，有缘无分、有分无缘、无缘无分者占多数。人海茫茫，世事沧桑，你能识得几人、成就几事？或陌路邂逅，或天生注定，无论之于人，无论之于事，这样的缘分不过如空气中的一粒尘埃、沧海中的一粒谷子，若不珍惜，能找出半点理由吗？”（《哥们》）卞荣中对生活的态度，就像他自己对酒的认识，是一种向往也是将其活成自身，朴素、真诚而又深情款款。而且他的视野相当开阔，题材丰富，生活中的种种“事”，食事、酒事、烟事、茶事、人事，几乎无不被他纳于笔端且注入自己的观照与升华。因而一些人们耳熟能详的“事”，在他笔下就显得别具韵味。

仅从这点看，卞荣中的写作取得了可喜的成就。助力他成功的，自然是文学。可见我们说文学是精神家园绝非套话。其中，写作者的姿态和立场是起决定作用的要素。而卞荣中的写作姿态和立场，我以为是真实的、有情有义而直面人生的。

因而，在卞荣中的文字中，我可以想象出一个书斋里怀念旧时的赤子，可以想象出一个退役后仍热血沸腾的军人，更可以想象出举杯豪饮与生活干杯的书生。所有这些我能体察出来的情怀和形象，又一定与一名军人的侠骨柔情有关。而最令我赞赏的还有他的创作路径正，给人一种不为功利、有感而发的印象。其文字非浮华不实而是言之有物。总体文风则朴拙而自然、耐品而可读。当他在生活中“看”，在文章中“游”之际，捕捉、定格下来的，不仅是景物与世相的特性，还有自己的情与思。较好地做到了“看山山有情，看水水有意”。这听上去似乎也寻常，实际上识得点写作的作者，都会明白这种文章并不好作，说它是写作的至境都不为过。因为这种质朴的文章初看貌不惊人，细品则比那些无病呻吟、只会吟风弄月或雕饰辞藻以至空洞虚浮、让人读半天也不知所云的流行大作高明得多。

不禁记起王小波的憧憬（也是我的憧憬）：“文学之路是这样的，它在两条竹篱笆之中。篱笆上开满了紫色的牵牛花，在每个花蕊上，都落了一只蓝蜻蜓。”

相信我会看到卞荣中放飞出更多更美的“蓝蜻蜓”。

（姜琍敏，中国散文学会原副会长、江苏省散文学会会长。）

目录

Contents

第一章　家人闲坐

第二章 军旅于此

第三章 乡人旧事

第四章 动而思静

第一章　家人闲坐

父亲，我们很好

十七年了。

父亲在他六十九岁的时候离开了我们。父亲病重时，我们兄弟四人不惜任何代价，想尽了一切办法，也没能留住正可安享晚年的父亲。父亲的去世，是我们全家最深切的痛。不知有多少次，我在梦中见到慈祥的父亲：音容不改，笑貌依旧。每次梦醒时分，我都会长久地不能入眠，父亲对儿子们的大爱之举历历从脑中走过。他把一生给了四个儿子，但我们在他晚年没能更多地陪伴他，没能抽出更多的时间孝敬他。

父亲，您和母亲缔造了重孝守善、团结和睦、努力工作、干净做人的家风，我们兄弟四人一直在遵循，传承。记得我八岁那年，在您做院长的医院里玩耍，中药房的一个抽屉里存放着用于中药配方的小红枣，它们吸引了我。小小四合院的西南角到东北角也不过是我十几步的距离。偏偏配中药的张老先生又特别喜欢我，这给了我常常光顾中药房的理由，也给了我一次又一次偷食红枣的机会。药房连着库房。库房里更有一样东西吸引了我的注意：铜钱。我抵挡不了那颗幼小的好奇心，每次总要顺便拿上几枚把玩，而后带到宿舍里来。直到有一天，您在宿舍里的一个注射针剂盒里发现了它们。您狠狠地训斥了我，告诫我：不是自己家里的东西，一个铜子儿都不能沾。我害怕极了，因为您从来没有对您的“老巴子”（方言，指家里最小的儿子）如此疾言厉色过。这种怕，变成了我后来的坚守。直到现在，父亲，我一直遵守着。

慢慢长大了些，才知道您和母亲撑着这个家是多么艰辛。母亲一直务农。我们兄弟四人年龄相差不大，但您用微薄的工资让四个儿子都读到了高中。即便是在我们同时上学期间，家庭的经济负担那么沉重，您也从未迟疑退却。大哥那时候读高中，学校离家好几公里路，大哥不能每天往来，只在周六或星期天回家一趟。每当大哥从家里返校，在我的记忆中，也只能是拎走一瓶咸菜。奢侈时会多一份小麦磨成的焦屑。我曾听见母亲悄悄地对大哥说：“这个月只能给你两块钱。”语气中充满了心疼和无奈。一个月或者更久，您从镇上回到我们在乡下的老家，让二哥去供销站打点猪肉，我总是兴奋地缠着二哥一起去，仿佛早一步看见猪肉都是一种享受。可是，我很少看到您和母亲添置新衣，哪怕是到了春节这样的日子。您的一生，没有给儿子们留下“奢侈”的记忆，哪怕是偶尔的一次。即便如此，您似乎从未动摇过让儿子们上学读书的想法和行动。

我们在您的坚持下坚持着，没有一个人要求退学或混日子。为了改善家庭经济状况，我们兄弟四人都在学习之余从事着挣钱的行当。芦苇是家乡一种相对丰富的资源。每入冬季，母亲在凛冽的北风中，参与高邮湖上的割芦苇工作。母亲不要工钱，她把工钱兑换成成材的芦苇，在收割季结束后，用布满伤痕的双脚和手臂将金黄色的芦苇搬运到老家的场头上。我们兄弟四人学着镇上人的模样，将这些芦苇划、压、刮，而后折成窝积，编成芦席，变卖成钱。这一季的收入足以维持我们全家一年的基本生活。您离开我们的时候，困难的日子早已过去，我们兄弟四人都已经走上工作岗位，也都成家立户了。那阵子您是多么欣慰、多么开心啊。每当家里有大事小情，全家人聚在一起时，面对满堂儿孙，您总是笑得停不下来。是啊，您是这个家里生命的根，您怎么能不高兴呢？但在开心之余，您总是不忘对儿孙们说："做事要尖心（认真之意），做人不能有坏习气，还得好好学点真本事，没本事的人是会被人家瞧不起的。"您小时候识过几年字，拜过几年师，后来成了一名中医。您的小楷字写得是极好的，我们兄弟四人都曾看过您抄录的医书，极工整的蝇头小楷让我们惊叹不已，但无人动念效仿。我上初中的时候，您在与家乡相邻的周山公社做社教工作。有一天您回家对我说："你看人家晓晓天天练字，字写得好看得很，哪像你这个捣马叉。"我不知道晓晓是谁，但我从那时起便开始练习毛笔字了，直到现在。父亲，您的一句话让我的人生丰富了许多，也显得更有意义。您走了以后，您的儿子们始终没有停止学习。单位里组织的每一次培训、实习、考试、竞赛，我们都没落下，看书读报已经成了生活习惯，无论是现在六十多岁的大哥，还是五十岁出头的我。我们兄弟们没有什么不良嗜好——唯觉书卷之妙、学习之要。因为学习，我们变得理性而沉稳。学习给我们带来了进步，也为我们创造了财富。但是父亲，我们终究没有学会奢侈，没有学会铺张浪费。勤俭持家、节俭过日子是我们兄弟的生活常态。我们记住了您说过的话。

我们努力工作和学习，同时遵从老家旧宅中传承下来的风气，过着本本分分的日子，我们也没有忽略母亲。您和母亲的感情至深至纯，您走了，我们兄弟四人竭尽全力照顾着年事已高的母亲，让她老人家尽享为人之母的幸福。四个儿子家都存放着母

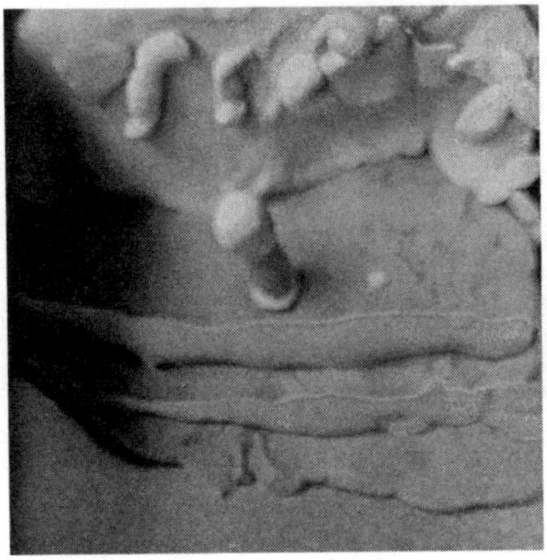

亲的生活用品，每家的钥匙都在母亲的口袋里揣着。母亲可以随心地选择在哪个儿子家居住。无论是从哪家到哪家，母亲总是关照说："我回家了。"我们总是常常笑话母亲："去哪家呀？"母亲八十岁坐上飞机去北京，八十三岁乘坐动车去上海，开心得像个孩子。您和母亲没有女儿，但是父亲，您知道母亲是怎么说的吗？您的四房儿媳就是您和母亲的女儿！为此母亲感到十分欣慰，甚至有些骄傲，多少人也因此羡慕母亲。如今，已是四代同堂的母亲早就成了"老太太"，但是，这个"老太太"永远是我们四个儿子家的宝贝。我们从精神上到物质上给予了母亲我们可以给予的一切。母亲是快乐的。母亲的快乐也成了我们最大的快乐。

父亲，您走了以后，是大哥别无选择地掌起了这个家庭的"舵把子"。在我的印象中，父亲您从来没有命令过我们，凡事都是以商量的口气跟我们交流。记忆中大哥二十来岁时，就时常和您面对面坐着，认真地商量家里要办的大事。我们是可以旁听的，也可以插话说出自己的想法。我在十六岁那年，参加征兵体检，您对这个"老巴子"的选择给予了充分的支持。尽管我到了部队以后，您在半年多的时间里为您的“老巴子”明里暗里不知流下过多少思念的泪水，但当时您是唯一支持我的长辈。那时的我深感意外，现在想来，这不正是父亲您的教子之方吗？您的民主培养了我们独立思考、勇于决断的品质。大哥对这个家的“把握”也完全遵循着您和母亲所缔造的家风。我们兄弟四个的家庭在和睦平顺中一路向前，仿佛还是您健在时的模样。父亲，您给予了我们生命，也为这个家铸造了精神灵魂。无论这棵家庭的大树枝叶如何伸展，又怎么能离得开那个根呢！

父亲您知道吗？您走的时候，只有我一个人在县城工作，转业时直接进入了工商局。那时候大哥已经在家乡小镇当镇长十几年了。三哥也已经接替您的位置，履职镇卫生院院长。二哥身为老师，也有了自己的进步。斗转星移之间，除了二哥之外，我们兄弟三人不断地变换着工作岗位，从家乡的小镇到县城、从乡镇到机关、从本地到外地、从行政到企业、从职员到领导。但是父亲，无论我们走到哪里，从事什么工作，我们兄弟始终记得您说过的话：做事要尖心，做人不能有坏习气。您是因此而在家乡树立起了德高望重的形象的。我们遵循着您的教导，竭尽全力做事，本本分分做人。我们珍惜每一个岗位、每一个职务、每一份权力。我们不喜欢你争我斗，不喜欢阿谀奉承，不喜欢阳奉阴违，不喜欢恶意攫取。我们在意的是凭借自己的努力实现自身的价值。尽管我们做得不够好，但我们无愧于心。父亲，在我们的心目中，您不是一个喜欢唠叨的人，您也从不信奉“棍棒底下出孝子”的古训，但您寥寥数语的教导像一把坚挺的大伞，为您的子孙们遮挡着污风秽雨，让我们永远干净和健康。

父亲，我们真的都很好！

母亲的叮咛

打从记事时起，母亲的叮咛似乎就像太阳下的影子，一刻也没有离开过我。哭闹时母亲的哄劝、失落时母亲的安慰、上学时母亲的勉励、干农活时母亲的鼓舞、与小朋友们闹矛盾时母亲的教诲……一句句和着母亲或者慈祥，或者严厉，或者深沉，或者欢愉的表情流淌到耳边的话语，至今仍不能忘却。

十六岁那年，我顺利通过征兵体检。母亲和父亲在背后哭过很多次，毕竟我是兄弟四个中的“老巴子”。转过脸来，父亲的话并不很多，总是母亲微笑着用舍不得的语气要我照顾好自己，求上进，凡事不要太逞能，不要做让家里人丢脸的事等。此后的十三年，母亲的叮咛更多化成做中医的父亲俊秀流畅的文字而走进我的眼睛。父亲的信函里每封必定有“你妈妈让我告诉你”的固定式语句。

母亲的叮咛如肥沃的土壤、如阳光、如雨露、如干净的空气，又如一根细细的绳线，像一盏黑夜里的明灯，像一声迷茫中的惊雷，引我、导我、催我、促我渐渐长大。及至近三十岁转业时，我从没有觉得愧对过母亲，我的步履坚定、执着，毫无乱象。

重新和母亲朝夕相伴时，已经是一九九三年，我也结了婚，有了自己的孩子，是个像模像样的大人了。母亲的年龄也已经“奔七”。转业后的我被安置到工商局工作。这是一个行政执法部门，管市场经营主体和经营行为。母亲对我新岗位的工作情况一点都不了解，只知道工商部门还有点权力。于是母亲时不时在我面前说叨：“老四啊，不要瞎来哟。”我每次都要跟母亲解释：“我在人教股工作，清水衙门。”母亲总是笑道：“安稳点好，可以走得远些。”

今年春节以后，母亲去了二哥家。二哥在老家的小镇上做老师，我们和母亲的联系自然多是通过电话。有那么几天特别想母亲——八十多岁的人了，思想不见老。屋里屋外的一切，她都能知道个大概，和母亲交谈，儿子能开心地感受到她的反应快速、语言幽默、言辞恰当、表情丰富——于是，我和母亲通上了电话。说了些家长里短，母亲突然话锋一转：“老四啊，要多注意自己的身体，做人做事要低调严谨，处在领导的位置，更要注意自己的言行举止。”

是啊，母亲，你叮咛了多少年，做儿子的一定会牢记您的叮嘱，让您放心。

岳父是父

——岳父逝世一周年祭

三十八年前，我一身戎装，走进您的家门，接受您的“审视”。

这种场景，仿佛是那时候岳父相女婿的固定程式。那一天，我们一刻也没有停止交谈。您在看似不经意中引导我让我介绍自己的家庭情况，在部队的工作、学习、生活情况，您特别问到我：“将来有些什么打算？”我心里明了，您是在了解我的人生理想。时近中午，饭桌上已经菜香袅袅，我们的交流也因您一句“先吃饭吧”而告结。至此，您没有对我表示任何态度，但您的脸上一直挂着慈祥的笑，甚至让我感觉有些“憨”，这给我忐忑的内心注入了一些舒心和坦然。

午饭时，您让我陪您喝杯酒。不知是您的刻意安排还是纯属偶然，那天的饭桌上还有其他两位我不认识的长辈。您的提议让我有些不知所措，我试图尽快地做出判断：是考验还是礼节般的客气？但您似乎看出了我的顾虑，微笑着对我说：“会喝就喝一点吧！”我接过了话题：“那我就敬几位长辈吧！”后来我才知道，您是擅酒的，您从内心里希望您未来的大女婿能陪着喝一杯。也因此，以后近四十年的时间里，得空陪您喝一杯也成了我们这个家里的日常，就像我在家时，时常举杯对我的父亲说："爸，再敬您一杯！"

自此以后，我们开始有了书信往来。虽不频繁，但可期。您的口吻一如我父亲那般。您教导我、鼓励我、鞭策我、启发我、关爱着我。从您的文字中，我读到的是满满的长辈之情，这让我对您这位公社党委书记的陌生感、距离感很快消弭。

我和您大女儿结婚以后，您对我的关心和爱护不仅局限于纸上，更加体现在行动和物质上。您特别注重我在方方面面取得的点滴进步，甚至包容了那时候年轻人不应该有的不良习惯：抽烟，甚至有些纵容。您常对您大女儿说："带条烟给荣中抽哈子。"这俨如我父亲对我的抽烟喝酒从不提半个不字一样。但我不是一个对生活很随意的人，未能因您的宽容而放任自己。我一直在努力，其中的动力之一就是不辜负您的期望。一如我不忍辜负我父母亲在我十六岁走进军营时的嘱咐一样。

还记得那年我身体有恙，春节是在医院里度过的。其时您已经被调到了县文教局工作。您常常去医院里看望我，了解病情，询问需求，给我鼓励和安慰。出院后听岳母说："这个春节你爸

爸变得特别啰唆，到了饭点就问，荣中的饭做好了没有？快点送去哉！”岳母不过是跟我聊家常，我却感受到了异样的温暖。

没过多久，我转业回到了地方工作。在这个偌大的县城里，我这个农村出身的人，居无其所。您说：“别担心，就住家里吧。”您将主屋和厢房之间的大过道改造成一个房间，让我有了一个安身的地方，且每日三餐，饭来张口。

我父亲曾经很郑重地提醒我：“你要交伙食费呢！”我提过，但您笑说：“把心思用在工作上。”您把多年来积累下来的工作经验言传于我，在茶余，在饭后，让我少走了很多弯路，工作、学习、生活很快步入地方上的轨道。您更用您的身教给我树立了榜样。每天晚上，您房间的灯光总是很晚才会熄灭。您看文件、写材料、作诗、作文章，从不懈怠。我知道您曾经用一支笔，让只有小学文化的您，成为“全国业余文学创作积极分子”代表大会的代表。日日与您同居一处，才知道您是怎样地珍惜时间、勤奋努力。于是，在这个虽然简陋但温馨的八平方米空间里，我也拿起了我喜欢的笔。此后，我们翁婿俩常常共享文章发表以后的开心，并常常因此小酌一杯。

很快，我有了自己可居的小家。因为您外孙要上学，我们只能在星期天回去陪您。而您总是隔三岔五地在上下班的时候，来我家里看一下。您询问外孙的学习情况，问我的工作情况，问我们生活上有什么困难。您也及时跟我分享发表的文章，还有获得的各种奖项。您还经常给我们送来出差时为我们选购的礼物，每次如此，似乎从未空缺，这让我们十分开心，更是从中感受到了您浓浓的爱意。我也借机向您汇报我的点滴进步，您总是颔首称赞，给我鼓励。此后，我搬过两次家，但这种场景常常被复制，未曾中断。

您退休以后，并没有停止行走的脚步，创作的劲头也始终不减。我曾经劝过您，多出门运动运动。您总是笑笑说，写东西也是运动嘛。此后，您又有六七本书问世。对此，我既为您高兴，也为自己汗颜，总感觉自己努力得不够。偶尔向您袒露心思，您总是安慰我：最主要的是干好本职工作。这让我有了明确的前进方向。此后，我曾经两次因为提拔而去异地任职。您不仅关心我的生活，更在意我的工作状况。您总是提醒我：千万别做亏心事！这句话至今我未能忘记。

回想起来，曾经有一件事让您感觉伤心。那天您特地叫我去您家里，因为您偶然了解到我想提前退休的情况。您对我辞去局里的党政职务已经给予谅解和理解，但提前退休的事您不是不同意，而是想不通。从与您见面交谈时的神情和语气上，我便有了深深的负罪感。我不断地向您解释，只是一念之想，无非是想在余生能干些自己想干的事。您动情地对我说："你若缺钱，爸爸还有些积蓄，可以资助你一些。"我的泪水在眼眶里打转，我向您保证不再有这种想法。第二天，好久没出门的岳母蹒跚着推开了我的家门，把我拉到一边，涕泪涟涟地对我说："你爸爸在家哭，说你不听话了，要外出打工。你从小就吃苦，都老了，日子哪里过不下去，还要去吃苦？"我几近号啕，对岳母说："妈，我已经不再这么想了，您让爸爸放心吧！"

在您快八十岁的时候，您已经无法再骑动那辆您骑了十多年的自行车了，而长期偏胖的体态并没有随着年龄的增长有所改变。您常常感觉双腿无力，行走困难。恰逢那一年，您不慎摔了一跤，卧床数月，行动极为不便。多种老年性疾病也跟着欺负您，使您的身体每况愈下。但我没有停止过陪您聊天、喝酒、抽烟。我在意您每天的脸上是否挂着笑意。突然有一天，二〇二〇年农历二月初十，您溘然长逝，未留下只言片语，这让我不堪接受，无比悲痛。经此一年，我没能停止对您的思念，依然铭记您对我的教诲。

您待我如子，我视您为父。一年？此生又如何忘记！

亲爱的高邮湖

小的时候，我住在一个贫穷的小村庄，和家人们一起，打发着自己的童年时光。

不过，贫穷并没有过早地让我体验到忧愁和烦恼，恰恰相反，始终囿于那个只有百十来人的小村庄，不知道外面的世界是精彩还是无奈。小时候的我，并不觉得贫穷会怎样。父母不断寻找新的财源，努力让日子发出更多光彩。父母养育了我们兄弟四人，四个人的上学及生活，无疑加剧了这个家庭的贫穷程度。虽然父亲拿着挣来的薪水，却不足以养活这个老小皆有的家庭。于是，我们也被父母教导着，用自己的双手去创造财富。我想买一支铅笔，母亲说："去拾知了壳，十个就能卖一分钱呢！"于是我开始起早，在蝉鸣如歌的那个季节，用惺忪的睡眼在晨曦中搜寻，将那些攀附在高高低低物体上的灰褐色的知了壳收入囊中。上了初中，我缠着母亲要做一件的卡面料的中山装。母亲说："你可以养只羊啊，卖到的钱全归你！"于是放学以后，我便会牵着一只小白羊，在铺满青草的田埂上溜达。待羊的小肚子吃得滚圆，我才妥妥地把它关进小圈里。

在许多为创造更好的经济条件而付出的努力中，记忆最深刻的却是高邮湖。尽管那时候我根本不知道高邮湖在哪，长什么模

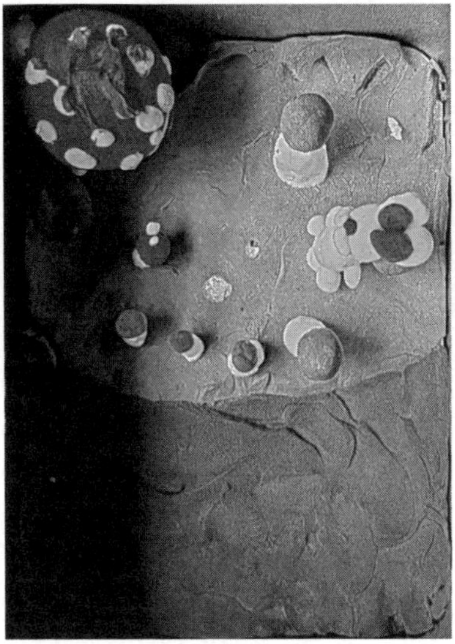

样，只是很清楚地记得，每年冬季来临的时候，母亲便筹划着要下湖去割草——家乡人习惯把割芦苇说成是割草。那时候的我，不明白高邮湖的“草”长在哪里，只知道母亲每次下湖总要预备多日的粮食。一把手柄磨得发亮、刀刃上闪着雪寒光泽的镰刀，是母亲割草使用的唯一工具。陪伴母亲的，还有那双每次下湖都不能遗忘的麻鞋。那不是一双普通的麻鞋。木板制的鞋底约有两厘米厚。鞋底的前部和后部，各竖立着一块与鞋底等宽、大约一寸半高的木板。整个鞋帮一律用质地很硬的麻和布混合编成，结实得可以用小锤敲打而不变形。有一次，我出于好奇，把双脚塞进了麻鞋里。刚刚起步时，那种坚硬硌人的感觉便让我刹那间将脚抽了出来。其实我隐约知道，母亲第一次下湖去割草，带去了两双胶底帆布面的球鞋。这两双鞋很快被尖利的芦苇茬戳得稀烂，母亲的脚和小腿上也被戳出了好几处伤口。但为生计的母亲不得不坚持，直到冰冷的湖水把她的双脚冻烂了，双腿也浮肿了，母亲才不得不停止那年的收割。我很难想象，偏于瘦弱的母亲是如何穿着那双鞋，在布满尖利芦茬的湖滩上收割芦苇的，还要顶着呼呼的北风。但母亲用她的劳动换取了芦苇，这是一枚硕大而又了不起的果实。即便是当时，也不是每个人都能以这种形式争取到获取实物报酬的机会。现在我家也有了芦苇，也可以赚钱了，这当然让我们感受到了某种优越。

我的家是土墙草房，门前是一片很大的土场。小麦、黄豆、芝麻、菜籽收获的季节，这个土场必定要热闹一番。但一年中的大部分时间，这个土场是冷清、寂寞的，只有人来人去的说话声、脚步声，鸡鸭觅食的声音，鸟儿从树枝上抛下来的喳喳声，偶尔有风声、雨声和雪花飘飞的沙沙声。但自从母亲下湖割草开始，门前的土场上就热闹了许多，因为有了芦苇，笔直而细长的芦苇、金黄色的芦苇。它们不久前还在迎着寒风、沐浴着冬天的阳光，摇曳于高邮湖中的滩地上，伴着四面湖水和湖水中浮游的野鸭以及潜行的鱼虾。而现在，却被我的母亲用时间、体力和伤痛，或许还有背着我们的泪水，移动到大运河的东岸上来，躺在了我家门前的土场上。土场上立即散发出勃勃生机。

芦苇的到来，更像是给我们兄弟四人的身体里注入了兴奋剂。我们需要避开雨季，淋湿的土场会耽误我们的时间，破坏我们的情绪。芦苇一进家门，大哥对兄弟四人的工作立即做了分工：三个哥哥先用专用的划刀将健康的芦苇一根根从头到梢划开一道缝隙。这是一个体力与技巧并存的工序，我人小力气小，把握不住划刀的走势，容易划伤自己，大哥当然不会让我参加。划开芦苇以后，将其平铺在土场上，兄弟四人共同用一只微型的石磙将芦苇从圆形压成扁平状，使其圆柱形的周边既破碎又相连。这是一个需要凭经验把握的技术工序，压得不能太过，也不能太浅，太过或太浅都会给后面的工序带来影响，甚至会影响成品的价钱。压过以后，我们会用两片竹片制成的扁平刮子，将一根根芦苇从圆形刮成扁平状。这也是一个体力与技术并存的工作：刮子从芦苇的顶部开始，既要将芦苇从圆形刮成扁平状，又要将芦苇的内部茎节和外部皮叶比较充分地去除。没有足够的力气便不能控制刮动的速度和力量，不但效果不好，还有可能伤手。这一项工作大哥只答应让我尝试着去做。在经历了划、压、刮的程序后，我们兄弟四人一齐上阵，各自为战，把芦苇编成窝积和芦席。但我只能编制芦席，而且只能编制其主体部分，招边的活只能请哥哥们代为完成。我不会切窝积，主要是走边的功夫不够，切不成一般成品的卖相——我们不可能浪费半根芦苇的。

窝积和芦席是当时重要的生产生活物资。囤稻贮麦少不了窝积，砌房造屋离不开芦席。因为市场需求，我们的劳动成果很快便转化成货币，尽管我们也常常付出流血的代价—— 一不小心，便会被刀或芦苇划伤，但心里总是暖和的。困难重重的生活，因为有芦苇而得到了极大的改善，我们兄弟四人也因为有卖芦苇制品的收入，全部完成了高中学业。

现在回忆起来，我依然为含辛茹苦的母亲的遭遇暗自流泪，为全家人的齐心努力深感欣慰，也同时在心底深处道一声：感谢你，高邮湖！

令我惭愧的是，不谙世事的我，在家境趋好、不再需要母亲每年下湖割草以后，几乎忘却了高邮湖。这种怠慢让我自责！也许是为了再次唤醒我的记忆，十五年前的那个初冬，因为一次采访，我得到了一个和高邮湖亲密接触的机会。

记得那天的阳光很明媚，湖面上的空气仿佛经过了水洗似的清新。淡淡的冷风吹在身上，虽有丝丝寒意，却难拂船上同行游人的兴致。湖中的芦苇已经成熟。一片片浑黄的芦苇在微风的轻拂下婆娑起舞、自在悠然。苇絮微低着头，像是在和我们诉说着什么。我们乘坐的机帆船就在芦苇夹拥下的“水街”中缓慢行驶，左拐右弯，使人仿佛置身于迷宫之中，东西莫辨。碧绿的湖水像一块块浅浅的滩地。小船驶过，身后的“人”字形波浪气派地拍打着滩沿，不时激起几朵雪白的浪花。那浪花，虽无海浪的气势与魄力，却给人以一种异样的别致和玲珑。偶尔抬头，仰面直视蓝天，顿觉视野无限地扩展开来。放眼远眺，只见满目蔚蓝、水天一色。偶见一群水鸟或野鸭向远处飞去，竟会油然生出一种它们会飞迷入水的担忧……

那是一次无声的采访，高邮湖以她美丽恬静的外表迎合了我的需要，更仿佛心有灵犀。高邮湖，环湖无山之险峻，入湖无海之辽阔，但是，无际无涯的湖面、湛蓝如空的湖水、浅底游弋的鱼群、轻语如歌的苇林……一切舍去了人工斧凿的自然造化，如何能不给人以美的享受？而我，则更加感受到了一种久违的亲切。在我全家最困难的日子里，是它给了我们最伟大的付出，生命和生活的链条因此从未断裂。当然我更清楚，它曾经拯救的岂止我们一家。并且直到现在，它一刻也没有停止过给予！

真遗憾自己长大得太迟，以致忽略了太多的感恩。也真高兴自己终于长大了！长大了才知道，出生在高邮湖畔是我一生的幸运。

我亲爱的高邮湖！

哥们

我有三个哥哥，大哥二哥和三哥，我在家中排行老四。没有姐姐，也没有妹妹，我就是“老巴子”。

大哥长我八岁。在我牙牙学语时，大哥已经是一名小学生了。之后的每隔两年，二哥三哥和我相继成为一名小学生。

我的母亲是一个地地道道的农民，父亲是一名中医，有些收入。父母含辛茹苦，养育了我们兄弟四个，并且把我们兄弟四人都培养成了高中生，这在当时的条件下，算得上是一件了不起的事情。我们后来的成长经历证明，父亲母亲是极具长远眼光的。我们感谢父母，从来不曾忘记他们的含辛茹苦。

记忆中，三个哥哥总是呵护着我，从来没有欺负过我。倒是我的父亲曾经亲手教训过我一次，仅此一次。十岁那年，春节快到了，父亲在厨房里炒葵花籽，不知道大哥和二哥那时候去了哪里，只有我和三哥在堂屋里吃饭。那时家里养了一条小花狗。我和三哥吃饭时，小花狗便在桌子下面安静地卧着。我应该是和三哥拌了几句嘴，肯定也不算激烈。三哥却借着呵斥桌子底下的狗，暗地里也把我当狗训了。我明白了三哥的意图，大声哭叫起来。父亲听见了，放下锅中噼啪作响的葵花籽，手中握着一柄铜铲，边说边向我们走来：“看来要打一顿，过年才安稳。”

我原来以为父亲是奔着三哥来的，但父亲手中的铜铲却出乎意料地落到了我的头上。就一下，不重，我仍然哭了。在这之前，父亲从没有打过我。我倍感委屈，哭着向父亲抗议。父亲根本不理会我，早已重新走到锅台边，翻炒那些葵花籽去了。

三哥悄悄责备我："真的是闹着玩的，你怎么这样小气，没意思了。"

十六岁那年，我悄悄地瞒着家人去参加征兵体检。没想到一下就通过了。回到家里的那天中午，我惴惴不安地向家里人谎报被刷掉了。而我的眼睛却盯着大哥：已经是大队党支部书记的大哥成了我实现梦想的唯一救星。刚吃完饭，我就将大哥拉到房间里，无奈地向他透露实情："大哥，我验上了。"

大哥释然地说："我就知道你不可能验不上。父母那，我来想办法吧。"

大哥的话是有道理的。那年三四月份，我参加当年的招收飞行员体检，身体条件是杠杠的。如果不是眼睛轻度散光，现在的我已经是一名准飞行员了，怎么能连个普通的兵都验不上呢？

后来，大哥说服了父母，让我得以圆了当兵的梦。事实上，我的人生也是从此变换了方向，为此我特别感谢大哥，也深感大哥太有智慧，居然能让父母"狠"下心来，舍得让才十六岁的"老巴子"去当兵。

二哥三哥也是同意我去当兵的，甚至还有些羡慕。二哥三哥都暗自为我高兴，但骨子里也很是舍不得。我们兄弟四人相处得很让父母放心，村里人也都是看得见的。

离开家乡的那一天，大哥、二哥和三哥分别骑了一辆自行车，大哥带着爸爸，二哥带着妈妈，三哥带着我和行李，从家乡小镇一路向南，沿着古老而又新鲜的大运河骑行近三十公里，到

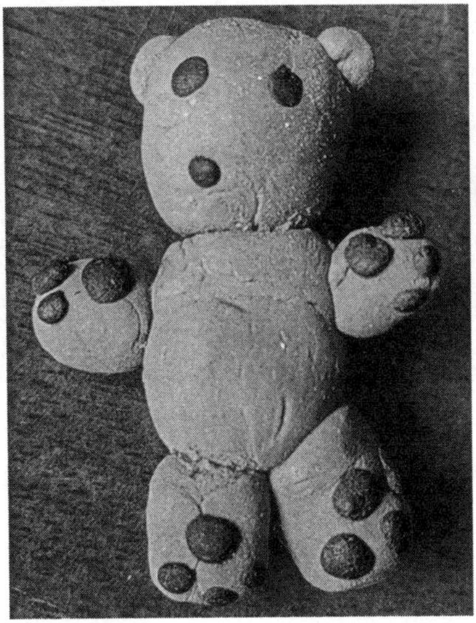

了县城的集中地点农机学校。我换上了军装，和父母及三个哥哥一起，去了县城的照相馆照了一张全家福。这是我们兄弟四人唯一一次和父母合影。第二天，我坐上了去部队的轮船，一路沿着大运河方向行驶。大哥、二哥和三哥仍然骑着自行车，在沿大运河的公路上和我乘坐的轮船同向同步而行。我很想在船舱里对着河岸放声大叫，但我已经是一名军人了，心里多了些矜持。

到了部队，我开始思念家乡，思念父母和哥哥们。家乡的来信对我来说，是唯一可以得到慰藉的方式，所以，至今我仍然保存着当兵时的所有信件。爸爸的来信当然最多。而哥哥们当中，当以大哥的来信最频繁。大哥常常在信里鼓励我好好表现，争取混出个人样来，为家里人争点光，至于家里的事让我别操心，爸爸妈妈的身体好着呢。那时候大哥早已成家，并且有了一个可爱的儿子。

三哥偶尔也写一两封信，多是以鼓励为主，也问一些部队的趣闻轶事。二十岁才出头，三哥已经在县城里工作了，让人羡慕。二哥那时候还没有和教师的身份挂上钩，在公社粮站里做事。二哥是我们兄弟四人中最埋头苦干的一个人，家里的农活和杂事大都由他承担。即使是后来开始教学生们，二哥仍然承担着家里最多的体力活，从来没听过二哥为此抱怨或发过牢骚。及至现在，二哥做了三十来年的教师了，仍然秉承朴实敦厚的农民特质。最让我感觉欠二哥的是，我的儿子从一岁到七岁的六年多时间里，进浴室洗澡的事情大多是二哥帮着做的，因为那时候我在部队。二哥其实是我们兄弟四人中最沉迷于生活的一个人，愿意做，不善于说，所以二哥和我通信最少。

我在三十岁的时候转业到了地方。三个哥哥早已都为人父。回到父母的身边，和妻儿日日相守，和哥嫂们见面的时间多了，我的心里充满了温馨和幸福感。一切都被时间改变，但我和哥哥们的感情一如从前，甚至更加深厚。

家庭当中最大的变故发生在一九九八年，父亲被检查出患了癌症。那一年，父亲才六十九岁。大哥牵头，我们兄弟认真做了安排，决定送父亲去徐州就医。我们各自请了假，陪同父亲去了徐州。整整两个月的时间，我们四兄弟没有离开父亲的面前半步。痛心的是，最终我们没能让父亲再享晚年之福，父亲永远离开了我们。

为了治疗父亲的疾病，我和三哥闹了些小矛盾。这是我记忆中兄弟之间最严重的一次冲突。其实，我对三哥的感情还是很深的。三哥是那种为了家里人，不论什么时候什么情况，都会使出最大力气的人。因为三哥在医疗系统工作，我曾经凌晨三点打电话叫醒三哥找医生为我看身体，也曾经在大酒喝得无法自理时，三哥主动来为我推高糖。三哥对我的关爱，我体会深刻。好在毕竟是突发性矛盾，并无历史成因，大哥二哥和嫂子们也做了一些调停，那次对立并没有在我们的生活和感情上留下伤痕。

父亲走了，为了年事已高的母亲能安享晚年，大哥召集他的三个弟弟专门开了个家庭会，对母亲的生活做了精心的安排。似乎就从那个时候开始，每遇家里有什么大小事情，二哥、三哥和我都会习惯性首先征求大哥的意见，或者服从大哥的一手安排。

大哥是二十八岁当上副乡长的，屈指算来，今年六十岁的大哥在官场上走过了三十多年。在我的心中，大哥和二哥是骨子里特别相似的人。大哥做人的诚实和做事的踏实为他赢得了不少的口碑。在家庭生活中，大哥更是一个让我们无比信赖的兄长。他像父亲一样要求我们做人正直，指点我们做事。他孝顺，对母亲的爱从来不曾改变；他有原则，我们做错了他会批评；他公平，三个弟弟在他心目中分量相当；他和善，在家庭中，有微小的矛盾时，他都会设法化解。现在的大哥也是做爷爷的人了。我为大哥骄傲，他在父亲离世后，成功地把我们这个人口越来越多的大家庭组建成一个和谐、和睦的家庭。每当家人在一起无拘无束、嘻嘻哈哈时，我们的幸福感即从心中涌出。

曾经兄弟，现在兄弟，将来兄弟，其实都是一种缘分。缘分是一种值得珍惜的东西。人的一生，有缘无分、有分无缘、无缘无分者占多数。人海茫茫，世事沧桑，你能识得几人、成就几事？或陌路邂逅，或天生注定，无论之于人，无论之于事，这样的缘分不过如空气中的一粒尘埃、沧海中的一粒谷子，若不珍惜，能找出半点理由吗？

所以，至今我都是称呼三个哥哥为大哥、二哥、三哥，从来没有叫过他们的名字。这样的称呼已经镌刻在我的生命里，让我感觉富足而又幸福，尽管现在我也已经是爷爷辈的人了。

儿子的幽默

儿子五岁的那年夏天。一天晚饭后，我骑着自行车，带着他在小镇边上游玩。照例是儿子坐在自行车前杠上，我一只手握着车把手，另一只手则安排了一个“指东画西”的活。无论儿子懂与不懂，我口中滔滔不绝地配合着“指东画西”的那只手，对儿子进行着热爱大自然的启蒙。

温度不算太热，但道路很颠簸，我的车速当然快不起来。当“启蒙”进行了两百多米的时候，我惊讶地发现，儿子似乎根本没理我这茬。他始终保持一言不发的状态，甚至当我提出问题时，他都没能给我一个“是”或“不是”的简答。于是我很灰心，停下车来问儿子：“小洁，我说了这么多，你在不在听呢？”

见我停车，儿子似乎“醒”了过来，扭头睁着大眼睛看我。当明白了我问他的话意时，他迟疑了一下，又坦率地摇了摇头。

“这很好！”我心里想，“实事求是嘛。”

“为什么不听呢？”我不恼不怒，平静地问道。

“爸爸你看！”儿子没有直接回答我的话，而是顺着自己的思维，转过脸去，手指路面对我说，“这个路就像我们上次下乡时看到的乡下的路一样，太瘦了！骨头都露出来了，怪颠人的，我的屁股都给颠疼了！”

儿子刚刚说完，我禁不住大笑，差点没把他从车上摔下来。儿子五岁了，平时吃饭挑挑拣拣，身上没有几斤肉。我常笑话他，一个男子汉那么瘦，骨头都快撑破皮了，像个男子汉吗？没想到，这会儿他把我平时对他的评论巧妙地用来形容眼前的这条路。这种赤裸裸的幽默，即便是我，也是想不出来的。

这件事过去了大约一个月。一天晚上，我们全家坐在庭院里纳凉。无风，蚊子们却以极其凌厉的态势向我们每一个人频繁地发起进攻。我和妻子手执芭蕉扇，交替着为儿子驱赶蚊虫、扇风降温。后来，妻子把话题转移到了人的下巴上来，说谁谁谁的下巴好看，谁谁谁下巴太尖。我们聊得很平静，没有声音上的抑扬顿挫，也没有态度上的起伏不平。正当我欲将话题向其他方向转移的时候，一直仰头看天的儿子忽然从暗淡的灯光里向我送来两束求解的目光："爸爸，蚊子有下巴吗？"

我愕然！转眼看妻，妻却在"幸灾乐祸"地笑。

儿子不知道他妈妈为什么而笑，依旧转脸对着我，一本正经地催问："爸爸，有吗？"

我保持着镇静，尽管内心里确实不知。即便是像我们刚才的闲聊，除了动物学家们，又有谁清闲到去讨论蚊子苍蝇之类有没有下巴呢。但很快，我似乎信心十足地告诉儿子：

"蚊子大概是没有下巴的！"

"没有下巴，蚊子的嘴放在什么地方呢？"

还没等我喘口气，儿子便对我的回答提出疑问。这回我可真的蒙了，情急中忽然生出一个答案来：

"蚊子的嘴是放在脑袋下的。"

…………

在为儿子的"智慧"而骄傲，也为儿子的"幽默"欣喜之余，至今我仍为自己感到惭愧。常常以为我是儿子的爸爸，说什么都要儿子听话。其实呢，未必我们就处处比孩子高明，正如“道路露出骨头”“蚊子有没有下巴”之类的“幽默”一样。如果我们确实没有想到的话，那么，必要的时候，我们也该放下“爸爸”的“架子”，勇敢地对自己说：“不妨听你的，孩子！”

零乱的家

写下这题目，内心已有些零乱。这样的家，大抵是很难被人接受的。我当然也是。

打小长辈们就告诫我：家，起码应该是整齐干净的。所以，那时候我生活的家便因了这些规矩而存在着：厨房的用品不会跑到堂屋去，该是奶奶房间的东西不会被放置到父母的房间里，生产用的农具就在院子里的某个角落堆放着，就连鸡鸭的活动范围也是有个定数的。家里的桌椅板凳多是用了很久的，许多地方已经被磨出光亮，甚至在落座时，能轻易发出吱呀吱呀的声响，但肯定纤尘不染。厨房的铜铲木柄已几近脱落，却并无脏手的油渍。挖土的铁锹进门时，一定是刚刚洗过脸面，连个土星子都不会有的。屋内土质的地面总是保留着自身的色泽，板扎而平滑，那亲切的感觉，即使是当下再好的板材也难比拟。墙壁上悬挂的物品看起来有些零乱，却也都是遵循了某种规矩，容不得它们随意“走位”的……

十五岁去镇上读高二，很长时间一个人住在父亲的宿舍里。水磨石的地面上，置一床一桌一凳而已。按照父母的教诲和长时间在乡下生活养成的习惯，每日必用高粱秆子做的扫帚清一次地面，用碎布缝合成的抹布掸拭桌凳。桌上的课本绝不会乱放，床上之物一定是铺叠得整整齐齐的，别人坐一坐，我都要皱皱眉头。父亲每次回来，总是会心一笑，从未说过什么不妥。有一次甚至笑说道："学会治家了。"

当兵后一如既往，方庆幸以前的习惯竟对接了部队里的生活规矩：整床铺、叠被子、挂毛巾、放牙缸，扫地抹尘，信手而为，绝无半点不适之处。而部队执纪的严苛更固化了我的习惯。日子便在这中规中矩的流程中滑过了二十年。

从军校毕业以后，有了一个教官的身份。和另一位同事住在一个"五脏俱全"的套房里，除了公共空间，余则各自独享。因先入山门，便先开口，约法三章：公共空间须保持干净整洁，谁的事情谁负责，且必须当日事当日毕。室友兼同事虽性格大大咧咧，却也爽快应允。工作、学习和生活三驾马车，生活被放在了最后的位置。忽一日，一位同乡同事到访，看一眼我堆放在客厅餐桌上的书报杂志，忍不住大声感叹道："看你这乱的！"我恍然一惊：目光所及，确无一点规矩之处，一桌子书报杂志像是从天上倾倒下来，乱不堪言。我讪讪地笑，室友竟在一旁落井下石，说："还跟我约法三章呢！"

从什么时候开始的？我不知道。我肯定这不是我的粗心，而是别的什么原因扰乱了我的视线，让我与这种乱象和谐相处且毫无察觉。但正是在这样的零乱里，报纸、杂志上开始有了我的名字。第一炮在《人民日报》头版炸响，二十二岁那年。我发现，仿佛乱里边藏着许多的灵感，只等待我去寻找、发现和利用。后来有几次，我也尝试着把它们归整起来，像军人的队列那样，让人视觉震撼、精神振奋。不日，一切又被打乱，像一堵被推倒的墙。我无暇顾及了，因为，许多好的和不好的消息不断涌来：小说、杂文、散文诗的发表和许多编辑部的退稿信交替而至。我放

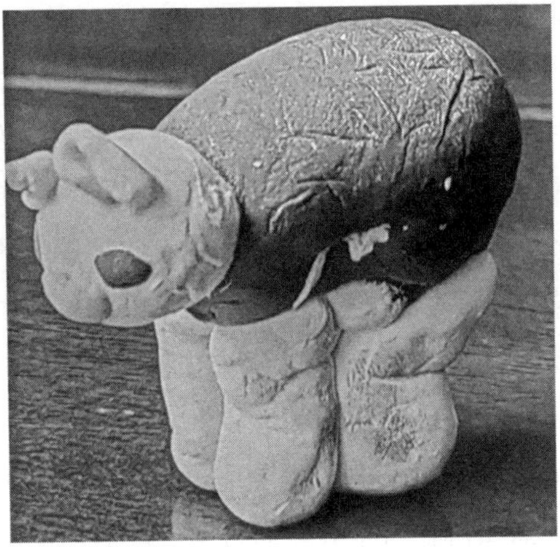

任着它们的自由，并在它们每天不断变化的造型中吮吸着它们的精华，堆砌着自己的文字。甚至，由着这样的零乱蔓延至卧室、厨房、卫生间。室友笑我道：“以后定规矩不要太随意。”

搬了一次家以后，仅仅维系了屈指可数的几天，乱象“不请自来”。舍友易人，不知我如此能“乱”，笑着赞叹：“好家伙！你可以啊！”我笑而不语，心里却在说：这乱让我安静着呢。尽管我不擅闲聊，但常有战友串门，两三个进入室内，看见满桌满床的书籍、杂志，看见满地、满墙的习书纸张，便说道：“走走走，坐的地方都没有！”

待到转业以后，有了自己的小家，这零乱之状却又不治而愈，仿佛回到了当兵以前的状态。犬子绕膝，贤妻在侧，感觉又多了一层温馨。这是生活变化的给予，是时光沉淀的产物，当然乐于享受。又庆幸初心未改，工作、学习和生活同步向前，隋于懈怠、勤于忙碌，干净整齐的家恰似宁静的港湾，每次微笑着拥我入怀，让我备感幸福。

零乱的状态再次来临，且无比执着，首先源于大孙女的出生。爷爷辈的人一定会跟我有着同样的感受。起初还好，无非是多了些宝宝用品，为方便使用，总会在顺手的地方放着，并不顾及居家的美观、整齐。后来又多了些小衣服、小鞋子什么的生活用品，也并不见得乱。再后来，什么躺着的、推着的童车，大大小小、形状各异的玩具，各种启蒙、益智的书籍和电子产品等，魔幻般地在家里的许多地方“长”了出来，而后就是家里见白的墙成了涂鸦的地方。

很想拾掇拾掇，却发现，即使是全家总动员，仿佛都缺少了一种能力，不知如何收拾整齐，而再次零乱的速度比想象的来得更快。于是，全家人对家的整齐便形成了一个约定俗成的新标准。直到二孙女出生，其后的乱景更甚：各种小零食、各种奶制品、各种儿童用品、各种儿童书籍、益智学习用品，骑的、滑的、推的、电动的童车……再也没见过我儿时兄弟四人、三代同堂时那种简单、干净、整洁的家。

不过我从没因此而烦恼过、抱怨过，而总是在欣赏着、享受着，用不同年龄的感官和心态体验着居家生活的变化——那种让我的心化作阳光的温馨，零乱的温馨。

我的大学梦

三十五年前，我也做着上大学的梦，但很肤浅。

一九七七年恢复高考时，我读初中。那年的八九月份，陆续听大人们在议论，谁谁谁考上了大学。考上大学的人之中，也有我认识的。但在十四岁的我眼里，他们都是年龄很大的人了，甚至有的已经结婚成家。那一年，考大学、上大学，像微风吹过我的记忆，不显波澜。

次年五月的一天，正在读高一的我突然接到学校通知，要我进入全面复习，准备参加那年的高考。我甚感好奇，后来才知道，那一年上面有政策，对学习成绩优秀的高一学生，一个公社可以选拔两到三名，参加当年的高考。公社中学一名姓胡的学生代表理科生，我则代表文科生参加高考。于是我开始在家恶补数理化。

邻居家有个小男孩，那年也就六七岁，长得特别可爱，我非常喜欢他。大人们忙农活去了，我便主动承担起了照看孩子的义务，父母也几乎不过问我上学的事，所以，两个来月的恶补只补出了我和这个小男孩更深的感情。高考时，我的数学仅得了十九分，导致总分离录取分数线差得让人脸红。但是，语文和政治的成绩，即便在当年应届毕业生中排名，也是名列前茅的。

有点痛，但不强烈。读高二以后，我似乎开始更认真地学习了。因为那阵子总是听家里人商量，哥哥们的工作该怎么安排。考大学是跳出农门的最好选择，考上大学，就可以谋得一份工作、拿工资了，不必再日出而作、日落而息地和土地打交道了。我仿佛有所醒悟：上大学还有这样的好。

尽管我意识到好好学习是考大学的必经之路，也开始更加认真地学习，但是，又有一件事情改变了我的生活轨迹——一九七九年的招飞。

我放下学习，参加了体检。公社的关过了，到县里；县里体检也合格了，到扬州。成败就在扬州。前后大约两个月的时间，我一直期待扬州给我一个满意的结果。然而，最后一个体检项目检查眼睛时，我被确诊为散光。

我心灰意冷，重回学校读书。这次打击激发了我上大学的强烈愿望。尽管我加倍努力，似乎总有一个预定的结果在等着我，我又一次名落孙山。

复读期间，我瞒着家人，参加了当年的征兵体检，并顺利过关。卞家“老巴子”的我终于踏上了当兵的路。在去部队的行李包里，装着与我日夜相伴的高中课本。我的决心被一个目标吸引着：穿着军装上大学。

刚进军营，我不敢贸然张扬着读书，而是集中注意力进行军事训练。我在新兵连仅待了七天，就被戴着白手套的团长选中，成了无坐力炮射击教练示范班的一个战士。我们要为全军训练做示范，尽管是严寒的冬季，自身的训练依然极其严格。我的形体逐渐消瘦，手上的血泡似乎总不消失……我咬牙坚持，终于过了训练关，顺利完成了示范射击任务，也慢慢融进了这个集体。

按时熄灯是部队铁的纪律之一。每晚九时，黄金时间！我不

忍心这时候就让自己进入梦乡，于是躲在被窝里，用手电筒照着，温习功课。有一天，就在我沉浸在知识的海洋中时，我的被子被猛然掀开，与此同时，一个炸雷般的声音在宿舍里响起："卞荣中，你在干什么？"

是排长！我魂飞魄散，心脏骤停了一般，脑袋里一片空白，身体或许有点颤抖。我没有动弹，保持着蜷曲看书的状态，手电筒已经熄了，反正当时排长也就问了一句，随后一切又归于沉寂。可直到第二天早操时，我仍然在寻找着自己的灵魂。

被窝里学不了，我总得有个去处，我不能让千里迢迢跟随我从家乡来到军营的书本闲下来，我不能让自己的大学梦停下来。于是，我想出了一个新的办法——蹲厕所。熄灯以后是允许上厕所的。我一蹲就是二三十分钟，甚至更长，直蹲得腿都酸麻了，不借助外力，则难以起身。我要的是命运对我的回报。"总会有的。"我想，"只要努力，没有扑空的道理。"

一九八〇年，部队招生制度第一次改革，正好让我们这批“新兵蛋子”赶上了。让我没有想到的是，一个大约两千人的步兵团，竟有八百余人参加了预考。四十多人过了第一道坎。复习进入更加刻苦的阶段，连队放了我们“全休假”，并且团里统一组织预考过关的战士进行复习。

统考很快来到。统考结束后，十一名具备填报志愿资格的战友，分别按当时所在连队的兵种填报了相应的志愿，我报了陆军院校炮兵指挥系。当年八月，我的大学梦得以实现。

到那时我才发现，跳出农门并不是我最终的目标。去部队前，我想象着能穿着军装，在一所医学院里实现人生价值。我想上大学，更想继承父业，当一名医生。

许多事我们都是后来才明白，好多遗憾其实没有必要。上大学不过是一种求知方式，“干什么”也不过是一种生存选择。学习之事随时可为，可学之处无处不在。一生中你做了什么或做成了什么，并不重要，重要的是，我们如何去做，是否尽心而为。

就像我实现了大学梦，又有了新的梦想一样。

食事

见过很多男人对食物有着敏感的味觉和技艺，有的人还十分精于购买食材、烹制食品。有时候在酒桌上遇见他们，未及伸箸，先听他们未卜先知地评价刚上桌的一道菜，或者是如何的地道，或者是有着怎样的遗憾，我就用羡慕的眼神盯着他们。如果他们接着说："这道菜我是这么做的，常做给孩子吃。"这会儿，我的眼神一定近乎仰慕，也常会生发出一些愧对孩子们的想法。我不会做菜。打小时候开始，我甚至对吃一直不抱有太大的兴趣，唯一的要求仿佛就是吃饱就行，不记得挑剔过什么，更没想着要学做菜。

小时候家里偶尔开个荤，好像也并没有特别兴奋过。一家六七口，就着那么斤把肉，是断断不能用现在"想吃就搛"的吃法的。不过因为喜欢啃骨头，常常跟妈妈请求骨头上多留一点肉，每一次都能得到一些满足，因此小开心一番。上高二时，住在镇上在医院工作的父亲的宿舍里。有一阵子父亲去异地工作，我只能自己照顾自己。因无半点烹饪之技，喝了一个多月的三鲜汤，就是鸡蛋酱油加开水的配方。正是临近高考的日子，妈妈的眼泪掉下来了，请奶奶去镇上给我做饭。可我一点没觉得有什么不妥，甚至感觉那样的日子挺好，就像一篇好作文的用语，简洁而明快。

那时候，不仅自己对吃的要求不高，对别的小朋友的“好吃”行为也没什么兴趣。庄上有个跟我年龄相仿的男孩，哪里有酒席，哪里就有他的身影，我就喊他是“好吃精”。有时候看见他坐在某家的酒席上津津有味地吃着，我便伙同几个小朋友在门口一齐喊：“好吃精！好吃精！”他很尴尬，而我们很开心，从来不会因为自己没有吃到那些美味佳肴而沮丧。

十六岁去了部队，开启了一种“有什么吃什么”的模式。早餐是稀饭馒头加咸菜，有时候会多一份或肉或菜做馅的包子，鲜有变化。中、晚饭点到了，听见值班员“开饭啦”的号令，每人手里捧着两只白瓷质的钵子，或一大一小，或大小一致，侧面都印着红色的“为人民服务”字样。一只送到值日员面前，任由他从两三个菜盆里各取一份菜品，用勺子舀着倒进来。而后自己走到硕大的金属饭桶前，用同样是把手很长的勺子将另一只钵子装满了饭。之后一只手端着两只瓷钵，一只手拿着筷子、勺子或叉子，或蹲着，或择一座，囫囵吃完，无心对饭菜仔细品味。

军校毕业，留校当上教员以后，饭菜票成了我兑付一日三餐的媒介，自此也开始从四五种菜肴里选择自己喜欢吃的饭菜。虽然工资收入不差，面对饭菜票，总还要捏着指头算计：在一个月中的某两三个馋得快要熬不住的时间点，让自己放肆地享一次口福。人的味蕾总是敏感的。那两三次真值得回味！遇上节假日，两三知己偶聚，想喝一杯，于是，买菜的买菜，做饭的做饭，买酒的买酒。不过，我从不做菜，因为没有兴趣。饭桌上无非就是一只鸡、两条鱼，再加一两斤带壳的花生而已。而花生是熟的，鸡、鱼的烹制方法也只是一锅煮。因为懂得“宁伤一人，不占一盆”的道理，每餐绝无所剩，包括汤汁。二十多岁当然是特别能吃的年纪，一大堆主食，一个人几口就能解决。有一年春节发福

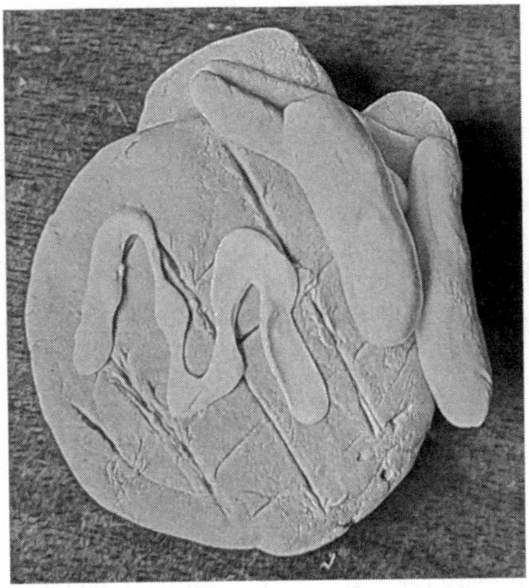

利，每人三斤半猪肉，因我不会烹制，转手送给了有一对双胞胎的教研组姓过的组长。“我弄好了给你吃。”组长说。我以为是玩笑话，并没当真。临近晚饭时，组长用一只大口碗盛着煮好的肉送到我的宿舍。组长说：“卤的，好吃得很呢。”我不懂什么是卤的，一边道谢，一边将鼻子凑近了闻闻，真香！我倒了一点醋，手抓式操作，不一会儿，三斤半肉的一顿晚饭就被我啃完了。

再也没有吃到过比那次更香、更值得我回味的猪肉了！

我也曾尝试着烧菜，抑或是被别的战友牵引着。有一次和隔壁宿舍的战友煞有介事地讨论怎么写小说，不经意间，已是深夜两点多了。两人都觉得肚子很饿，便商量着去煮大白菜。一番操作过后，两人兴致盎然地夹菜入口。呵呵，原来无油无盐的白菜是如此不堪的味道！后来三个战友在一个月黑风高之夜，打着手电在营房边上的水库里捉了十几斤螃蟹，回来后兴致满满地烹了。快深夜两点了，开吃！呵，那种因无任何调料而异常腥淡的味道，至今想起仍然很怀念！

有些习惯是会被固化的。结束两地分居后，一日三餐，桌上的菜肴多了起来，且多是由家人自制，菜肴的口味确非昔日之“粗制滥造”。但我吃到的依然不是口味，只是一种感觉。转业之初，太太对做饭很当回事，常常征求我的意见：“今天想吃什么？”我总是回答：“随便吧。”太太的眉头皱了很长一段时间，说：“你不说，我怎么知道做什么？”我笑说：“你做什么我吃什么呗！”时间久了，太太真的觉得她的“挖空心思”其实没有必要，除了特别请她“顺便”买过豆腐乳、酱菜、臭苋菜秆子，鸡、鹅、鸭、鱼、虾等我从未点购过。太太从不让我买菜：“你不在行！”偶尔随她去菜场，就是一搬运工而已。“带把药芹吧。”我也最多只会开这种口。她也从不让我进厨房，认为“男子无能，洗碗抹盆”，这让我得不到任何锻炼的机会。但我胃口一直很好，每次餐桌上的菜仿佛都是我的最爱，总能吃出香味。也因此，只要回家吃饭，太太总要等我一起。“跟你一起能多吃点。”太太也曾以为，我在外应酬多了，大鱼大肉的没少吃，不在乎她做什么菜。其实她哪里知道，我喝酒“恶”名在外，而之于吃，我的名声是内外一致的。

后来，孩子们常奔波在外，经常是我和老伴两人一起吃饭，我常为缓解太太做饭的辛苦，在午饭或晚饭即将到点的时候，建议她“上街逛逛”。起初她会问：“吃饭呢？”我说：“走到哪吃到哪。”为此，我们的身影常常在这个县城的某个小吃店停留，而我吃得最贵的一餐饭是“肥肠盖浇饭”。有一次吃完了麻辣烫回到家，太太颇有意味地笑道：“你是一头猪，好养活。”

现代人对于食事，我以为已然是过于计较了。而烹饪之技非我之所长，我便饭来张口，让太太觉得我好养活。我是提前三个月从妈妈的肚子里来到这个世界的，其时，全家人的目光都充满了失望。但他们不放弃，用鸡蛋、米粉、粥汤促使我改写了他们的眼神。有了记忆以后，并没有经历过食不果腹的日子，且至今从未有过为吃饭犯愁的时候。所以，不仅是家里人，朋友们也认为我不难对付，有事无事地聚一聚，知道我对跟谁吃、在哪吃、吃什么并不在意。虽有不太了解的人会问："你喜欢哪家饭店？想吃什么？"我始终只有一个答案——随意。对于吃，我常常记忆缺失，或许，民间食事本不复杂，我也只要个简单吧。

只是，转业到地方以后，也有一些饭局让我后悔曾经经历。之于吃，这大概是我最不爽的记忆。并不是因为饭菜不香，也不是因为酒没喝好，只因内心里认为：吃，也是一件挺讲缘分的事。舍此，尚不如在家读读书、写写字。但我又不得不自我安慰：既已经历，悔之何益？更何况这世间的筵席有几次是可以重来的？

烟事

父亲是允许我们喝点酒的，但一直反对我们抽烟。

也许因为父亲是医生，我相信父亲定下的规矩是有理由的。

父亲是抽烟的，或许他深知其弊，故而不让我们沾染。但印象中父亲抽烟并不厉害，不像我们镇上的供销社主任，每天只在早晨使用一根火柴，而叼在嘴上的卷烟必待晚上躺在床上时才能熄灭。我也没见过父亲每天咳嗽得像个“老烟枪”的样子。不过，家里总有存量的香烟，等待着父亲一包一包地装进口袋随行，然后不知在哪里将其化成烟雾，而我们则视若无睹。哥哥们相继高中毕业，有了工作，在校就读的只有我一个人了，那是一九七七年吧。其实和父亲常住在一起的就二哥一人，那时候他在镇上的粮站工作。我若得空，便到镇上去玩，看那些在乡下看不到的风景。二哥也感觉寂寞，乐意我上街去，一面陪着他，一面又带着我，在镇上的各处无意义地闲逛。上街了就要和父亲见着面。而每次见到父亲，总是看见他开心的样子，仿佛父亲不兴烦恼，这也是我常去镇上的原因之一：父亲一定会买些好吃的给他的“小四子”。突然有一天，我看见父亲在细心地拆开一包“大前门”香烟时，瞬间蹙眉，疑惑地咦了一声。我有些不解和好奇，探着脑袋问父亲：“爸爸，怎么啦？”父亲继续疑惑着，眼睛并不看我，像是回应我，又像是自言自语："好好一包烟，怎么会少两根呢？"我只好跟着父亲一起疑惑起来。

父亲的宿舍有两间，但没有卫生间。若要如厕，必须从北边的巷子往前走二十来米才行。有一天父亲去上班，大我六岁的二哥和我在家。我想让二哥带我出去玩，但突然发现不见了二哥。找得内急了，我就想先解决下问题再找二哥。如厕时，我意外看见二哥正襟危坐在发黄的木挡上，一团浓重的烟雾正从他的口中喷出来。二哥看见了我，显然也感觉意外，隔着烟雾，我看见二哥似笑非笑的样子。回到宿舍，我问二哥："你抽烟啦？哪里来的香烟？你不怕爸爸打你啊？"二哥略带惶恐地说："抽着玩的，你不要跟爸爸说噢。香烟是从爸爸的烟盒里拿的。"二哥的话让我吃惊，也让我得到了父亲想要的答案。我果断地对他说："我代你告诉爸爸。"

我真的告诉了爸爸，悄悄地没让二哥知道。记得爸爸只叹了一口气，并没有说什么。我似乎觉得没什么"功劳"，倒有些沮丧起来。后来爸爸并没有把二哥怎么样，直到我去当兵，二哥的烟已经公开地抽着了。我仍然觉得这一状告得很失败。离家去部队时，我还跟二哥说："就你不听爸爸的话，别抽了吧，对身体不好。"

很快忘了这件事，因为部队的训练紧张又劳累。即便是写信给父亲，也没有谈及二哥抽烟的事，因为想不到说这些。再次想起这件事，应该是当兵四五个月的时候。听惯了老兵们"新兵蛋子"的称呼，和一起入伍的战友也处熟了，有一天，南京的战友小高居然在野外训练休息时，掏出一包香烟，给全班每人散了一支，香烟扔向我时，我显得手足无措。接住了香烟的瞬间，我立即起身向他说："我不会抽！""抽着玩呀，这么累。我又不是教唆你！”小高的语气有点居高临下，甚至有些不屑。我内心极不乐意，但还是点燃了烟。我告诉自己，仅仅是尝一下而已。吸了一两口，香烟便把自己慢慢燃尽了。那时我想起了二哥，不知道他第一次抽烟，是因为好玩，还是只想尝一尝？

其间也有过几次场景的复制，一直不觉得有什么好“尝”的，真的是给小高面子罢了。三个月后，我离开小高，离开连队，去陆军学校上学去了。自此，烟事经年未再。

形势急转直下，源于江西籍同学小谢的提议，在军校的第二年。有一天午饭后，小谢从床头柜的抽屉里拿出一包香烟，其中一面是个滚圆的“团结”二字。他自己转了一个三百六十度的圈，手中的香烟像子弹一样射出去：“大家弄根烟尝尝！”只有诧异，没人愿意抽，都拒绝，说不会、不想、不能。这使我又一次想起了我二哥。

最后一次想到二哥抽烟的事，我对他已经产生了十分的同情和理解。其时，岁月已经将我培养成一支“老烟枪”，在留校当教员以后的不长时间里，二十来岁的年轻军官、军校教员，特别在意早晚的独处时间，看书、备课、写一些自己钟情的文字。或许因为已经有了从连队到学员队太多的铺垫吧，这时候，香烟毫不留情地俘虏了我，如约似的走进了我的生活，成为我孤单时的最好陪伴。

一缕烟，对于我的生活竟有了举足轻重的作用，这当然是我始料未及的。记得有一次，和韩参谋一起捣康乐棋。凌晨三点多钟，我们所带的烟都被抽光了，却不愿意结束比赛。我们一边摸一下空瘪的口袋，一边捣出一杆棋，情绪非常糟糕。猛然间，我一低头，看见了地上的烟蒂，兴奋地大叫一声：“有啦！”地面上没有过滤嘴香烟的残骸，像是雪中之炭。虽然大多数已经在我

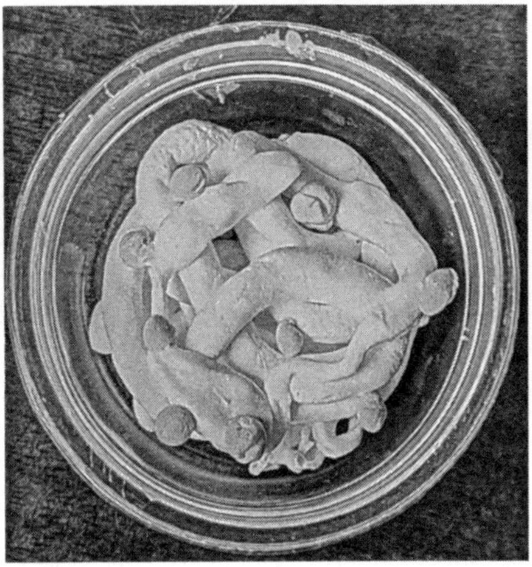

们的不断踩踏下变了形，但我和韩参谋依然兴奋地将它们悉数捡起，剥了它们脏兮兮的外衣，用报纸将它们重新卷成圆柱状。我们终于坚持到了天亮。

年轻时我挺能熬夜的。到了基地以后，很多人知道，宿舍区最晚熄灯的一定是卞参谋。但许多人不知道，陪伴我熬夜的还有一物，就是香烟。其时我的烟瘾很大，想抽时，必得烟雾缭绕，方能心静神宁。有一晚，我的“子弹”突然告罄，深夜一点多，我敲开了第四个战友的宿舍门时，方得一战友最后两支香烟的慰藉。我立即吸取教训，将自己以后抽空的烟盒悉数留存，像列队一样整齐地码在宿舍一角的小桌台上。在这些空置的烟盒里，有那么几盒的“肚子”里是会有一两根香烟躲着的。遇有紧急情况，我会耐心而有序地摇动它们，直到有嗒嗒的声音从里面传出，我的情绪会为之一振。

或许是父亲乐意享受来自儿子们的敬烟过程吧，在一次探亲休假时，父亲知道了我会抽烟的事，但未置一词。那时候四个兄弟里会抽烟的人数已经及半，就是二哥和我。“幸运”的是，谈恋爱时，准岳父也是擅于烟事的。第一次上门他就问我：“会抽烟吧？”我没有隐瞒，说会。午饭时，我陪着几位长辈一边喝酒、敬烟，一边不断地往他们喝干了的杯子里斟酒，很老练的样子。其实才二十岁不到。

一直抽着，到现在，快六十岁了。有人劝我戒掉，有人用事实告诉我戒了烟，身体清爽得很，咳嗽的声音都是响亮的。但我不想。抽烟的感受因人而异，当抽烟不仅只是感官的体验，而是已经渗入你的精神层面时，是很难舍弃的。无论是飞机落地时的那一刻，还是高铁停站时的两分钟，你无时不在期待着某个时间和空间的到来，这感觉，也挺有滋味！

当然也少不了让自己受委屈的时候，尤其是从八年前做了爷爷至今，不管春夏秋冬，无论白天黑夜，哪怕风霜雨雪，抽烟一定是室外之事。即便是三五朋友到访，我也只能在庭院中或在家门口的小巷里聊行敬烟之礼。我把它看成是另一种风景。不过，进门时若想逗一逗孙女，一定会有最为严厉的指令传来：“洗手去！”此时的我，只能讪讪地和太太打着哈哈：“洗手去洗手去。”

自行车往事

五十年前，自行车是个稀罕物。别说很少有人家中有，生长在农村的我，即使是能看见有人骑行，也算是大开眼界了。

大约在我十岁那年，父亲因长期在相邻的一个公社做社教工作，医院里给他配备了一辆自行车，28 直杠。这让我内心欣喜若狂，三个哥哥也馋呢。父亲每次回家，哥哥们便悄悄地将自行车推到屋后的场头上去，我则像一条小尾巴兴奋地跟在后面，行动上大有把哥哥们的马屁拍好的意思，因为内心无比迫切地想骑上那辆自行车。

哥哥们并没有排斥我，并乐意教我，我的心情便如阳光普照一样敞亮。车太高，即便是将硬牛皮质地的坐垫放到最低，我坐上去，两只脚也没有一只可以够到脚踏子。“你就‘掏螃蟹’吧！”哥哥们建议我。于是我按照哥哥们教我的动作，双手扶把，左脚踩在左脚踏上，右脚从大杠下边伸过去，踩在右脚踏上，通过双脚的半轮蹲踩，驱动自行车往前。我很快就找到了感觉，能自己骑行了。

在熟练与不熟练之间，那种馋劲是无法言说的。庄上当然没有人家有自行车，不能解馋。父亲没回家的时候，我只能常常站在门前的土场上，向着南边那条离我家四五十米的大路上翘首，只想看见有人骑车从那条路上经过，过个眼瘾。父亲回家了，我全然不顾是否会有哥哥们的保护，推了车便往生产队的稻场上溜。稻场很大，又很平坦，这让我无所顾忌。几趟练习以后，技术上日渐成熟，我终于可以在任何道路上“掏螃蟹”了。我高兴，全家人也都为我高兴。这也让我有了骑车出门办事的机会，甚至能一直“掏”到二十多公里外的外婆家。每次出门前，妈妈都要关照我：“骑慢点，不要逞能，像你二哥那样子出洋相。”

确实，四个兄弟骑车，二哥出的洋相最多。一九七六年，父亲让二哥将刚买的三十斤新米送到乡下家里来。“你骑车送回去吧。”爸爸对二哥说。二哥嗯了一声，便将米袋子扎在了自行车的“书包架”上，一路猛踩。天擦黑时，二哥在家里的西山头不停地按着自行车的铃铛，快乐地告知我们自行车到家了。车还没有架好，二哥便“妈妈，妈妈”地叫着。母亲从家里迎出来，说：“二子你回来啦。”二哥接着妈妈的话茬：“嗯哪，爸爸叫我送米回来的。”二哥向“书包架”上看去，白色的米袋已经瘪成

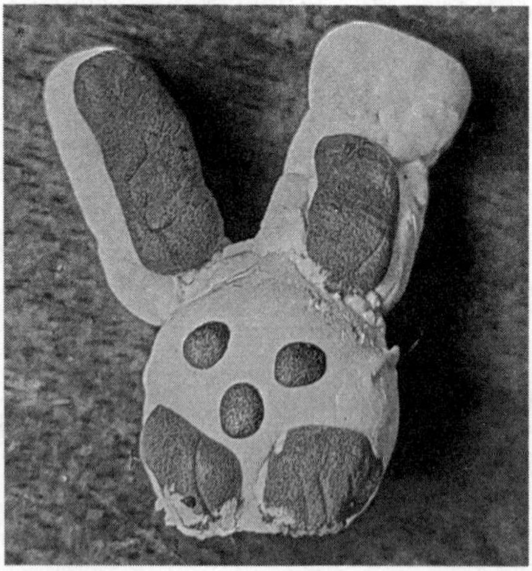

了一块白布。“嗯，米呢？”二哥有些惶恐不解。借着暮色，二哥看见了一条白色的线条铺展在路面上，特别显眼。还有一次，夏天，母亲让二哥去三四公里外的四新供销站打斤把肉。快到中午了，二哥才像个落汤鸡似的回到家里，手上什么东西也没有。“肉呢？”妈妈诧异地问。“骑车掉河里了，捞了半天没有捞到。”二哥沮丧又担心。妈妈长叹了一声，没再说话。最搞笑的是二哥带着奶奶，去二十公里外的亲戚家出人情的那一次。那时候，农村的道路大都是坑坑洼洼高低不平的。二哥带着奶奶，一边骑车一边聊天，心情大好。在通过一个大洼坡的时候，二哥提醒奶奶说：“奶奶坐好了，有个下坡我要冲过去。”奶奶嗯了一声的时候，二哥已经冲到上坡了。脚下一带劲，车开始平稳起来。二哥调整了呼吸，快速骑行了一阵子，又开始跟奶奶聊起来。二哥聊了好多话，却听不见奶奶回一声，便莫名地扭头一看：奶奶不在后边了。二哥立即掉转车头，沿来路边骑车边找奶奶。大路上看不见奶奶的身影，二哥有些着急，猛蹬车。到了那个下坡，二哥看见奶奶就地坐着。“奶奶，奶奶！”二哥大喊了几声，骑着车冲到坡下，停下车便扶起了奶奶。奶奶责怪说：“二子，你想跌死我啊！”

我没有出过二哥那样的洋相，但也不是一帆风顺。有一次直接伤着了自己，却不敢说与人听。那次在生产队的稻场上，我独自一人进行速度练习，看自己“掏螃蟹”到底能掏多快。因为有了速度，风从我的脸上掠过，带着呼呼的响声，很刺激。速度越快感觉越爽，于是总想更快。生产队的场头上分布着七八个打稻谷用的石磙子，一个个虎视眈眈地看着我。我在它们之间左右盘绕，视它们为与我同乐的小伙伴。但那天有个“小伙伴”犯犟了，眼看我鬼使神差似的转不过龙头，直直地冲向了它，它却阴险地蹲伏着，丝毫没有半点退让的意思。我来不及躲避，硬生生地撞上了它。它不语，我大哭。我被摔在了一边，感觉身上哪都疼。过一会儿起身一看：车的横杠有点向上隆起，疼痛中又夹杂了一份回家挨揍的恐惧。

十六岁高中毕业那年，我告别了“掏螃蟹”的骑行方式，和另外两个同学骑车去二十公里外的临泽公社参加征兵体检。前杠后座各坐一人，另一人负责骑行，轮流换着骑。路程近半，恰巧路过其中一个同学的家，三人顿说不去体检了，到你家玩一下算了。同学的母亲见家里来了客人，高兴地抓起一只老母鸡宰了。第二天天刚亮，我第一个反悔，说还得去当兵。好在有辆自行车。三人匆匆起床，立刻动身。一路狂踩，天还未亮透，我们便带着沉重的呼吸到了体检点。结果是：我如愿以偿，他们两人万般沮丧。每想起这段往事，我都会想起那辆自行车和同学的母亲杀掉的那只老母鸡。

当兵出征的前一天，三个哥哥分别骑着一辆自行车，大哥带父亲，二哥带母亲，三哥带着我和行李，从家乡小镇一路骑到三十公里外的县城农机学校集中点。第二天中午，我从县城的大运河轮船码头登上了北去的轮船，正式开始了军旅之行。坐在船舱里的我无意间欣赏河岸的风景，却突然发现，寒冬中略显萧条的运河东堤上，有人骑着自行车，不停地向我们的小轮船挥手。我一眼就看出了，大哥还是带着父亲，排第一个；二哥依旧带着母亲，在第二个；三哥后面因为没有了我，一个人骑着，排第三个，全家不停地向我挥手呢！我的目光不再旁移，牢牢地盯住了他们。我原本以为，他们昨天已经回到了小镇老家，却不料，现在正与轮船同行着。船行多快，他们就骑多快，这使得我锁定目光，不向别处游走寻找，即使是噙着一汪泪水，我还是能清晰地看得见他们。直到四十年后的今天，当年的场景不曾在脑海里有半点模糊。

真正拥有属于自己的自行车，是我从部队毕业以后留校当教官的第二年。那时候自行车供应的计划稍微宽松了些，考虑到上班的需要，我向家里人提出了想买一辆自行车的要求。没过多久，三哥乘坐公共汽车辗转来到了离家近两百公里的军校驻地，特地为我送来了一辆崭新的凤凰牌自行车。我欣喜若狂，你无法想象那辆车给我带来了怎样的快乐。偌大的校园里，数千名教职员工，有自行车的并没几个人。我骑着车在校园里四处闲逛，那些羡慕的目光撑得我的虚荣心像秋天的向日葵，丰富而饱满，仿佛自己骑着的不是自行车，而是一匹正在向某个顶峰疾驰的骏马，到了山顶，学校里所有人就只能对我仰视了。我在车座下面塞了一块毛巾，随时准备着擦拭车身上目光可视的尘埃，每一根钢丝都不放过，因此，我的车会随时都保持锃亮的外表。有特别要好的战友向我借用，我虽表面上乐意，内心里却十分不愿。关系一般的战友如果开口，我则选用早已编好的一堆理由中的某一条婉拒。我常骑车去校园隔壁的野战医院里和女护士聊天，十分期待得到她们的好感，甚至希望她们说："给我骑一下呗。"自行车和我都在宿舍里的时候，我则常常听见它仿佛对我说："你该配得上我，好好努力哟！"因此更加用心地看书、学习、写作。我希望自己在某一方面出人头地，让全校的人都在询问："卞教员是谁？"而知情人的统一回答则是："骑凤凰牌自行车的那个！"

这么骑着骑着，日子就过去了。只有我自己知道，因为有了一辆自行车，我的生活发生了怎样的改变。一九八七年被调到一个新单位工作，自行车当然随我前往。但此时，我的生活和工作都进入了一个新的阶段，有了自己的小家庭，骑车便多了一分淡定。因为专注于外国军事研究，且须参与演习方案的拟定与实施，工作场景的变化已非当教官时所能比拟，骑车也成了一种碎片化的出行方式。快速到达目的地的迫切心情压制了骑行过程中的享受，“凤凰牌”渐渐淡出了我的精神世界，成了单纯的交通工具。这样的日子，一直延续到我一九九三年转业以后。

薅猪草

我很小就学会了挣工分，那时大概八九岁吧。

那时候上学不像现在，家庭作业很少。勤快的，在路上往哪条田埂上一趴，或者倚在哪棵树下，弯起一条腿，把作业本往腿上一放，很快就写好了。剩下的时间很多，小伙伴们便各自做着自己的事：躲在家里看小人书的、结伴下河摸鱼捉虾的、攀缘上树掏鸟蛋的，也有家里活计多，便学着、帮着大人干一些农活的，甚至有的干脆瞎转悠。我家每年都会养猪，一头或两头，薅猪草就成了我日常生活中的一件事。

并不是大人逼着我去做的，起初纯粹是为了玩。三个哥哥都出门干活去了，我那仅有的几本小人书已经被翻破了相，没钱买新的，待在家里便觉得无聊。于是，我便自由选择在某一天和哪个哥哥出门去。割麦、插秧、挑肥、赶牛、踩水车等的大活我肯定干不来，于是，谁出去抹树叶、谁出去薅猪草、谁晚上点了火把捉长鱼……我便跟着，像小工似的，有时候给哥哥搭把手。期间，我学会了薅猪草。

我对薅草感兴趣，可能跟喜欢看猪吃草的样子有关：摇着小尾巴，扇着大耳朵，嘴里不停地哼哼着，有时候还会用小眼睛瞄一眼猪圈门口站着的人。如果猪吃的草是我薅的，我感觉比猪似

乎还要高兴。后来我才知道，猪吃不完的草会在它的脚下成为肥料，等到夏种的时候，生产队会花工分买来各家的猪脚灰，每方草都能抵一些工分，再挑撒到水田里做底肥。出肥的时候，母亲常笑我："你能挣工分了。"

薅猪草其实是用刀割草。我用的那把刀是花五毛钱从铁匠铺定做的，大小比较适合我。哥哥们用的刀我也用过，太大，我臂力、腕力都不够，有两三次伤到了手和脚。妈妈舍不得，说让我到铁匠铺买一把刀吧。那把月牙刀弧度不大，刀尖有点钝，但刀口很锋利。装草的竹篮子我先是用小号的，那时候我力气小，每天薅的草还不够猪吃一顿的量。我记得我是十岁以后买的一只新大竹篮子，霸壮得很。我常常是在割完了猪草回到猪圈门口放下篮子时才发现瘦弱的膀子会被压出一道很深很深的印子，有时候会有点疼，但看猪哼哼地吃着草，我也就不在意地用手揉揉就过去了。

很多的人家都在薅猪草，这似乎让草有些为难，不知道怎么长才好。一般的田埂上、大堤边，早已经是寸草难生，有一些粑根草残留着，但筋多肉少，猪不喜欢吃。倒是那些未垦的荒地里、坟茔杂乱的野地中，常常散发出诱惑。因为人迹罕至，所以杂草茂盛，但也处处隐藏着伤人的东西：厚实地匍匐在地面上的荆棘、有着尖锐棱角的砖瓦碎片、枯朽但未烂透的树杈，甚至是裸露的尸骨等。比我大一岁的尕伢子有一次被一根棺材钉戳伤了脚，差一点得破伤风，十来天没有出门薅草。所以，去这些地方薅草，我们都要穿上鞋，哪怕是一双只能趿拉着的布鞋。

后来，猪脚灰已经不够生产队的大田使用了，队里干脆直接收草，放到大田边上的草粪塘里沤半年，有条件的会拌上几兜子同样用工分买来的鸡狗粪，夏种时便可挖出来撒到田里去。这给了我们更多挣工分的机会，但草是越薅越少了。学校每年也会给学生布置一次薅草的任务，以一篮子或十五、二十斤为要求。不过，学校的称草老师一般不太严格，只要分量差不多就行了，不管你篮子里是草还是带着浓密树叶的树枝，有的学生甚至在篮子里藏上泥团或碎砖块。生产队里收的草可是不能搭僵的。于是我们把目光集中在已经泛黄的麦地或开过花后的油菜田里。这些地方经常有长得超过人高的苦麻坦和迁延出两三米长的苕芝草，运气好时，薅上五六棵，大竹篮子就可以装满了。但大田是有人看的，怕我们这些小冒失鬼冲进去毁了庄稼。而我们又特别眼馋那些草，于是就有了我们经常被追赶的事情发生。家兄荣榜曾经被红旗生产队的郭丫头逮住一次，篮子被踩扁了，镰刀也被没收了，篮子里的草被踩进了漕沟里。所以，遇到有人追赶，自知理亏的我们只能选择逃跑，有路择路，没路跳河，竭尽全力不被逮住。

这样的日子过了很多年。后来，生产队开始大面积种植黄草和苕芝草，再后来，又有条件买一些化肥了，我们用草换工分的日子便一去不复返了。但猪圈里的猪仍然是要吃食的，薅猪草的事还不能停下来。起早贪黑，田埂大堤，下河上岸，刮风下雨，薅草的日子跟着年龄一起走着，直到我去镇上读高中。

我从未叫过一声苦，相反，觉得其乐无穷。

或许是因为到了年底，卖猪的钱可以为我带来一身崭新的衣服，那种心情，再多的辛苦都能融化掉。

采桑叶

每年春天，妈妈都要领两三张纸的蚕回来养养。

我们兄弟四人只靠父亲一个人的工资养活，很难把日子过得像个样子。妈妈心疼四个儿子常常得不到自己可以得到的。那时候大哥住读在离家较远的一所高中，只在周六的晚上走一个多小时的路回到家里，取走下周所需的物品。我常常看见大哥星期天下午回学校时，总是拎走一瓶咸菜。二哥、三哥上了高中以后，才和爸爸一起住到了镇上的，生活安排的事自然由爸爸负责的多，这虽然让妈妈少操心许多，但爸爸的工资有很大一部分也不能落在母亲的口袋里。跟在妈妈身边的我，却经常不懂事地跟妈妈要这要那，这让妈妈十分为难。记得有一年春节，妈妈跟我说将陈年的一件衣服洗洗干净年初一穿上吧，我哭得稀里哗啦。年三十的晚上，我睡在妈妈的身边。半夜醒来时，看见妈妈在缝制一件新衣。第二天起床，妈妈将这件对襟扣的衣服给我穿在身上。我高兴得连蹦带跳，兴奋不已。

虽然家里没有整块种桑树的地方，甚至也没有零星地栽种过桑树，但妈妈还是决定养蚕，用卖蚕茧的钱贴补一些家用。

看见蚕籽从网状的器物里被妈妈领回家，我只是觉得好玩。我当然意识不到，这些蚕进了我家以后，其命运正在被我妈妈担心着：它们没有固定的食物来源。这个问题不解决，蚕就不能变成钱。这不是妈妈所期望的。

幼蚕时，家里一切如往，并没有太大的动静。只有妈妈，常常是早晨挎着一只竹篮出门，快到做午饭的时候，带着半篮或一篮的桑叶，和从自己家的菜地里摘回的蔬菜，步履淡定地回到家里。我们不知道妈妈是从哪采来了这些桑叶，我们知道庄上的四周是有几棵野生的桑树，有几棵已经高得需要攀爬上去才能摘到黑红的果实呢。我们有次问过妈妈，妈妈说是的。有一次，二大妈妈看见我大哥，神情郑重地对大哥说："大美子，你不能让你妈妈爬到树上去摘桑叶啦，四十多岁的人啦，万一跌下来怎么得了！"大哥听了也觉得害怕，便很认真地对妈妈说不准爬树了，并把采桑叶的任务交给了二哥。二哥那时候十四五岁，上树这样的事对他来说不算费劲。

妈妈将采回来的桑叶用刀切碎，小心而均匀地撒在已经移居到簸箕里的幼蚕群里，那些可爱如蚂蚁大小的家伙立刻动起嘴来。我看不见它们怎么吃桑叶，但只看见被切碎的桑叶像是在被橡皮擦拭似的一点点少去。

每次采摘的桑叶可以让幼蚕们吃上一两天，也只一两天，不能再多，否则桑叶就不新鲜了，幼蚕不喜欢吃，吃了也不利幼蚕的成长。对妈妈来说，每一只幼蚕都是一份希望。

蚕在渐渐地长大，一只簸箕变成了两只、三只、四只……被架在北边房子的堂屋里。蚕竹节状的身体已清晰可见，且越来越明显，每天要吃的桑叶也越来越多。我并不知道妈妈是怎么想的，那时候我还小，妈妈不会指望我做些什么，何况我已经承担了一些薅猪草、拾狗粪之类的事情。或许妈妈的心里早已经有了计划。有几次，夜很深了，我倦意浓浓地快要睡觉时，发现二哥和三哥悄悄地拿了几只蛇皮口袋出门了。第二天早晨，当我带着惺忪的睡眼去看蚕又长大了多少时，我看见了堂屋的角落里几袋带着露水香气的桑叶。

我好奇地问过二哥，二哥先是把我一呲："不关你事！"二哥从来不说谎的，我又盯着问。"不准说出去！"二哥严肃地警告我，然后声音很低，很神秘地说，"福兴生产队那边摘的。"

福兴生产队是我家的一个邻队，因为那边的人养蚕养得早，也养得多，早几年就把一些不适合种粮食的边角地种上了桑树。妈妈想到养蚕，很有可能受了那边人的影响。虽然二哥警告得很"严肃"，可我那个年龄是不可能凡事都信守承诺的，一转身，二哥的"严肃"便成了太阳下的露水。我向妈妈"请战"：我也要去采桑叶！

妈妈知道我晓得了真相，却出乎意料地冷静："你不能去，人家有看管的，被人家逮住了要挨揍的。""他们逮不住我！"我十分自信。"有你两个哥哥就够了，多一个人多一分危险。"妈妈依然很冷静。"我给他们放哨。"我坚持。妈妈的声音提高了一点：

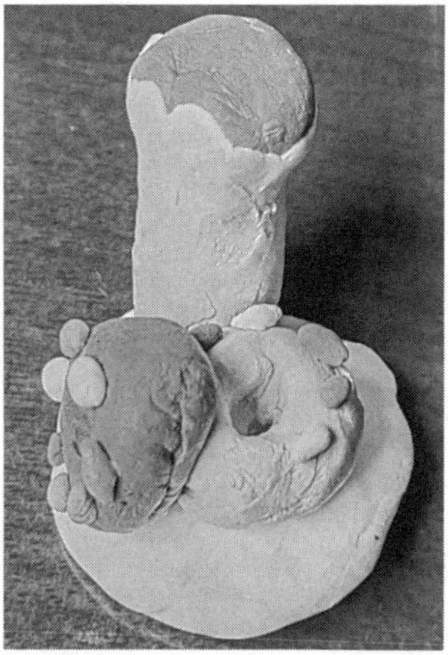

“你不能做这些事！”“你是不想把卖蚕的钱给我用！”我突然间冒出的这句话一定让妈妈吃了一惊。稍顿一会儿，妈妈说：“不准采桑头，只采叶子。不准说话，眼睛看树，耳朵听音，有人来就跑。听二哥的话，不准犯犟。”

福兴那边的桑树林离我家并不远，走路也就十来分钟的样子。有几次出门走亲戚，大白天我们也见过，很大，但不成方。靠近我家的这一头很宽，但地势有高低。而且这边的桑树是先栽的，树虽不高，开春以后，枝条拉得很长，叶子也很水嫩茂盛，我们兄弟三人钻进去，不用弯腰，外边的人也很难发现。

那些日子我们不喜欢月亮，盼望每天都是黑黢黢的夜。很黑的夜，有点凉，而我却多少有些兴奋，也有些担心。二哥三哥大不了我几岁，从他们的神情来看，行动也是十分小心的，采摘桑叶的声音轻如风吹。有几次桑枝戳痛了我的身体，我只能撮起嘴巴紧闭眼睛，喉咙里却不敢发出声响。来来去去，我们也从不敢走大路，怕被人发现。农村的田间小路有时候不叫路，叫田埂，除了能让人踩，并没有太多路的特征。我在路上摔过几个跟头，都不算重，只有一次回家时，犯困了，摔进了桑田边上的河沟里。一只河池歪子（河蚌）的壳划破了我的手，很疼，但我肯定不敢叫，甚至不敢哼哼。装桑叶的蛇皮袋被扎了口，随我下了河，也随我上了堤。那天，二哥、三哥走在我后面，听声音晓得我出事了，也不敢吭一声，就站在河堤上，在黑暗里搜索我的动静。我从河底下爬到堤上来后，二哥先看见了我的影子，一把抓住我，轻声问：“掉下去了？”我说：“嗯。”“桑叶呢？”我说：“被我拖上来了。”二哥几乎是在哈气：“好好好。”

我当然晓得，蚕等着吃桑叶呢。

知了壳

知了壳就是知了的壳。是知了的幼虫变为成虫时蜕下的壳。四五厘米的长头，土色，但有一种金属的质感。薄且脆，易碎。多产于夏秋季节。

知了又叫蝉。蝉壳入药，名蝉蜕，比知了壳叫着雅些。与其他中药配伍，可治很多毛病。

小时候我并不知道知了叫知了。五十年前我叫它“叽溜（音）”，那时候我七八岁，没有读过“清风半夜鸣蝉”的诗句，也没有唱过“池塘边的榕树上知了在声声叫着夏天”的歌。按体形和鸣叫的声音区分，“叽溜”在我的记忆中有三种：体形最大的叫“叽溜”。“叽溜”一开口，只喊“叽——”不停顿也不变化，五个音被它丢掉了四个，午睡的时候觉得它吵死人。长得稍小一点、叫起来的声音和“叽溜”有明显区别的是“嘟溜（音）”。“嘟溜”的音乐细胞要丰富一点：“叽——溜，嘟——溜”“叽——溜，嘟——溜”，像是比“叽溜”多见了些世面。最小的那一种，身体的大小不及“叽溜”的四五分之一的，庄上人都叫它“红娘子”。“红娘子”的叫声虽然也是只能其一，却比“叽溜”发出的声音细腻温和得多，就像是小女孩跟妈妈撒娇。

小时候我学会了找“叽溜”壳，庄上其他小伙伴都喜欢找

“叽溜”壳。

我们特别喜欢找那种只会叫“叽——”的家伙的壳，它的壳大，值钱。按当时的市场价，十个就可以卖一分钱。而“嘟溜”壳和“红娘子”的壳多半会被生意人两个并成一个算，对我们来说划不来。因为我们找一个壳花的时间吃的苦是一样的，不论大小。但是，当我们一早上睁开惺忪的眼睛，搜索到这些小东西的时候，我们也不会忽视它，好歹也值几个钱呢！

清早是找“叽溜”壳的最好时间。“叽溜”很聪明，幼虫时能在土里待上几年甚至十几年，等到成年了，要看外面的世界了，它就等到黑夜，从土地里爬出来，攀爬到任何一枝向上生长的植物上，从容地脱去外壳，仿佛是故意躲开了人畜的吵闹和伤害，安静又安全。天麻麻亮，喜欢熬夜或勤于起早的“叽溜”已经开了嗓子，而我们已经出门开始寻找“叽溜”壳了。小孩子都贪睡，那个时间点没有几个能睡得醒的，但非醒不可！醒迟了，这一天的“叽溜”壳就成了别人的劳动成果，这样的经济损失谁也不愿意接受。我们不想在跟妈妈要钱买铅笔时，听妈妈数落我们：“早上死睡，人家小玉子将昨天找到的‘叽溜’壳卖了八分钱，可以买几支铅笔了。”所以，大多数时候，起床以后的我们走路都是摇摇晃晃的样子，脑子不清醒，眼睛像是睁着，又像是闭着，不停地用手去揉，像要把它们彻底揉开。我们也经常忘记穿衣服，来不及，下床就出门，急忙忙的像比赛。嘎伢子、大双子他们甚至总是光着脚。大人跟他们说过，大夏天的，穿不穿鞋子有什么区别？倒不是他们很听大人的话，其实是家里买不起鞋。为这话大双子曾当我面发过誓：“今年一定多找些‘叽溜’壳，买一双拖鞋穿穿。”其实，能正常陪我们一早起床的，大多只有那条可以挡住羞处的大裤衩子。——有时候我们也不穿鞋，嫌走路爬树不利落。也可能不穿上衣，怕早上的露水弄脏了衣服。

出门时可以带个小篮子或小布袋，也可以什么都不拿，路边的狗尾巴草也是很好的工具——薅一根长得有点硬的，留住尾巴那一头，把找到的“叽溜”壳从另一头穿进去，而后抓在手上，或者在爬高上低时叼在嘴上。但是，有一件工具一般是少不了的：网兜。一种用细竹或芦柴做竿子，在一头做一个三角形或圈个圆，用新鲜的蜘蛛网糊满了。当我们的手够不到“叽溜”壳时，用它一粘，即取。很实用。

找“叽溜”壳一般不结伴而行，主要是怕为争抢而打架。二丫头和小来子他们就打过，为了一个“叽溜”壳，都认为是自己先看见的。结果是人虽然没有受伤，但两个人都损失了四五十个“叽溜”壳，打架时弄碎了。二丫头似乎更伤心，那天早上的哭声比“叽溜”叫声响亮得多，家家户户耳朵不聋的人都听见了。二丫头爸爸身体一直不好，好多庄上人以为他爸爸老得了（去世），纷纷起了个大早。后来才晓得，是为了一个“叽溜”壳。

但每个人每天出门时总要为自己规定一条路线，凭着经验，往自己认为“叽溜”壳较多的地方走。庄上的路个个熟悉，隔壁旮旯的地方脑子里都有个地图。除了场头西边的竹林子里蛇多大家不敢去，地上狗屎多的、杈针（荆棘）多的，或者坟堆多的棒头（玉米）地都挡不住我们。走着走着，总会有几个人碰到一起去，可人人都视若不见，继续各走各的路。也有平时关系好的，问一声：“找几个啦？”对方回答：“今天还可以，快六十个了。”这边说：“不井干（很好）！”掉头便走了。

找“叽溜”壳会经常遇到困难和危险。有一次，小来子出门忘了带网兜，只好爬上一棵不大的榆树去拾一个“叽溜”壳。下树时，为了不让握在手里的“叽溜”壳捏碎了，抱树的手一松劲，直接从沾满露水的树上掉了下来。树根脚有一个不大的树桩，刚好从地上冒点头出来，一下子就笃在了小来子的裤裆上，小来子的五官瞬间就变形了。他后来说，疼得连哭的劲都没有！德龙有一次看见一个“叽溜”壳挂在伸向河边的竹子尖上，他以为河边的土是硬的，很自信一脚踏了上去，准备用网兜去够。可是，网兜的姿势还没有摆好，人就掉到河里去了。要不是他顺手抓住一丛长在水里的树根须子，怕是早就没有这个人了。

我也出过一次纰漏，蛮大的。那天我独自去生产队的场头上找“叽溜”壳。场头的北边有几堵老房子倒塌后形成的断墙，有两米多高，其中一堵墙上平放着两个养小鸡小鸭的草窝子，比大针篇子还大些。我看见了两只“叽溜”壳躲在草窝子边上，像两个人在说话。我兴奋地从断墙的低矮处爬了上去，直接站到草窝子里头。在我伸手去够边上的“叽溜”壳时，草窝子突然从高处倾覆翻扣到地上了。疼得我大哭不止，并且很想哭得响亮些。但

我清清楚楚地记得我哭得很不流畅，也响亮不了。我的呼吸到了胸腔以后就不再往喉咙去了，像是有根线扎紧在了喉咙下面。不知道到底挣扎了多久，我最终挺了过来。我没有向任何人说过这件事，因为到我能站起来的时候，我看见那两个“叽溜”壳还镉在草窝子边上。结果让我很开心。

当然，最让我们开心的，是挑货郎发出的拨浪鼓声。拨浪鼓的声音从庄子外面响起来时，我们就提着几天来积攒下来的“叽溜”壳、“嘟溜”壳和“红娘子”壳，站在村口等待了。偶尔也有人带来了牙膏壳子、鸡肝皮什么的，甚至还有半个铜板、一个明钱。这些都是“活钱”。我们用它们换来货郎担里的铅笔、橡皮、带橡皮的铅笔、写字本，甚至有带皮面的笔记本。有余钱的时候，我们也会敲一小块麦芽糖细品慢尝。小时候，每当此时总是让我们兴奋得要命！

压岁钱

每年除夕，刚刚吃过晚饭，妈妈还在厨房里收拾锅碗，我们兄弟四人便迫不及待地嚷嚷着要爸爸包压岁钱。爸爸妈妈笑着，爸爸则对我们发出指令："别吵，坐到桌上去！"我们便在八仙桌的三面坐下来，上席的位置照例给爸爸留着。

总是不会等得太久，便看见爸爸拿着写对联剩下来的红纸和一条大（云片）糕，在上席位置落了座。我们都知道，压岁钱就在爸爸的口袋里，所以急而不躁。爸爸很熟练地直接用手把红纸折裁成四四方方的样子，家里人每人一张。整条的大糕是前几天就买好的，我们虽然看着眼馋，却不敢撕开来品尝。这时候，爸爸倒是毫不犹豫地剥下它鲜艳的红纸包装，一股迷人的香味瞬间刺激着我们已经兴奋的神经。每年至此，爸爸总会抬起他正在忙碌的眼睛，扫描一下我们兄弟四人，那目光仍然是温暖的，或许还带着一些调侃：爸爸一定看懂了我们眼睛里的"迫切"和"贪婪"。直到十二三岁以后，我才对爸爸的这一眼有了"不好意思"的反应。爸爸将裁好的红纸面朝下在桌上铺开，很小心地把大糕一两片地剥下来，分别压在红纸上适当的位置。做完这一切，爸爸将手伸向了他的口袋。

五十多年前，我并不理解发压岁钱是什么意思，我看中的只

是发的钱。家里的钱到了我的口袋里，真的成了我自己可以支配的，每年大约只有这一次的“分配”机会，显然是令我兴奋的。更何况我已经随哥哥们学会了砸钱锅、滚铜板，手头没有钱，就不能参与这种在春节期间非常流行、似乎也没有其他的活动可以替代的娱乐。所以，当爸爸的手伸向口袋时，我是既兴奋，又有点担心：我知道爸爸每年都是“差额”分配，今年发给我的会是多少呢？——尽管我自己也不知道到底有多少才会满足。

其实也没有多大差别，一两角钱而已，而且都是大哥多一些。爸爸说：“你们大哥工作了，要用钱呢！”我们也没有争过抢过，觉得爸爸做得很合情理。爸爸将压岁包仔细包装成方方正正的样子，每包好一个，总会用手郑重地压平整，全部包好以后，爸爸就会抬起头来，给予我们一年当中最认真严肃的嘱咐：“你们又长一岁了，上学的要更加努力，干工作的要认真做事，人不能不求上进，希望明年大家都有新进步！”我们嗯嗯着，伸手接过爸爸递给我们的压岁包。

爸爸给我的压岁包里有两角钱，多少年没有变过。

一年的心情从这一刻开始，变得更加爽朗起来。我把压岁包小心地压到了枕头下，心里却在期待着明天去庄上拜年，应该能再收到几份压岁钱。

每年我第一个出门去拜年的地方是我的一位堂哥家。堂哥大我十三岁，是我们大队的赤脚医生，也已经结婚成家了。连续好几年，每年去他家拜年，他总会笑着迎出来，一面高声说道：“恭喜恭喜，老兄弟来拜年了！”一面悄悄地给我一份压岁钱，且数额巨大：五角钱！按现在的话说，这五角钱已经纳入了我心里每年压岁钱收入的“预算”！新年里买几本小人书、几支带橡皮的铅笔等，都因为有了这五角钱而让我安心。按理说，平辈之间不必给压岁钱，但我不知道堂哥为什么会对我这么“例外”。庄上其他人也有偶尔给我压岁钱的，但都是我的长辈，比如邵姑伯伯、秃膀子大伯。堂哥或许是因为我是两家八个兄弟当中最小的，把我当晚辈看。也或许，堂哥认为我学习蛮努力的，鼓励和资助兼有。我没有问过堂哥，但我清楚地记得：每年堂哥将压岁钱塞到我的手上时，总会笑呵呵地说：“老兄弟来了，来来来，买几本书看看吧！”

春节也是走远亲的好时节。我有几位长辈亲戚也是给得起压岁钱的，这让我乐意和爸爸妈妈去走亲戚。外婆家、姨娘家、舅爹爹家其实离我家很远，有十五公里路，一路走到那，腿脚有时候会疼，但我从来不喊孬。想象着能多走几家亲戚，口袋里便会多出几角甚至一两块钱，那种“走”的苦和累根本就不算什么事。

年龄稍微大了些，知道“客气”了。有时候长辈们给压岁钱，也会推辞一下，只要长辈们稍一坚持：“听话哉，拿着拿着！”我就会开心地收下来。但有一次，我的客气差点酿成“严重”后果。那一天，我和我的表妹跟着爸爸妈妈去舅爹爹家拜年。胸前系着围裙、正在做饭的舅奶奶抽空将我和表妹叫到一边，给我们一人两角钱：“少些了，压岁压岁嘛，拿着！”表妹拿了钱，木头似的，没做什么客套。而我却“礼貌”地将钱塞向舅奶奶的围裙正中的口袋，嘴里说着“我不要我不要”。舅奶奶从口袋里快速地将钱掏出来，拍在我的手上：“快拿着，我要做饭呢！”就在舅奶奶转身的一刹那，我却又一次将钱丢进了舅奶奶的口袋，嘴里仍然叨叨“我不要”。舅奶奶没有发觉，走到灶台边去了。

表妹在我面前扬了扬那张纸票，而我像丢了魂似的。写在脸上的意思是真想揍表妹两下，心里却在想着那两角钱。表妹看我不开心，也不敢再惹我。过了一会儿，她便离开了，丢下我一个人，悻悻的。我真的不想到手的钱又属于别人了，于是我有了一个想法。我悄悄地走近正在厨房里的舅奶奶，趁她不注意的时候，我很快地将手伸向舅奶奶的口袋，大声说：“舅奶奶，我真的不要！”舅奶奶伸手掏钱的速度比我还快：“你这个伢子，再不听话舅奶奶生气了！”一把将钱直接塞进了我棉袄的口袋里：“快去玩去！”我高兴地说了声“谢谢舅奶奶”，溜了。

我去部队当兵，便和压岁钱生疏起来。等到我转业回家，倒是成了既收压岁钱，又发压岁钱的人了。爸妈和岳父母每年春节都会给我一个压岁红包，还当我是一个孩子。而我，也会每年都按例给自己的太太、儿子和自己封一个红红的压岁包，依然是在除夕的晚上放到枕头底下去。侄儿侄女来家拜年，也是要尽长辈之情，给一个压岁包的。不过，虽然压岁钱的数额越来越大，但好像已经不是我们当年的感觉了。

什么感觉呢？我也说不清。

游泳

我想说的是小时候下河洗澡的事。

身在里下河水乡，不会在自然的水域里扑腾几下子，显然是一件说不过去的事。家乡的河渠如网，水资源丰富。除了灌溉、饮用、罱泥、捕鱼、采野藕、摘野菱等正常的生产生活需要外，我们小时候的生活中，经常会遇到其他与河渠沟塘打交道的事。西瓜田在河对岸，你没钱买瓜，但又馋着想吃，当然不能走大路，得趁夜晚来临时，悄悄地从河面上游到对岸去。如果你是秤砣一块，下河便沉，你就只能看别人吃瓜，自咽口水。你去邻队的大田里薅猪草，被看田的人发现了，你得跑。倘若河渠横亘眼前，你却因不会下水绕道而行，你的篮子、镰刀就可能不属于你了。所以，你得有路走路，没路蹚河。大夏天，你去几公里外的地方看电影，不认得路，估摸着电影也快要开映了，前边有条河，不知道桥在哪里，你就只能随大伙游过河去，到了对岸，再直奔放电影的地方。你若不会游泳，那就哭着回家去吧。

必须学会游泳，似乎是乡下人生活的自然法则。但爸妈可不这么想。我心心念念地想着在炎热的夏日里，随大哥二哥和三哥去河里玩一把，以凉快一下自己的身体、放纵一下自己身心的时候，我大概八九岁的样子，三哥大我三岁，也是热情最高涨的年龄。爸妈对我和三哥的态度是坚决的：不准下河！尤其是妈妈，像看小偷一样盯着我们兄弟俩。特别是夏种期间，灌渠的水大且流速很快，下河游泳的危险性很高。而且农村里孩子下河溺亡的事故并不鲜见，妈妈更是再三嘱咐大哥二哥："你们要是带他们下河，不要怪我弄尺条子抽你们！"

可是那时候我们不怕妈妈。我们知道妈妈从来不会打我们。但我们又不能公开违背妈妈的意思，而且，在妈妈严厉的训斥面前，我们还是有些胆战的。我们不得不和妈妈"斗智斗勇"。

农忙季节，妈妈哪里有休息的时间呢？而已经放假的我们可以享有充分的自由，于是也就有了下河游泳的机会。好在大哥二哥那时候已经基本学会了狗爬式，也知道保护两个弟弟，所以，兄弟四个一起下河，甚至有更多庄上的小孩也参加进来，危险倒是不大。那时候河水也很干净。初入水世界的时候，我们难免会喝几口水，甚至尝试着扎猛子或在水里翻跟头，偶尔会被水呛得鼻子发酸，但这对我们的身体和意志都不会带来伤害。所以，我们唯一需要注意的就是，必须躲开妈妈的目光，尽量选择妈妈没法顾及我们的时候下河。

起初，我们成功的概率高一些。夏收夏种最忙的时候，妈妈将做饭的事情交给了年事已高，但尚能操持家务的奶奶，根本没时间管我们。我们有时候借着打猪草的机会，溜进离我家五十来米远的干渠里。有时候只需一个眼神，连理由都没想好，就结伴出了家门。技术上要会不会时最欲罢不能，铤而走险是常有的事。更何况酷暑难耐时，清凉的河水带给我的诱惑，无论如何也无法抗拒。走进水世界的我，仿佛比鱼还要快乐，抑或那时候的河水天生就属于我们这些农家的孩子。我们不仅在学习游泳，也在割河草，用竹篮子兜鱼，扎猛子到河底摸河蚌，在河边上掏螃蟹、掏长鱼，有时候也将伸向河边的柳条割回家，编织粪筐或葫篓。我们经常玩得忘了时间。好在妈妈管不了我们的时间比我们忘掉的时间更长，这让我们心存侥幸。

但妈妈的感觉我们是防不住的。有一天，妈妈意外地收了个早工。尽管我们陆续回家时还带了一些水草回去，但妈妈的目光一扫，我们的担心就出现了。妈妈最先逮住我的膀子，用指头那么一划，一道白色的印记立即呈现出来。“洗澡了是吧？”我没敢吭声，或许是大哥说了句：“就在河边上捞了点水草。”妈妈便奔大哥而去，一通严厉的训斥，又是一番严肃的告诫。正如我们所料，妈妈没有打我们，但此后，我们偷着下河的成功次数就明显少了。

这使我们憋得慌。每天日挂中天的午时和太阳西沉的傍晚，门口的小河里总会传来人的喧闹声和嬉笑玩水声，弄得我坐立不安。我甚至忘记了体谅妈妈辛苦，总盼着妈妈下地干活去。有一天我和二哥偷得一个机会，在离我家稍远一点向西的一条河里尽情耍了起来，但那天我差点丢了小命。一个涵洞正朝通向水田的一个小渠里灌水，我对二哥说：“你抓住我的手，我下去看看这水流得到底有多猛。我要是掐你的手，你就立即拉我上来。”二哥说好。河面上看不出来，当我小小的身体才刚探到洞口，一股很大的力量就将我的下半身吸入了涵洞。我突然害怕起来，猛掐二哥的手，可二哥没有一点反应。我更加恐惧，一面抓紧二哥的手，一面用大拇指拼命地掐二哥。二哥终于作出了反应，用力把我拉出了水面。出水后我责怪二哥，他却轻描淡写地说：“荣榜吓我，说妈妈找来了。”

后来我们的做法有点干脆向妈妈摊牌似的。每天的日落时分，大人们结束了一天的活计，庄上的男人几乎都是在河里边洗澡净身。有人已经下了河就是放在眼睛里的事。我们就对妈妈说也要下河洗澡去。我曾自信地向妈妈保证，我已经学会踩水了，不会沉。大哥他们也为我做了证明。这时候妈妈倒不和我们计较了，对大哥说："一起去吧，你带住他们些，千万要注意安全。"

自此，我们下河游泳的事才变得光明正大起来。直到后来我每年夏天从部队回家探亲，弟兄们都在大运河里畅游了，爸爸妈妈也不再说些什么。

第二章　军旅于此

那包书，那些人……

仿佛命中注定，一九七九年，我的生命旅程必定要拐个弯。

那一年，正是我高中毕业参加高考的一年。四五月间，国家在应届高中毕业生中招收飞行学员的工作拉开了序幕。我和我的许多同学一并参加了体检。遗憾的是，在终结阶段的体检中，我因眼睛轻度散光而惨遭淘汰。七月份参加高考，又因参与招飞耽误了学业而名落孙山。在我复读那年的九月份，传来了一年一度的征兵工作即将开始的消息。我填写了《应征青年体检登记表》。而后瞒着家里人，和另外的两个同学一道，骑着自行车去邻近的一个小镇上参加了体检。这一次我终于如愿，带着“穿着军装上大学”的愿望，心情愉快地走进了军营。

临别故里时，家里人曾向我提议，干脆把“数理化”带上算了。我很认真地想了想，而后作出决定：暂时不带，等到部队以后再视情而定。当时我想，万一部队不让学，那就糟了，别说上大学，就怕是连兵也不一定能当出个什么出息来，还是稳中求进的好。

到了部队以后，我一面很认真地操练着当兵的事，从站坐卧行的训练到三大条令的学习，一面却又在机警地考察着业余学习的环境。初入军营，“知心者”尚未产生，特殊的环境又使我不敢冒昧地征求任何一个人的意见，一切就只能全靠自己。一段时间过后，我给家里寄了一封书信。大约仅过了一个星期，我收到了一张包裹单——家里给我寄来了高中的所有教材。

从此，我的业余生活中便多了一项“系统工程”。为不折不扣地使这一“系统工程”从计划变成现实，我开始了有限的精力投入，因为，直觉时时在提醒我，切不可大张旗鼓！

我很想当个好兵，平时刻苦参加各项训练；中午，战友们午休，我便找一个隐蔽的地方，悄悄地认真看书；晚上，熄灯号吹过，我便拿着手电，一头钻进被窝，大气不出，看上几页；上厕所的时候，我也怀揣一本书，一旦蹲下，便尽可能地延长时间，有时直蹲得双腿发麻！

但是，无论我怎样小心，麻烦事还是来了。有一次，我在被窝里看书，被与我们班同居一室的排长发现了。起初我并不知道，当有人迅疾地掀开我赖以隐蔽的被子时，我甚至还惊诧地责问了一声：“干什么？”但是，回答我的是比我更加严厉的责问：“卞荣中你在干什么？”这时候我才蒙了，因为我听出了这是排长

的声音。也许排长考虑到我平时表现尚可，没有再给我难堪。

大概没过几天，班长又在班务会上点了我的名。他说他曾经给了我多次的暗示，而我竟置若罔闻。他还说，以后再也不想看见我捧着个数理化什么的，倒希望我多看些炮兵专业书籍。我很遗憾自己的疏忽，居然连班长的多次暗示都未能领悟。

一九八〇年初夏，部队招生制度改革的消息见诸报端。一时间，各部队竞相挖掘人才，参与报考。我的心头涌上了一阵欣慰的快感，但我不知道，甚至也不敢向谁表露。

我心急，还长出了一种叫作“不安”的情绪。

记得那天我站午夜的一班哨。指导员查哨，和我闲聊，问我：“你想不想参加高考？”我向指导员和盘托出了自己的想法。

于是，第二天，那一包教材即被我从紧锁着的仓库里搬到了床头柜中。

于是，我更多地看到了战友们的笑脸，感觉到了浓浓的期待，甚至听到了真诚的祝福。

一九八〇年五月，我通过了预考。

七月，我参加了统考。

九月，我背着行李，带着那一包教材，登上了开往军校的汽车。告别的时候，排长悄悄地将我拉到一边，对我解释说：“那次对你发脾气，是因为我失恋了，请你不要放在心上。”班长更是语气诚恳地对我说：“上次班务会上的事，你不会还生我的气吧！”

我感到我一下子长大了许多。我什么也不想说，只是在心里告诉我的排长、我的班长，还有那些战友：你们是我这一段生命中最重要的元素！

军校

一脚跳出农门，是以我考上军校为标志的。对于世世代代以田地为生的我及家族中的其他成员来说，这个标志无疑是一道辉煌的光环。

因此，军校生活之于我，就像一个千年古玩之于收藏家。面对庞大的军事理论体系和纷繁复杂的军事训练科目，我把自己放在了一个背水一战的勇士的角色上，期望着经过三年的“冶炼”，能壮其筋骨、丰羽翼、强精神。

军校生活的确充满了艰辛。除了严格的纪律约束和大量的学习、训练任务以外，激烈的竞争环境有时简直令我有些喘不过气来。虽然也有一部分城市兵对“六十分万岁”依旧抱着浓厚的兴趣，但这股无法抬头的潜流并没有影响绝大部分学员争当优秀学员的热情和斗志。在军校里，从区队到中队到大队，大凡领导，都有着明确的“名次”意识。故而竞争的气氛很激烈，但对于那些与这种大格局背道而驰的学员，领导们是绝不会等闲视之的。记得一位姓黄的浙江学员因和区队长有“老乡”关系，便放纵自己沉湎于“音乐天地”，吹拉弹唱可谓无不通晓，训练和学习的成绩却始终在低谷徘徊。还没等其他学员发出议论，区队长便已经无法姑息了。像一个公正的足球裁判当着数万名观众给犯规的运动员亮黄牌那样，当着全区队四十名学员的面，区队长让这名学员宣读了保证书。在这种激烈的竞争环境中，十七岁的我怎么能不拼命努力，不断让自己成熟呢？

军校生活虽然紧张，但也丰富多彩。业余时间或节假日里，琴棋书画之类的文化活动，田径、球类、器械操之类的体育活动频繁而热烈。有很多同学甚至在上学的三年中，练出了一手“绝活”。一位姓郑的上海籍学员发表了许多小说、散文之类的文学作品，被各学员队争相邀请去谈体会、说经验、教方法。一位姓陆的江苏籍学员居然出了一本厚厚的心理学方面的书，被同学们称之为“是一块料子”。在对正常的学业没有冲击的情况下，业余时间创造出这些成绩来，着实让人吃惊和佩服。我们这批学员都是二十岁上下、胡子还没有长齐的年轻人。要学的科目之多，一个学期要经历十次以上的考试。在这样的环境里，能在学习之外有所成就，总是令人钦佩的。

搞好“小生产”是部队沿袭已久的传统。往前追溯，最典型的就要说到“三五九”旅了。我们的校园占地大约两平方公里，教职员工有五千余人。在我们学员区的营房西侧，有一片广大的生产地。一年四季那地是绝不会空置的，就像农民的庄稼地一样。但我们种地似乎比农民们更“讲究”，埂、沟、坎等边沿是用线绳拉直了修成的，绝对一丝不苟，看不见一块土疙瘩“擅自”行动，就像我们整理的内务一样齐整。这样的劳动过程强化了我们严谨认真的军人作风。

当然，小生产对于我们，只是一种经久了便觉乏味的乐趣，谈不上苦和累。真正算得上苦和累的，是训练。而训练又以野外训练的苦和累为最。记得第二学年的时候，寒冬腊月，我们被拉上山搞战术训练。光秃秃的山头上无遮无挡，西北风刀子般割在

我们身上所有能感觉得到的部位。野外训练不准戴手套，不让穿大衣，“冬练三九”的严酷使得我们常常感觉到双手麻木。教员们像是铁了心，对我们的感受毫不理会。在一次训练中，教员给我们指示了目标，下达了“前进”的口令。我们这个训练小组的五个人手提冲锋枪，开始利用地形地物隐蔽地接近目标。在越过一个不大的水塘时，一位姓方的同学怕弄湿了衣服，故意绕道前进。随着一声“停止前进”的口令，我们都站住了。教员走过来，瞪着眼，严厉地责问姓方的同学：“为什么不充分利用地形地物?”姓方的同学脸都被吓白了，不敢吭半个字。教员夺过他的冲锋枪，说声“看我的”，一路冲出去。靠近水塘时，他硬是没打一个愣，便弓着身子一脚跨了进去。看着一泡沉在塘底的牛屎被他踩翻起来，我们都惊呆了，深深被教员那种言传身教的精神所感动。

在军校学习期间，凭借青年的盛气和应有的勤奋争到了“优秀学员”的荣誉。往后的经历使我无论如何不得不对军校怀揣一份感激。即便是如今我已不再是一名军人，这份感情依然存在。

军校是我生活和生命真正开始的地方。

教官

军校毕业以后，我被留校任教官。

在我所知晓的军官系列中，我最羡慕的就是教官。资历稍老的教官手头大都有一手“绝活”。记得一位副师职教官在野外进行目测距离训练时露出的那一手：身体笔立，两眼目视前方，右手平举，跷起大拇指—— 一两千米甚至更远一些的目标距离便从他口中出来了，且误差极小！一位射击教员端着冲锋枪打点射，极少尝过九环以外是个什么滋味！

当过学员再来做教官，知道学员们最敬重也最害怕“脑瓜子”里藏着太多军事知识的教官，学员们常常戏称他们为“北京”——意即军事中心。一到他们上课，总是脚前脚后地跟着，有一个问题没一个问题地问着。有些老于世故的学员，还会不失时机地敬上一支烟，以使教官们能记住他的名字。其中的意义当然免不了有些“灰暗”。

留校任教的那一年我刚满二十岁。和大多数学员相比，我的年龄犹不及他们。在经过了严格的集训和一整套的备课——试教——修改教案——再试教的程序以后，当我怀着激动而又紧张的心情走上讲台时，面对那些绝大部分面部表情比我成熟的学员，我拒绝在任何状态下透露自己的年龄。我用极快的语言频率

和潇洒有余的板书，向学员们传授着军事理论知识；又以快捷准确的技术动作（我没有什么绝活，只是这一点，在我当学员时便练得很出色），为簇拥在我身边的学员做示范。课间休息时，我与学员们所聊的话题多是选择纯军事的。我要以自己的表现，在学员们尚未知道我的年龄之前向他们证明：我是不会因为年龄而耽误他们的学业的。

但是有一天，我的一位同乡极不守信用地公开了我的年龄秘密。尽管我知道我的年龄并不是锁在情报部保密室里的绝密材料，但它毕竟比我想象的解密时间要早了些。因为年龄的公开，好多在课堂上本来尚具胆怯的目光变得有些放肆。有一位学员甚至带着极为轻蔑的口气对我说："卞教官你才二十岁啊！"在他们得知我不过是一普通百姓，甚至是和田地尚未脱离干系的夫妇的"老巴子"以后，我便陷入了一种更为有力的挑战之中。

这是一段有趣的经历，像一朵带刺的玫瑰，插在我的生活之路上。回头看时，总能发现那一令人心悦的点。为了摆脱年龄问题带给我的尴尬和麻烦，有一次在课堂上，我庄严而又大胆地向所有学员宣布："请大家不要在乎我的年龄，也许这样我们更能成为朋友！只是，如果以后同学们感觉到我上的课耽误了大家，请你们轰我下讲台！”

这无疑是一道宣言！多少年后想起，总觉得二十岁的年纪单纯幼稚得可爱。但这道宣言使我走出了窘境。

前后当了四年多时间的教官，时时计划着用“成熟”来打扮自己，以至于日子久了，自己竟有些不敢相信自己。但是，以前我的教官转眼间成了我的同事，那些曾经是我的直接领导，而后来大多数依旧在原岗位上的领导们又变成了向我敬礼报告“请指示”的角色，这一切或多或少地“催化”了我向成熟迈进。

生活是流动的，随着这种有序而又无序的流动，谁不在自己的一生中，甚至一生中的某段过程里，扮演若干个让自己也闹不明白的角色！无论这个角色是不是被我们所喜欢，是不是在我们的意想之中，这些都无关紧要。重要的是，我们应当创造条件，努力扮好每一个角色——只要这个角色的存在有益于人类的发展和进步。

细小工作

第一次接触“细小工作”这个词，是在新兵连的第一次班务会上。记得安徽籍的查班长在向我们训话的时候，就曾经强调过“细小工作积极主动”这一条。直到完成了从新兵到老兵的过渡，我才明白查班长以及后来排长、连长的强调都是一种“特别”强调，尽管那时候部队干部的提拔已经完成了从“劳力”到“劳心”的转变。但“细小工作”对一个军人尤其是对一名普通士兵来说，意义依旧重大。

新兵们之间的竞争往往是从细小工作做起的。细小工作几乎包含了除集体活动以外的其他一切琐碎事务：打扫卫生、整理环境、搞小生产、保养武器装备器材等。刚刚入伍的新兵如果仅仅满足于把训练搞好，把条令学好，遵守部队纪律和制度，那他仍有点显得“不合时宜”。这一切当然很重要，但也有更加重要的一点，那就是细小工作。有些新兵或许入伍前就勤于做事，总能在眼皮底下发现可做之事：拿了扫帚打扫卫生，端着脸盆给菜地浇水，取一块抹布将单双杠擦拭干净，将宿舍内已经整齐的洗漱用品归置得更加整齐，等等。他们就像专业高手审查一般工作人员的工作情况一样，总能发现一些瑕疵所在。也有一些新兵可能在入伍前就已经得到了“名师”的指点，在完成了学习、训练任务的基础上，一门心思地在自己的营区范围内搜索属于“细小工作”的工作，而后很投入地去完成。这些新兵具有明确的工作目的，他们在完成这些细小工作的时候，在注重质量的同时十分注重某种效应。也有一种新兵，木讷得不知道抢着去做这些工作，他们的脑袋里总是缺少“细小工作”，所以他们无法给领导们一种“全面发展”的印象。

我是属于后一种类型的士兵。查班长在五次班务会上都强调“细小工作”，而我却浑然不知如何应对。看一看军营里的环境，一切都那么井然有序，似乎已臻完美，在我的眼中实在找不出什么要做的小事。有时候灵感一来，却又发现那一处亮点早已被别的战友占了去，而我只能无奈地旁观。直到有一次，一位战友正在打扫一处卫生，而其该用的畚箕就在我的眼前，我立即抓住了这一次机遇，红着脸递过畚箕去。那一次，我终于迈出了做“细小工作”的第一步。新兵连生活七天以后，我和另外两位战友被提前选调进老兵连，至此，一种追求上进的强烈欲望在我的内心里升腾起来，对“细小工作”的认识也不断升华。此后，我终因“全面发展”而获得两次嘉奖，并走进了军校。

入军校以后，我当上了副班长。“班副班副，生产内务”，我终于有了一个名正言顺带头并督促大家做好“细小工作”的头衔。因此，几乎全是依靠“细小工作”堆砌起来的许多军校生活内容，成了我工作的重要内容，并且，在大队、中队、区队组织的许多评比、竞赛的刺激下，我越发对此熟练起来。

尽管如此，我一直都很纳闷为什么部队里要将“细小工作”看得如此重要？直到我有机会接触到一些高级首长以后，我仍惊讶地发现他们同样如此看重“细小工作”。记得孔子曾经说过：“欲治其国，必先治其家。”中国人民解放军是一支作风严谨、纪律严明、战斗力强大的军队，我想，“细小工作”的真正意义是不是正如孔子所说的那样呢？

或许正是一个人的价值在于能为这个社会、为别人做些什么，而不在于其他，更不在于你地位的高低、金钱的多少、能力的大小，甚至颜值的高低。你能经常不断、持之以恒、发自内心地贡献自己的一点力量，做一点自己力所能及的事情，这就是价值体现。从“细小工作”做起，从点滴入手，对事不论巨细，与人相互帮助，会给这个社会、给人带来一种温暖。千里之行始于足下。从小事做起，慢慢积累，就一定会走得很远很远的。

女兵

第一次看见女兵，是在去军校报到的那一天。

当我一个人提着行李，疲惫地在校园中那宽阔的马路上缓步独行的时候，突然看见一个身影被太阳的强光从我的身后长长地拉到了我的面前。我不经意地扭头看了一眼，就看见一个女兵以比我快得多的步速尾随走来。我扭着头，没敢看个仔细，立马转过头来。但只是这一眼，那挺拔又飒爽的形象仿佛便入了脑海，情绪也因此咯噔起来，本已疲惫的身体似乎被一种力量从头部向上拔拉了一下！有几秒钟，我的脑子里应该是空白的。

入学后才知道，学校的办公区和教学区是分开在两个院落里的，一个在南院，一个在北院。我们学员住在教学区，是北院。而我们学校并不招收女生。

或许，我所在的九中队是幸运的。中队的队医中就有一位女军人，她和她的爱人是一对军医夫妇。男军医姓王，女军医姓南。他们的家兼做医务室，就在我们中队营房的后面，附属用房的最南头。中队里谁若是有个小病小痛的，都是由他们夫妇负责处理。那时候我十七岁，有一次，我因为在训练中划伤了手，去医务室里包扎，正是南医生给我处理的。清瘦又清秀的河南籍南医生的声音像极了婉转的莺语，一种极度的慈祥式的温柔。而她处理伤情的过程，更是轻缓而又充满了体贴，让人自觉温暖和安慰。

留校担任教员以后，我有资格住进了学校的办公区——南院。这时我才惊讶地发现，学校里竟然有那么多的女兵！她们有的是教员（我纳闷过，为什么没有一个女性教员教过我们），有军医也有护士，有行政工作人员，而更多的是从事通信业务的战士。这些战士的工作场所就在我的办公楼后侧。起初，打开窗户，偶尔也能听见她们爽朗无忌的笑声。我得承认，我曾经幻想过像王军医那样，另一半也是身穿绿军装的。但其时我已经进入了恋爱季节，有了鸿雁传书的对象，这种想法当然只能是纯粹意义上的幻想罢了。

在我眼里，女兵是军营里的一道风景，一道奇特的风景。她们是军营里的一小部分，极小的一部分。但她们的能量是男兵们所不能抗衡的。没有哪个男兵可以忽视她们的存在，甚至非常在乎。在绿茵场上奔跑冲突的男兵，在为自己的一踢进球而欢呼的同时，免不了会将目光投向看台上的女兵，或许还会被她们的情绪所左右。似乎踢球的不是他们，而是女兵。种种现象，难以尽述。

让我忍俊不禁的是，有一次，我的未婚妻去学校探亲，为了向她展示女兵这道“风景”，我竟“荒唐”地邀请了一位女军官陪她吃饭、聊天。最后的结局谁都可以想象。

女军官姓陈，安徽人。那天上午，当她穿着一身鲜绿的军装、戴着军帽、骑着自行车，兴致勃勃来到我宿舍的时候，我的未婚妻表现出了主人般的热情，又是泡茶，又剥橘子，让本就性格爽朗的小陈感觉如姐妹一般，并无半点拘束。午饭时，我为每个人都斟了一杯白酒，大家边饮边聊，很是开心。但当一杯酒见底以后，我的未婚妻坚持要以主人的姿态为小陈再斟一杯，小陈却坚持说："喝不动了，从来没喝过白酒呢。""那就少喝点吧。"我未婚妻也在坚持。我劝我未婚妻，道："不喝了吧。"她却更加坚持地说："就一点点吧。"也许是小陈难拂主人的盛情，就让又斟了半杯。匆匆地喝完，小陈便匆匆地站起身，忙着辞别。

我知道小陈可能喝多了点，不便挽留，忙说再见。我未婚妻也热情相送，还说："有空就过来坐坐。"满脸绯红的小陈连声应答"好的好的"。人已经将一只脚踏上了自行车的踏板。

一个趔趄，小陈差点摔倒。军帽滑落到地上。我连忙伸手去捡，一面不停地招呼她："对不起对不起！"小陈却笑说："没事，就是头有点晕。"立即戴上军帽，骑上车，摇摇晃晃地走了。

回到宿舍，我未婚妻却一脸得意，说："酒没有喝够。"而我，却显然已经读出了另一种含意。

多年后我回忆起这件事，总会笑话当年的自己。初入恋圈，我并没有做好功课：女人这本书我读得太少，以至于犯了恋爱大

忌。好在事后有一次我与小陈再次相见，她对此事丝毫未有半点芥蒂，我倒也释然了。但时间终归是能说明一切的。此后的几年，未婚妻成了我的太太，也曾几次去部队探亲小聚。许多事实让我确信：女人这本书是带着正负电子的，并且随着场景的不同，让正负产生自由转换。

儿子出生六个月的时候，母子俩去我新的工作单位探亲。那时候因为工作，一群女兵和我形影不离，在计算机模拟实兵战术对抗演习的工作室里，整天面对着荧屏。工作时间必须严格遵守纪律制度，这是部队的刚性要求。良好的氛围张扬了她们活泼开朗的个性，乃至有些女兵天不怕地不怕的。当她们听说卞参谋的老婆孩子到部队来了，三三两两地选着日子，结伴去我的宿舍看望。

我是事后才知道，小仝和小黄去我宿舍时，并没有见到我的儿子。那次我没在宿舍里。她们去敲了门，门也打开了。“开门的是个很漂亮的女人。”快人快嘴的小仝事后跟我说了过程。“可是，”她说，“我们就问‘这是卞参谋的家吧’？但是开门的人对我们说不是。然后，门就关上了。”“呵呵呵！”小黄压低声音凑近我说，“她是怕我们吗？”我立即意识到了什么，连忙解释：“她是干公安的，警惕性高。她可能确实怕你们，怕你们冒充军人。”而我心里面说的一句话是“对不起”！

后来，我索性带着他们母子俩不停地出门溜达，更多的男兵女兵和他们有了更加亲密的接触和交流，我太太的感受很快有了明显的变化：女兵们抱着我儿子随处闲逛，她倒也放得下心来了，不必跟随。

这也难怪，我太太身在地方，有着和军营不同的生活环境，其情感认知必定存在差异。那时候她显然不知道，军人这个特殊的集体，不是局内人，是无法准确体验他们的内心的。即便是局内人，作为男兵，我也是随着情景的变化，愈发加深了对女兵的认知和理解的。

女兵绝不是军营的点缀，也注定不可能是普通的女人。这是一种无法还原的逻辑。都是女人，为什么成为军人以后，便会呈现出与其他女人不同的状态？难道仅仅是因为那身绿色的军装？

基地是专门从事合同战术训练的组织和评估机构，对室内室外的通信有广泛的需求和很高的要求。为此，专门组建了一个女兵连，专业从事通信业务：计算机操作和野战通信。本来是偎依在父母的怀抱中撒娇的年龄，她们却在军营中付出了比同龄的女孩更多的体力和精力，甚至必须付出和男兵一样的代价。没有了脂粉的修饰和艳装的打扮，拒绝了零食的诱惑和逛街的闲逸，在山野草木间，她们提着十几斤重的线盘奔跑，一身泥水一身汗，却不能停下疲惫不堪的脚步，无论是夏秋还是冬春。在计算机工作台前，她们舞动的十指曾经为她们带来多少泪水。计算机操作中，打字的速度和准确率是基地演习时一项重要的技术保障条件。所有能工作在演习一线的女兵，必须达到相应的训练要求，否则自动出局。多少女兵在别人已经进入梦乡以后，仍然用键盘嗒嗒的声音陪伴自己，因为她们羞于被训练主管劈头盖脸地当众训斥，也因为她们同样是一群有着理想的军人。她们心里很清楚：穿着军装的人，是不分性别的。

当然，她们也有哭泣的时候，女兵终究是女孩。但是，她们的哭泣不是对现实的拒绝，她们只是通过哭泣来寻求某种平衡。哭泣时她们是女人，但哭泣过后她们仍然是女兵！草绿色的军装包装着她们，卓然的青春气息和军队精神一起从她们的身上射出，军营中确实没有了性别的差异！

这是我所见到的女兵，也许她们并不是军营中最出众的那一群，但她们是真实而又实在的。女孩当兵，是对生活的挑战，更是一种对自我的挑战，是女孩自己对自身能力和精神的一种测试和锤炼。真正当过兵的女孩是不会被生活挤垮的，因为她们曾经是军队的一部分——虽然那是很小的一部分。

我一直欣赏女兵，即便是离开军营三十年的今天。

怀念书信

近日整理文稿，又与曾经的书信有了密切的接触，心里头便有些不平静起来。看着那些被我分“人”别类捆扎着、包裹着，大都已经纸张发黄、生脆的来往信件，那些往事岁月、那些亲情友情一点点便弹射出来。特别是当我的手捧起那一大扎被我捆扎得特别整齐的书信时，我的心猛然间挣脱我这个本体，擅自穿越到了四十年前去了。一幅幅画面、一个个表情、一声声细语、一点点情绪……像突然受到邀请似的，从我的脑门子挤进来。我忍不住信手拆开了捆扎的布带子，随意打开一封，饶有兴致地就着灯光阅读起来。也不知过了多久，一个声音突然在我耳边响起：“爷爷你笑什么？”我恍然被惊醒。五岁的二孙女上楼睡觉时看见了我在傻笑，于是发问。我认真地回答她：“爷爷回到从前去了。”

是的，许多年前，大概是家用电话、大哥大、BP机相对普及的年代吧，我曾经十分怀念书信、渴望回到书信往来的日子。一九七九年刚到部队当兵时，面对陌生而严酷的环境，思乡之情很快便一波一波向十六岁的我频繁袭来。我写信给父母亲，告诉他们“我很好”，却不敢对父母说“想家”。但此刻，当信封上是父亲用流畅的笔迹写上“卞荣中收”的信件飞到我面前时，你或

许无法想象，这对一个十六岁的少年来说是一种怎样的安慰。往往是读完了一遍，再读一遍，或许还有第三、第四遍。而后便在心里遐想：怎样用父亲的安慰平复自己的思乡之情？如何把父亲的教诲化成自己以后行动的动力？还要想如何回复父亲的信，让家里人不再担心挂念。当年父亲在信中说的话，有一些至今仍然留在我的脑海里。而最让我不能忘怀的，或许不是文字，是父亲留在信笺上的泪痕——刚入伍半年多的时间里，父亲给我写的十几封信中，几乎都有这样的痕迹。我曾经在转业以后和父亲笑谈过："您不及我坚强。"父亲用凝重的语气回答我："有些眼泪是无法控制的。你那叫什么坚强？少年麻木，不解父母之心罢了。"后来我自己有了孩子，和妻子的书信往来，确实便有了些流泪的冲动。虽未在信笺上留下痕迹，但我心里清楚，落在信笺上的每一个字，几乎都被我的泪水浸泡过。即便是许多年后再读时，情绪仍不逊于当年。所以我得感谢书信，让我清晰地感知我曾经走过的路。从这个意义上说，书信未尝不可称作史书。至少，他记录了自己的成长过程。

再想一想那些写信的日子，远比现在发微信、短信更有仪式感，更能让人珍惜和回味。通常是在夜深人静的时候，只有明月和灯光做伴，在展开的信笺前，一个人静坐着。泡一杯茶，燃一支烟，任袅袅的烟雾和清香的茶气升腾、弥漫。待思绪清晰稳定下来，便提起笔，并不急于落下，只是托在下巴上，助力脑袋瓜子洞开，想一下，再想一下。待到终于落笔时，自己的心绪便成了一字一句，在洁白的纸张上留下了痕迹。或忧或喜，或真或假，或虚或实，或接受或拒绝，或感谢或批评，或调侃或庄重，或承诺或希望……全然落在字里行间。最后的落款结束以后，放下手中的笔，也不急于折叠、入封，而是让目光从第一行开始，一个字一个字地读下去，真有些“复恐匆匆说不尽，行人临发又开封”的浅忧。若不满意，一定会撕碎重写。若觉得意思已经表达完整，这才折叠入封，贴上邮票，等待塞进邮筒，让书信踏上旅程。

写信，无疑是一个让人沉静和深思的过程，更是一个让人情感积累和沉淀的过程。对我而言，这样的过程，尤其是在谈恋爱的时候演绎得更甚。那时候，渴望两地书信飞来飞去成了我生活的一部分，像有瘾似的。而其时的书信，也绝不仅仅是“凭君传语报平安”“一行书信千行泪”的单向情绪表达，更有“嵩云秦树久离居，双鲤迢迢一纸书”的有往有来；既有“独下千行泪，开君万里书”的激动，更有“交亲书断竟不到，忍听黄昏杜宇啼”的焦虑。一切的情绪，仿佛就在“写信—等待—收信”的循环往复中酝酿和表达。于是，那几年的光阴常常被我定格成这样：一个人在书桌前端坐着，目光落在我喜欢的、印有部队番号的洁白信笺上，脑子里思考着要落在信笺上的内容。或许还会把刚刚收到的一封“情书”铺展在眼前，酝酿一下回复内容的“针对性”。感觉可以下笔的时候，一定会先让自己的心情平静下来，以防因为激动而致执笔的手颤抖起来，这会让我自觉满意的字形变成另外的样子——而后开始伏案而书：字句的选择是谨慎的，不能引发歧义，不能词不达意，不能啰里啰唆，不能过激又不能过“娘”，不能过白也不能过“麻”……真的，比给父母写信还要费劲，比写一篇文章更需讲究。因为我深知，落在纸上的看似文字，其实是我当面表达的每一句话。我要让自己的真实情感在信里面表达出来，包括我面对她时脸上应有的表情，都应该让她清晰地感知，而不能有过多的猜想——我不是在写信，她就站在我面前，是她倾听我在诉说罢了。庆幸那时候没有电话，没有BP机，更没有什么小灵通、大哥大，让我可以享受那份特别的安静，可以听得见心跳的安静。这使得我在书写的时候，只能清晰地聆听钢笔走动的声音——仿佛它就是一位忠实的信使，正不辞辛劳地前进在通往家乡的路上。但我此时也常生出一种担心，怕不知哪位战友突然造访，木质的房门被响亮地敲击拍打。若起身开门，无疑会强行中断我甜蜜而又幸福的情绪。况且，那时候的“收”信，通常是会以“天”来计算的：发出去的信，大约三天对方能收到；收到复信，也大概需要三四天时间。若无故延迟一二天，便会让对方生出一种莫名的担心来。可是身在部队、身为军人，哪有更多的时间是属于自己的呢？一旦有了适合写信的时机，岂能轻易错过？和战友聊天，在文化生活相对匮乏的二十世纪八十年代，皆为长篇或超长篇的“无主题变奏”。这是一个很要人命的“开门”，对时间的支配权会在开门时拱手交出。所以，有很多次这种声音出现时，我选择了“重色轻友”。五年时间，三百多封来往书信，要读、要写，要体会、要思考，时间和时机岂可轻易浪费。

有一天我曾和太太——那位和我互致书信三百封的她戏言："将我们的书信整理一下，出个《我们那时候的爱情》集子如何？"已经是两个孙女奶奶的她，惊诧又羞赧地一笑，说："真让人笑话呢。"我只是开个玩笑，当然不会出。既不是什么名人，没有效应，更不是什么作家，文不通字不顺的。还有就是，我也怕人笑话。现代人生活节奏很快，或是忙于工作、赚钱，或是疲于在酒桌应酬、钓鱼、打牌、搓麻将之间奔走，仿佛一停下来，大家都不知该干点什么。这一切，也得益于信息交流的快捷便利——手机太普及啦，非我们当年可以想象。打个电话、发个短信、留个言什么的，无论你我相隔多远，所有需要交流的信息很快就传达给了对方。谁会乐意使用书信或阅读别人的书信呢？有多少人已经不知道"写信"离自己有多遥远了，甚至你让他尝试着写一封信，他未必知道如何去写。效率，成了现代人眼中的一个标签。行色匆匆、神色凝重、言辞激烈、态度生硬、车轮滚滚……是这个标签下的若干元素。我常常对这样的"现代文明"无所适从。也禁不住怀疑：若干年后，我们能为这个世界留下些什么？是《周易》《黄帝内经》《本草纲目》，抑或《四书五经》《兰亭集序》《红楼梦》《阿Q正传》？或许，连书信体、日记体这

样的出版物也绝迹了——除非有人故意炮制，而不是像曾国藩、傅雷那样源自内心。书信，或许会成为一个灭绝的文化“物种”。

但我仍然坚持怀念书信，因为它与我的人生有着深深的共情：我哭它也哭，我笑它也笑。它是我生活中得力的助手，对历史的记录和对回忆的点拨是那样真实和准确，让我触摸到生活的质感，感受到生命的厚度。它也是我十三年军旅生涯的最好陪伴，有鼓励、有批评、有督促、有提醒，给我制造了许多美妙的景象。所以，曾经的五六百封信被我一封不落地码在书橱中。尽管信的纸边都已经发黄、变脆，用手轻轻一划拉，能发出咔咔的脆响，我仍然控制不住要翻看它们的欲望，常常独坐书房里，和它们面对着面，我看着它们，它们也看着我。不，我其实是在和过去的我对话。甚至常常幻想那些咔咔的脆响，正是我曾经步履匆匆、疾步前行的声音。

“却顾所来径”，依然“苍苍横翠微”吗？

绿茵场

营区里的那片绿茵场是许多军人注目的地方。

那是一个标准的足球场。它的南面有一座堤坝，堤坝的外面是一个很大的水库；北面是一个陡坎，顺坡长着几排水杉；坎的上沿，连接着营区内唯一一条东西走向的水泥大道；球场的东面有一座高过人的围墙，用一些不规则的石头砌成。靠近围墙的北端，有一段长二十来米的缺口——那是军人们进出球场的通道；球场的西面是一个高高的山坡，从上到下，顺势筑有一级级又高又宽的台阶。在这些台阶的居中位置有一个虽不阔大，却十分显眼的平台。

所有这一切都是人工开挖的。据说，当年来这里创业的部队为了在山坳中开挖这样一个标准的足球场，不惜花费了整整三年的时间！

军人喜欢足球，但他们并不过多地在乎踢足球的“技术”，而好像更加看重踢足球这种运动形式。所以，当这片绿茵场热闹起来的时候，参加踢球的军人常常超出规定人数。有时人数过多、标志不清、“敌”我难分会导致内战。而这些现象作为运动以后的谈资又总是给军人们带来无穷的乐趣。不过，无论人数是多是少，却从来不会影响军人们对获胜的争取。他们一踏上这片绿茵地，总是把获胜的信心和愿望表现得那样迫切。这种信心和愿望是驱使他们在球场上拼命狂奔和勇敢冲撞的动力之所在。

当然，如果平台上有女兵观战，那情况总会有一些不同。因为他们无法不在乎在女兵们面前所应当表现出来的那么一种自尊：他们会因为球在自己的盘带下丢失而暗自懊悔；他们会因为临门一脚太臭而尴尬；他们会为了凭着自己的速度、力量或技术在对手面前虎口拔牙而暗喜。而在这一系列的表现过程中，他们绝对不会去计较同伴的责备甚至是谩骂，即便是脚法“奇臭”的军人，也会对此表现出令人吃惊的坦然和大度。

足球不拒绝女兵。与其说这是男兵们的一种期待，毋宁说这是事实。冬日的午后或夏日的傍晚，总会有一些女兵迈着轻闲的步子来到平台上，沐浴着温暖的阳光或鲜艳的落霞，正经地摆出一副军人的坐姿，看她们的脚下一个个奔跑追逐的男兵。有一个很大胆的女兵总会在精彩处狂喊“加油”，让一些极易冲动的男军人毫不犹豫地竭尽全力。那些不易冲动的男军人也不得不一只眼盯着足球，一只眼瞄着看台上的她们。

不过，在军人和足球之间，最令人感动的莫过于雨中踢球。或许，当军人们吃过午饭，最后一阵雷雨刚刚歇脚，而足球场上

的积水已经足以让奔跑着的军人一脚踏上去以后，溅起一朵硕大的水花；也或许，天空中的大雨正倾盆而下。可是，足球场上，军人们依然开始了他们的运动！在水花的不断飞溅中，军人们追逐着，奔跑着，争抢着，高呼着，大叫着，奋力嘶喊着。他们浑身被雨水浸透。他们不断地摔倒，又不断地爬起。他们的身上沾满了草屑、泥沙。有时大雨淋在军人们的身上，令运动着的军人们几乎睁不开眼。但是，透过一丝目光的空隙，他们总是能准确地发现足球飞动或滚动的轨迹。

而这时的平台上，居然有几个撑着雨伞的女兵！

一个足球场，确实无法满足许多热爱足球的军人的需要。但是，对那些热爱足球运动的军人来说，有一个绿茵铺地、平坦阔大、规格正统的足球场，那是一种怎样的享受！军营拒绝衰老，永远朝气蓬勃、生机盎然。“出身”于军营中的足球场，无疑是一种幸运、一种骄傲。它们自身生命的意义在经过军人们的演绎之后，变得更加富有质感，更加灿烂辉煌。

野餐的滋味

那年五月的一天，一辆绿色的军用吉普车载着我们外军研究科的几个人，在训练场内的丘陵地中起伏前行着。尽管弥漫的尘烟伴着烤人的热浪，从并不严密的车体中张扬地渗透进来，令我们呼吸都有些不畅，但是，包括科长在内的我们五人，一路上就没有停止过兴奋。包装袋上已然落满尘土的盐水鸭的清香味，仍旧顽强地钻进我们的鼻孔。日头当午，吉普车在一簇难见的绿树丛中停了下来。四周寂静，人烟了无。我们取出自备的“粮草”，盘腿席地，开始了我们早有规划的野餐。

我们用刚刚在清澈的溪流中洗涤过的双手，撕扯着卤汁洇洇的盐水鸭。我们将手指深深地抠进午餐肉罐头中，将那些细腻得不齿咀嚼的肉末塞进嘴里。我们大口大口咬着黄瓜。太阳在头顶上很正统地照着。四周没有更多的遮挡。风儿不知在哪里歇了脚，连瘦弱的山间野草也挺拔着身躯一动不动。流淌着的汗水在我们涂满了灰尘的脸上犁出了蚯蚓走过的痕迹，有几滴或许已经滴在了盐水鸭上，被我们吞进了肚子。我们的衣服已全然湿透，草绿色的军装顿时变成了一幅作战地图。可我们毫无顾虑，尽情享受着野餐的滋味——在我们的军旅生涯中，唯一一次“正规”的野餐！

其实，野餐对军人来说，应该算是一件很普通的事。我的新兵连生活刚刚结束，被分到老兵连的时候，就曾常常一手端着两只饭碗，和其他的战友们一起，“左腿弓、右腿蹲”，围在露天地里就餐。那场景就很有些野餐的氛围。后来当学员、当教官、任参谋，常常被拉出营区，或拉着别人走出营区搞野外训练。如果最后一辆卡车上装满了炊事班的行头，那是注定又要野餐的。照例是一只碗装饭，一只碗装菜。就餐完毕，将饭碗装进随身的挂包，在嘹亮的哨音响过以后，继续操练。这样的机会很多，难以使我们感觉新鲜，我们只是觉得那不过是一道程序而已。但是，在这种程序的多次履行过程中，我们逐步体会到了军人的意义。

可是，有一次野餐在我的记忆中留下了挥之不去的印象。

津浦线是我国铁路运输的主要干线。七年前的那场洪水无情地对它造成了多处的破坏。位于我部驻地附近的一段铁路被洪水冲垮了路基，两条铁轨变形下沉，属于受损较重的路段。上级要求我们必须在两天的时间内，让这段铁路恢复原样。天上的暴雨仍在不停地下着。战友们肩扛、背负、锹挖、手扒，硬是用一粒粒石子垫平了路基，将一块块石头铺成了护坡。整整两天，数百名官兵没有休息。极度的疲劳使得我们将吃饭几乎也当成了一种负担，而当时的环境也只能让我们以干粮充饥。直到第二天大功告成，天色将晚，雨也停息了，炊事班送来了最后一顿晚餐。大米饭、红烧肉、鸡蛋汤，可是竟然谁也无心去吃，一个个东倒西歪地睡着了！

只要是军人，大约都是拒绝不了野餐的。而军人的野餐，绝不是只有浪漫——这种浪漫，或许只是军人们在野餐时，一种自我调节的心理状态。而真正“军人式”的野餐包含着更多的责任和使命。在那样一种普普通通的就餐方式里，蕴含着某种让人怦然心动的精神——它意味着那种无条件地付出和牺牲。而正是这种精神，造就了中国军人的神圣和伟大——谁也不能与之比拟！

站哨

军人站哨，天经地义。但它是我军旅生涯中一段最难忘的经历，一种无法轻视的体验。

走进军营，我信心满满地穿上了绿色的军装，提着行李，和四十名同乡一起，昂首挺胸，走进了军营。那一年我十六岁，足迹几乎没有离开过村庄，没见过世面，无阅历可陈。另一个世界突然在我的眼前瞬间展开，一切无疑都是那么新鲜，都是那么生机勃勃、活力四射，让我看到了未来的曙光，我的心里满是沸腾而又坚实的力量。

我在新兵连只待了七天，便被团长亲自选定，下到了无后坐力炮连四班当战士。四班是全军无后坐力炮射击示范班，因老兵退伍，急需补充新的兵源，以备承担那年四月给全军集训队做射击示范的任务。在新兵连时，老兵便已教会了我如何站哨：两个人一个班次，一个班次两小时。没有武器装备，双手可以插在棉衣口袋里，走路也不必齐步，就那么晃晃悠悠地在营房周边巡回走动。老兵告诉我们，站哨的主要任务就是发现可疑的人，解决可疑的事。“在我们这个地方，”老兵加重语气告诫我们，“就是防小偷！”我们生产队的粮仓里囤了些多余的粮食，每天也都是有人轮流去看守。傍晚有人扛着一床棉被，晃晃悠悠走到值班室，棉被往稻草铺上一甩，人钻进去，眼睛闭着，耳朵醒着，睡一觉。第二天一早，照旧晃晃悠悠地扛着被子，抠着眼屎回到家里。在我看来，站哨和看场子唯一的区别就是：我们不能睡觉。

年轻人，两个小时不睡觉当然不是事。在新兵连站哨对我来说，还很新奇。但这种体验一晃就过去了，而且快得我措手不及。到了四班，不但进入了严格的炮兵射击理论学习阶段，同时还得进行严苛的实际操作训练。时间紧，任务重，要求高，压力大。精神上高度紧张，肉体上备受痛苦，尤其是被金属炮架磨破的虎口经久不愈，刺痛难耐。但我们不可能坐地休息，必须前行。最具挑战的还是站哨。

我的老家有六间房，南面三间，北面三间，中间是一个院落。可能是因为在家排行老小，受父母、兄长们保护周全，我从小就是一个怕黑的人，仿佛黑夜是一块冰，遇见它我的胆子便被冷冻了。我一个人从来不敢走夜路，即便是在最熟悉不过的村庄里。我尝试过特别是在无风的夜晚，无论我的脚步如何轻缓，我听见的依然仿佛是什么动物在追逐我的声音。我听不见自己的脚步声，却能清晰地感觉到如敲鼓一般的心跳。偶尔夜晚出行，必定有人结伴，但走在最后一个的人肯定不是我。我甚至在后面的房子里没有灯光时，不能一个人走进去取什么物件。妈妈说过我：真得用！我当兵时，家里人也特别提醒过我："你这个胆子，还能当兵？"但我不以为然。

该来的还是来了，在我不期然之时。我们连队营房的北边六七百米的地方，是团里修理兵器的修理所。两点之间无人烟，且地势坑洼、土路蜿蜒、树木零星，只有修理所的东边散落着几户民居，民居的周围有一片片略显高大的树木。修理所被一周围墙所圈，围墙上端置有电网，常人难逾。其正门朝南，门口西侧

立一岗亭，一到夜晚，我们连队的战士会轮流站立在这个岗亭里，带一把上了刺刀的步枪，承担这一重要场所的保卫任务。我当然是其中之一。

两个小时换一次岗，一个岗次一个人。

一个岗次一个人！从第一次开始，我似乎患上了恐惧症。正值冬季。换岗时间临近，我哆哆嗦嗦地穿好军装，背起步枪，出了宿舍，走进黑暗里。没有路灯，哪都没有，除了营房里面。我的恐惧从这时开始逐渐膨胀起来，并弥漫到全身。我是握着一把手电筒的，但我不敢打开。打开它，我感觉自己完全成了一个暴露的目标。置身明处，让那些身在暗处的敌对分子更加有机可乘，更有胜算的可能。我试图将步伐走得稳健一些，但不知道是路不平，还是我双腿僵滞，我感觉我走路的样子总是摇摇晃晃，且极不规律。我提醒自己，眼睛尽量只辨别黑暗里的道路，不要到处乱看，我的大脑却不时地指挥着我的眼睛，看一些我本不想看的东西。我看见那些高矮不一的树木，一会儿像一个蹲着的人，一会儿像一只即将出击的什么动物，他们都对我产生了威胁。我越是不让自己看它们，眼睛越不听使唤，反复地去看它们，这让我的恐惧感陡然飙升。瑟瑟寒风总是制造出一些我不愿意听见的声音，又时时让我感觉到身后有什么东西在尾随着我，使我常常禁不住极其担心地回望身后，却又无所发现。我越是加快步伐，越觉得这段路实在漫长。我心里似乎只有一个希望：赶快见到正在岗亭里站哨的战友，以缓释我对黑夜的恐惧。哪怕这种见面只有短短的几十秒钟！

但我从未向任何人透露自己的真实感受。当兵伊始，有一种想法在强有力地支撑着我这个少年的身体和精神：一定要当一个有出息的兵。所以我选择独自忍受，哪怕面对最亲密的战友。我不断地在心理上调节自己，即使是几十秒钟的换岗时间内，我也会对自己说，怕什么呢，又不是你一个人在经历着，一切不都是挺好的嘛。

但我仍然无法克服面对的恐惧。当我一个人僵立在岗亭子里，看着下岗的战友渐行渐远的手电筒的光亮，我感觉自己也渐渐成了一尊雕塑，一尊被人抛弃的雕塑，一点动静都发不出来。风在这片贫瘠的土地上制造出各种声音，它们都一声不落地钻到我的耳朵里。我控制不住从骨子里冒出来的警惕，仔细辨别着哪种声音可能会对我产生伤害。但我没有忘记自己的任务，眼睛盯着黑暗中的那扇铁门，目光好像是被门上的那把铁锁同时锁定，而瞳孔一定如夜间的猫。我不希望有任何生命在此刻异常地闯入我的眼睛，甚至闯入我的耳朵。我努力从恐惧中挤出间隙，断断续续地设想种种应对突发事情的可能，包括肉搏。我想不通的是，在这片人生存起来都很困难的贫瘠土地上，却有数量不菲的狗。它们不惧黑暗、不怕寒冷，更无视我这名解放军战士的存在，在萧瑟的寒风中追逐打闹，制造出各种让我心惊肉跳的声音，它们在相互撕咬时爆发出来的凄厉叫喊，让我全身的肌肉一阵接着一阵地紧缩，全身的毛孔一阵接着一阵阴冷地收缩张开。我被逼无奈，常常在这样的时刻想起家，想起爸爸妈妈哥哥们，甚至是一切可以想到的人对我的好，以及因这些好而产生的幸福和安逸。但我没有哭泣，也从不在书信里向他们诉说。就让这既短且长的两个小时一次次从我的生命中走过。

在这种煎熬中度过了半年的时间，我挺住了。示范射击任务完成得十分出色，四班集体荣立了三等功。我也成功地搭上了部队招生制度改革的第一班车，成为军校的一名学员。而此后，我再也没有经历过如此让我身心俱损的站哨。

其实，我又何尝未曾得到呢？十七岁，我像是一坨已被炭火烧红的铁块，需要有人抡起铁锤，把我锻造成可用的材料。若非是军人，是断然不会有人这样去敲打的。我有幸经历了，并坚持了下来，没有退缩，这使得我在以后的日子里，似乎就不曾感受到有什么苦不能吃，有什么难不能克了。直到今天，四十多年过去了，依旧如此——尽管曾经面对过无数次的艰难困苦。

方言俚语

中国地域辽阔、文化深厚，方言俚语像大地上的物种，多样存在。这让我常常心生感慨：写出来都是同样的文字，但说出来却千差万别。文字只认你识不识，而语言却问你懂不懂。识得的文字都是统一的，语言的“懂不懂”却有着不懂、似懂非懂、懂一点、基本能懂、都能懂的差别。我一直闹不明白，是文字记录了语言，还是语言“音化”着文字？无论怎么说，两者之间的矛盾似乎都是不能调和的。

只能面对吧。必须面对。我在单一的语境里生活了十六年，整天只说一种话语，连老师上课、我们答问都一样，不觉得交流和沟通是一件难事，甚至也想象不到，语言表达的“差异化”以致不能理解彼此的话意，不断做出“蒙”之情状来。一脚跨进军营以后，我发现：军营是能集中体现这一现象的地方之一。五湖四海的人走到一起，一开始似乎都没有做好用普通话交流的准备，浓重的乡音到后来成了我们识别“你是哪里人”的最直接依据。而四十多年前的我和大部分战友一样，带着一种对普通话天生的漠视走进了军营。结果只能是先品尝一下尴尬和无奈的滋味，再去领略方言俚语的美丽，并借此感受国之大矣。

我的尴尬是从一声“吆喝”拉开序幕的。到新兵连没几天，轮到我小值日。所谓小值日，无非是帮助炊事班打打下手、搞搞卫生，或是在开饭的时候执勺分配菜肴罢了。值日期间我很少说话。一是我与大家彼此陌生，说不上什么话，而且炊事班的战士都是“老兵”，新兵对老兵本身就有种畏惧感。二是我自己也不想讲话，怕话讲得不好挨老兵的训斥，我是一个爱面子的人，不想言多有失。到了吃早餐的时候，我按规定抄起一把大勺，为每一位走到我面前的人分配咸菜。由于是第一次操作，根本没有想到对吃饭的人数和总体的菜量进行评估，事先计划一下一勺能臼多少菜，又害怕先前的人分多了，后来的人没的分，故而“勺下留情”。待每位战友都端着瓷钵，蹲在连队的操场上大嚼大咽起来以后，我惊讶地发现菜盆里还剩下不少的咸菜。我感到特别可笑，于是红着脸，高声嚷了一句：“寒（咸）菜不够再来加嗲疙子（一点点之意）！”一言既出，立时引得大家哄笑起来。有几个人看着我，却是一脸的不解。我更觉尴尬，脸上火烤似的，不知道说错或做错了什么，手足无措、目无定处。排长一定也很好奇，我看见他端着饭碗、嘴巴嚅动着向我走过来。我尴尬中又多了分紧张，不敢正视排长的眼睛，却盯牢了他手中的瓷钵。等到那瓷钵杵到了我的眼前，我听见了排长的问话：“你刚才说什么？”我讷讷地将刚才的话重复了一遍，排长又笑着问：“什么意思呢？”我用勺子敲了敲菜盆，低着头，像是对菜盆说：“还有这么多，谁不够可以加嗲疙。”排长终于明白，哈哈大笑起来：“你说的是方言，大家听不懂的，要说普通话才行。”我这才意识到问题所在。

“谁的咸菜不够可以再过来加一点。”排长帮助我纠正了错误，我应该是有些羞愧或后悔的，手中的勺子机械地为几位“咸菜不够”的战友添加了些咸菜。

这是一个梗，好长时间堵在我心里，我想确实也是，虽然走进军营的时间不长，但至少在与我说过话的人中，还没有谁的话让我听不懂。第一次失误也许纯属大意，用自己的嘴巴将“寒菜不够再来加嗲疙子”变成大家都懂的话是绝对有可能的，但是以后呢？正常交流呢？班务会、训练中要自己发言呢……怎么办？我们那个年代是学不到汉语拼音的，自然也不懂什么叫“普通话”，最多是尽可能地不让方言俚语蹦跶出来罢了。

想到这里，心中倒也乐了：为什么大家的普通话都不一样呢？我仔细回想着许多战友留在我耳朵里的声音，突然惊讶地发现：尽管大家对我说的话我都能听明白，但是，那个叫“口音”的东西仍然是有区别的，而且有些还十分明显。一想到这是事实，我心里的压力倒也减轻了许多。但，自此以后，我开始留心用普通话——其实只能说是“大家基本能懂的话”——说话。不过，我在心里提醒自己：必须学说普通话，要为上大学做准备。

没有电视，没有收音机，没有广播，甚至没有人教，想学但却无路可走。最初，我是努力让自己当好自己的翻译，说话之前，总要把那些我认为是家乡话的东西翻译成“普通”话，不让

别人因无法听懂而致误解。在部队，像我们这样的“新兵”多半是干事的人，很少有太多讲话的机会。一切都得源于“口令”而行，开始时，除了班务会，和连队干部及其他战友也都是极少交流的，所以，这并没有让我感觉到是件困难的事。

但是，只是当好自己的翻译显然不能满足我的愿望，我只好向别人学习。我曾经试图在全连寻找普通话讲得好的人，但因为我不知道什么叫“好”，所以迟迟未能如愿。一段时间，我像一个偷斧人，总是怀疑别人的普通话其实也不“普通”：连长是浙江人，我始终认为他的普通话带有浓厚的浙江口音，不算标准；指导员是上海人，又曾经下放在扬州的宝应县，我就觉得他的话虽然亲切，但也好像是“五音杂陈”，不算标准；副连长与我同乡，一口“普通话”说得连我都不好意思；班长是江西人，余江地区的普通话说起来像是机枪的“点射”，意思都能明白，心却总是在嗓子眼，就怕在哪个字上“梗”了……

我只好在怀疑中学习，又在学习中继续怀疑，免不了闹出一些笑话，但并不影响沟通和交流，甚至倒成了学习的“花絮”。比如，我们家乡的“鞋子”与“孩子”是一个读音，后来我学习到“鞋”的普通话读“谐”，于是，有一次竟想当然地把“孩子”也说成了“谐子”，好不脸红。好在坚持学习最终大大降低了纯粹的方言俚语“祸从口出”的可能，当兵的日子也因此而少些波折。

进入部队院校以后，首先是教员的普通话给了我很大的帮助，尽管也有不少的教员“普通”得很不“普通”。没多久，有同学购买了收音机，闲暇时光或在田间地头搞小生产的时候，听刘兰芳老师不知疲倦地给我们说《岳飞传》，这时候我料定，这就是我要学习的普通话了。我真的特别用心，用心听、用心揣摩、用心练习。可能也得益于上学时的语文基础，更兼我的家乡话从发音上来说，是与普通话比较接近的一种，既不很“蛮”，也不太“侉”，只要去掉正宗的方言俚语，再将一般的发音向普通话靠近一点，似乎就够了。后来我更钟情于《新闻和报纸摘要》节目，说一些能让人听懂的普通话倒也不是难事。

但是，部队里讲方言的远不止我一个。除了从北方语系的地理位置内入伍的战士以外，其他地区的战士几乎都面临着因为方言俚语太重难以与别的战友正常沟通的事。尤其是福建、广东一带的战士，每句话出口都是一个深奥的谜面，让你无法猜透谜底。所以，不管是谁，只要进入军队这个大集体中来，都在努力克服方言俚语给彼此的沟通和交流带来的不便。或许当过兵的人都听说过这样一个故事：一列正在行进的部队得到指挥员的命令：“向后传，原地休息。”这是部队发布命令的一种形式，从前往后，一个个口头传递下去，当这一命令传到接近队尾的时候，却变成了“向后传，鞋子丢了”。从“原地休息”到“鞋子丢了”，这中间经过了多少方言口语的加工。如果在战场上，这又将会造成怎样的后果？

部队里是需要统一“语系”的，不允许方言俚语的流传，这是方言俚语在军营这个特殊的环境中面临的唯一选择，是练兵打仗的刚性需要。这是我后来从事军事教员之职、更加认真学习普通话的真正原因。所幸，在我当教员期间，有学员常常问我：“教员你是哪里人？从口音上我们听不出来。”

一件背心

我有一件草绿色的背心，尼龙质，极富弹性。那是三十年前我在部队当学员时买的。

那年的夏天很热，而学习和训练却并没有因为天气的酷热而放慢节奏，甚至恰恰相反，部队“夏练三伏”的传统竟让我们感觉到了训练量的加大。为此，我们付出了很多的汗水。遗憾的是，部队所发的服装中，独缺背心这一种！这就使得我们在紧张的训练之余，只好钻现有装备的空子——一件军装空空地套在身上，训练的间隙或可解开腰带和纽扣，以此来散散身上的热气。

后来不知哪位同学率先穿上了一件白色的背心，紧接着立刻就有很多的白色背心在校园里晃动起来。在这种潮流的影响下，我也买了两件：一件白色，一件绿色。就在我们为买背心的事闹得正欢的时候，有一位生意人走进了校园，而这生意正是冲着我们所买的背心来的。生意人在一些薄薄的塑料板上刻出了一些空心字，诸如“军校”“陆军学校”之类，还有从0到9的各种数字。生意人根据我们的需要，用红色或白色油漆将这些字涂印到我们的背心上，而后伸手向我们收钱。生意人似乎很明白我们的心理。那时候我们内心对上军校感到特别自豪，很想以某种方式向那些认识或不认识我们的人暗示身份。所以生意人的到来，注

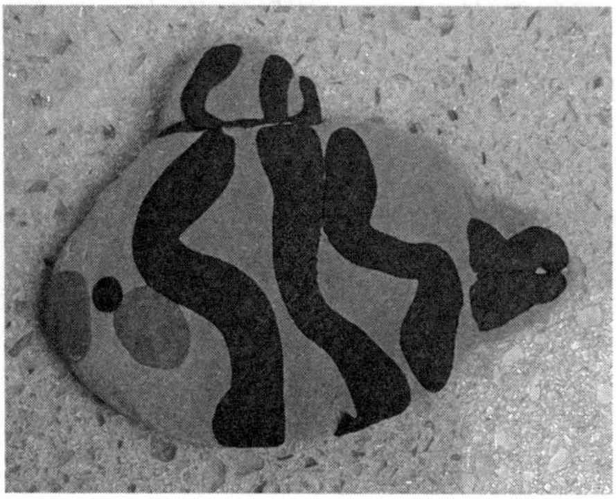

定了我们每一位有背心的人都是乐意掏钱的。

我将两件背心都印了字。正面是草书“军校”，背面是数字“6”。两件背心两个“6”字，是暗藏了我的一份愿望的：我希望自己能够顺利地完成学业，走上工作岗位。

三年军校生活结束以后，我以优异的成绩被留校任教官。从此以后，也不知是出于一种怎样的心理，一年四季，这两件背心总是被我交替着穿在身上。

一九八七年，我被调至某训练基地工作。这两件背心伴随我走进了一个新的环境。一九九〇年的一个夏天，我穿着白色的背心，在基地那座绿茵覆盖的足球场上踢足球。一位当年的同学看见了背心上的“军校”二字，顾不得已是“百孔千疮”，忍不住当场缴了我的“械”，这件人前背后和我相伴了十年的“小玩意”终于易主。

从此以后，那件绿色的背心便形单影只了，而我也已不再穿它。望着失去了伙伴的绿背心那已显破碎的身体，我愈加感觉到它的珍贵，于是，我把它深深地藏在了箱底。

至我行此短文，日子又过去了六七年。在这几年间，我完成了从“军”到“民”的过渡，搬了五次家，但无论是哪一次搬家，那件绿色的背心都是我重点保护的对象。因为，这件“军校”二字依然清晰、背后的“6”字宛若当年的绿色背心，早已不再是一件普普通通的生活用品，它是我十三年军旅生涯的象征，是我个人的生命历程中，那段特殊岁月的见证者！

裸泳的滋味

“不识愁滋味”的少年时光总会给我们带来许多美好的回忆。

那时候，我家住在村子的东南角上。那是一座泥砌草盖的普通民居，房前有一方黄沙质的土场。从家门前的小路向南走六七十米，有一条四季流淌不辍、两岸杞柳夹拥的小河。正是这条普普通通的小河，在我少年时的生活中激起了许多欢乐的浪花。每年的夏天，几乎是每一天，我都会情不自禁地畅游其中，清凉的河水冷却季节的炎热，也让少年的心腾起更加愉悦的热浪。

我喜欢水，至今如此。母亲说我生来对水就有一种特别的感觉，总是很想亲近它，甚至很迷恋它。或许正因为如此，母亲总是想方设法、千方百计地限制我与河水的接触。母亲宁可亲自担了水桶，将河水挑进家里的水缸中，用明矾淀清了，再臼进家用的木制澡盆中，以此让我过过水瘾。性野心狂如我者，如何能容忍这种“束缚”？母亲的多次努力最终都变成了徒劳，门前的那条小河成了我少年夏日时光里最迷人的诱惑。

村里有许多和我年龄相差无几的小伙伴。小河里的第一声“扑通”常常成为一种号令，使小伙伴们陆续从家中、树荫下，或者从哪个适合玩耍的角落里拥到河边，脱了聊以遮羞的小裤

衩，赤裸着跳进水深过顶的河里，展臂踢腿。一簇簇浪花极是匹配我们的年龄，自由地、毫无节律地、高低莫测地、变化无穷地展现出来。那条小河的年龄大约也立即减去了几岁。

那时的我特喜欢裸泳。特喜欢将父母给我的一副身体沉浸在清凉的水中，任其拥抱我、抚摸我、深吻我，使我感觉到无与伦比的柔润、温馨和惬意。母亲知道我喜欢裸泳，常常暗中戳我的“蹩脚”。顺着水激浪花的扑腾声和我们得意忘形的呐喊声，母亲会尽力寻找已被我藏匿起来的衣服。找到了衣服，既可以抓住我游泳的把柄，使我无法抵赖，又可以让我已具害羞的心理受到“惩罚”——赤光着身子从水中走出来，再顺着小路走回家中，路程虽然并不算长，但那种被成人的目光无情取笑的感觉着实让人难以忍受。为了避免体验那种感觉，我常常在面临这样的窘境时，抠着时间，等夕阳的余晖在西边被浸成了黑色，才悻悻地抱着双臂，一路侦察着走回去。

大约是长过了十二岁以后，害羞的心理已经无法让那条聊以遮羞的裤衩轻易离开我们的身体了，裸泳便从此离我而去。许多个夏日的时光，我常常在清凉的河水中感叹年龄的增长给我带来的遗憾。直至独立地闯荡社会，愈加纷繁复杂的社会生活使我产生了生命的警觉，我才把裸泳以及诸如此类的少年生活暂时存放进记忆的角落里。

一九八九年的五月一日，是一个绝对晴朗的日子。一辆草绿色的北京吉普在皖东某地绵延不绝的丘陵地中急行着。在一个阔大的水库边，吉普车停了下来。这时，从车里下来五名军人，其中有一个人就叫“我”。几人爬到了水库高大的堤坝上，我俯在科长的耳边说了一句话，科长竟欣然颔首表示同意。我真是高兴极了！科长立即吩咐驾驶员警戒，而我们几个则立即躲到堤坝的后面去褪衣。

故乡门前的那条小河是无法与眼前的这座水库相提并论的。这座水库三面环山，一面被高大的堤坝拦截，临坝而环顾，水面煞是开阔！午后的阳光照在水面上，照出一片湛蓝、数点星光。微风吹拂水面，星光摇曳不止。玲珑的浪花轻拍坝沿，发出令人愉悦的声响。就在这令人愉悦的声响中，已经脱了衣服的我们相继步入了水中。

五月的天气乍暖还寒。水中透出的阵阵寒意令大家有些胆怯，而我却已经经不起诱惑，纵身扑进凉意森森的水中，挥臂畅游起来。我不停地变换着泳姿，微闭着双眼，细心体味着水的抚摸、水的拥抱、水的深吻。我在用心寻找那种分别了十几年的感觉，试图从记忆的角落里使它们复活，再给我以柔润、温馨、惬意的享受。我知道我的身体已经完全融在了自然之中，战友们的身影和声音亦从我的感觉中消失。我挥动的双臂似乎也不再属于我的动作，而不过是自然的一个物体在按照自然的法则运动着。我的身体就在光天化日之下，苍穹可视，青山可见，且正在被绿水拥抱着……

我终究没有找到我所需要的！

是什么阻止了我的寻找？年龄？阅历？环境？我不得而知。总之，那种属于我少年时光的一切，就像这裸泳的滋味，就这样离我远去了，远去了……

打赌

军中无戏言。即使是偶尔兴起的打赌，也一律是要兑现的。从某种意义上说，军人之间的打赌颇有些像我们从小说中或电影里看来的决斗一样，死活之间，界限分明——赌而有信，绝不食言。

记得刚到新兵连的时候，一次器械操训练，老班长给我们做示范：单杠双臂大回环。老班长刚做完，一个身高刚刚达到体检标准的南京籍战友大言不惭地在我的耳边嘀咕："这有什么了不起，我也能行。"不巧这话被老班长听见了，就转过脸来训话："个子不高，牛皮不小！"南京籍战友立马瞪起了眼："我就是可以，不信打赌！"班长又笑起来，走近了些，说："胆子和牛皮一样发达。你出条件，赌什么？""一包烟。"南京籍战友说。班长笑得下巴翘上天，也不发话，只向南京籍战友挥挥手，示意他上杠。

一点热身的前奏都没有，南京兵只搓了搓双手，挥动了两下胳膊，悠着步子走到单杠下边，双手向上一伸，像托起一个重物，同时跳跃起身体，人就直直地挂到了单杠上。我们在旁边看着，都屏住了呼吸，像磁铁吸附金属一样，目光齐刷刷地落在吊在单杠上的南京兵身上。我用余光瞄了一下班长，发现他的神情也贴上了紧张的标签。南京兵仿佛有些着急，还没等我们有所准备，悬着的身体立即像是被发动了。他先是用腹部肌肉将双腿向上提起，突然间又向前上方伸展了去，像是用双脚去够什么东西。紧接着，整个身体像是被一根绳子拉住了似的，随着双脚伸展的方向摆动起来。摆动，向后，再向前，又向后，再向前，再向后。突然间，南京兵的整个身子从单杠上方倒立着垂竖起来，简直吓了我们一跳！还没等我们定下神来，他的身体又突然向后直直地倒了下来，转到前面，竟然从前面又倒立到了单杠上方了。我们都惊呆了。从单杠一练习开始起步的我们这些新兵，猛然间像是遇见了大神，甚至根本不相信刚才看到的一切。我们尚未反应过来，南京兵的身体像是受不了控制似的，在单杠上呼啦啦地转起了圈子。我想，那一刻我的脑袋里肯定是一片空白，否则，我一定会记住南京兵在转了多少圈以后，方才镇定地下了杠。

班长输了。我们都不好意思用正眼看他，只好退后几步，有意无意地瞄瞄。班长的脸红红的，表情应该是有些尴尬的：“新兵蛋子，行啊你！口头欠你一包烟。”这句对南京兵说的话我们都是听见了的。大家都以为班长“赖”了。到晚上，班长真的塞给南京籍战友一包烟，悄悄地，烟标上印着个红红的、圆圆的“团结”二字。但南京兵没敢收。

军人的赌题大多是以军事素质的展示为主，极少以无聊的行为消遣。这种情况下，在某一素质上占有领先地位的人，总是首先跳出来充当“擂主”。总有不明底细而又自以为还行的人出来攻擂。在我当军事参谋的时候，参与组织了一次基层军事干部的比武活动。一位姓姚的江苏籍排长，两百米障碍跑跑出了令人咋舌的成绩。三十来岁的作训科李参谋打死不信，想想自己跑两百

米障碍也是好生了得的，竟然与姚排长不在同一条水平线上。于是便开始打赌。当时在场的有近三十名“首长”级人物。李参谋竟也丝毫没有退却的意思。但在两人分别连续跑了三个“两百米”之后，李参谋一边说着“不服不行”，一边愿赌服输。

也有一些趣味性甚强的“赌局”常在军人的生活中出现。这也不奇怪，军中多为年轻人，即便是到了四五十岁的年纪，也会因生活环境的“年轻化”而无法或不愿让自己的心理年龄和生理年龄同步增长。年轻的军人常常把自己“童真”的一面毫无遮掩地表现出来，这使军人之间的打赌常常出现令人感到意外的结局。这种结局往往给军人的生活增添许多乐趣。

两个军事干部打赌，姓吴的要姓张的单腿不间断跳跃一百米。若在平时，这也许不算什么难题。但姓吴的提出的条件是一百米的上坡路。姓张的是江苏苏北人，个性很强，是属于认死不服输的那一种。条件既出，姓张的当然不会退却。两人议定谁输谁吃一只生螃蟹。姓吴的是料定了姓张的肯定要输，凭着军人对素质运用的敏感。姓张的却决心要赢，心里面说，爬也要爬上去。公证的人有好几个，谁都不能耍赖。但经我们调解，双方认可，就以大家目测的那段路为基准，大约一百米，不再实地测量了。其实，我们都在为姓张的捏把汗。那段路先缓后陡，尤其是到了尽头的二十来米，坡度近二十度，平时我们走那段路，身体也是要稍作前倾的。而从下到上单腿跳到那里，任凭是谁，体力消耗一定巨大。一切议定，姓张的果断脱掉了上衣，只穿着一件背心，开始微屈起右腿，用左腿开始了打赌之旅。我们都沉默着跟在他的身后，眼睛观察着他跳动的每一步，尤其是他身体的晃动指数。姓张的也真能，一口气跳到了快要上坡的地方，而身体却保持着大家难以置信的稳重。但他突然停顿了下来，金鸡独立似的站着。我们都明白，他在做冲刺前的准备。从后背看他，呼吸似乎还十分平稳。我们仍然不说话，他也知道我们都跟在他的身后，也从不回头看我们。也就几秒钟的时间，姓张的突然像是遭遇了猛兽的追赶，夸张地弓起身体，一条腿拼命地向上坡奔去。跟在后面的我们立即一路小跑着向前。还没等我们调整好呼吸，姓张的已经像一堆散乱的兵器一样瘫倒在离我们五六米远的地方。但他达成了目标。

姓张的终于赢了。仿佛是在意料之外，似乎又是在意料之中。这时有人出来调和，说生螃蟹就不要吃了，请姓吴的出钱加餐，大家有份。姓张的死活不同意，说不能言而无信，非要姓吴的吃一只生螃蟹不可。姓吴的无奈，也不再求情，真的跑到营区边上的水库里逮了一只螃蟹，不大，在水里洗了洗，忍着满肚子的不情愿，当着七八个战友的面，一下一下把一只生螃蟹囫囵地吞了下去。那吞吃时的难受样就甭提了。

军人“好赌”，这与他们的性格养成有着不可分的因果关系。任何状态下，只要你是军人，你就不可能退却，甚至你必须忘记退却。你要向前，既无须顾左右，更不能向后看。即便前面是刀山、是火海、是枪林、是弹雨，命令让你向前，你必须服从。生命对于军人，仿佛只是使命和意志的载体。为了使命的实现和意志的体现，军人是可以抛弃一切乃至生命的。所以他们需要刚，需要硬，需要勇，需要超越和强大，需要以另一种方式珍惜自己的生命。从这个意义上说，打赌倒成了军人实现自我价值的一种合理存在。

永远的战友

那一天，我在办公室里接到一个电话，一个初听起来很陌生的声音在电话里很认真地向我道歉，详细诉说他受邀来到高邮而没能与我见面的原因。我一边用心听着，一边“嗯嗯”地回应着——从他的解释里，我难以找到半点可以让我相信他就是我心里想到的那个人的证据。或许是“嗯”字的使用频率过高，对方也觉得不踏实，突然问我一句：“你知道我是谁吗？”我强作镇定脱口回答：“你是马磊！”对方兴奋地在电话里大叫起来：“哎呀老战友，你还记得我的声音！”

十年的时间，对人生并非无足轻重，而十年前的声音至今能记忆犹新，在世事瞬变的社会里，至少是一种可喜。屈指算来，从当兵至今，几十年的生命的历程中，从乳臭未干起步，不觉走过了成家、立业的驿站，早已成了一名社会认可的“大人”。一身戎装，也已在五年前被岁月定格成“永不再现”。拼搏于缤纷缭绕、五味杂陈的世界里，思维的浪花已经褪去了军营的绿色，但当兵的日子似乎总被锁定在记忆里，只叹平时无暇翻阅，而一旦在生活中遭遇激发，总如溃堤之水，轰然涌动。

去年早些时候，我曾接到一次原军校战友的来电，说有校友提议，要做一份校友通讯录，我很热烈地响应了，立刻寄去了自

己的资料和一张照片。原以为这只是一些年轻战友怀古情绪的冲动，只深叹这种冲动有一种熟悉的豪爽和率真。数月以后，我果然收到了一本名为《军校岁月》的书。我怀揣一种久别重逢的激动仔细翻阅，不觉平添了一种倍加深切的感受：数名曾为军校领导的将军，竟然将他们身着戎装的照片和对校友神聚的殷殷祝词永远地留在了书页里！尽管将军们的额头上又多了几道如刀刻的年轮，但他们的微笑比昔日多了几分慈祥。将军和士兵，战友之情包含的正是这样一条长长的线段。

战友，一个战壕里的朋友。他是在生死之间、存亡之际、去留之时结成的一种关系。或许正因为如此，战友之情比其他任何一种情感都要纯洁、牢固。我曾数次与远在他乡的战友们写信、通话，哪一次不是在激动与兴奋中进行？哪一次不是在深深体验“战友战友，亲爱的弟兄”这样一种贴切的表达？或许也曾有不快，甚至这不快曾经刺伤了感情，但是，想一想退伍或转业之时，那种哽咽难语甚至号啕无语的时刻，无论怎样灰色的记忆都会被那泪水冲刷殆尽！

战友，那是一种跨越时空的概念；战友之情，则是一种任凭时光的流水如何冲刷而始终不能消融的感情。

战友，就是永远的战友！

怀念吉米

前几天做了一个梦，吉米在梦里安详地出现了。梦醒后，很久再没入睡。我知道，我想吉米了。

一九八〇年九月，我和吉米同时走进了陆军学校的大门。按照当时的分类，吉米是学生队，即从地方高中毕业以后直接考进军校。而我是战士队，入伍以后穿上了军装，通过考试进了军校。直到我们同时有了兵种教研室教员的身份，彼此才相互认识。同时报到的有七八位新同事。但第一眼，我和吉米谁都觉得穿着军装的对方很帅，握手时的表情似乎也与其他人不同。都是刚刚二十岁的年纪。一份战友情缘从此拉开序幕。

我一直坚信，有些事就是一种缘分。在新教员的宿舍不能集中安排在一处时，教研室把我和吉米分在了一幢只能住三个人的平房里。在偌大的校园里，新的居所四野皆绿，道路环通。相较于周边成片的建筑，那就像一座幽静的小岛，热闹中的一方秘境。我和吉米都很喜欢，感觉是为我们的教学生涯开了个好头。也因此，我们十分珍惜那个环境：除了各自的宿舍异常整洁、干净外，所有的共享空间也被我们拾掇得像女兵们住的样子。

我们同样以极大的热情投入教学前的准备中去。吉米很聪明，常常生出些不一样的想法，我则接受一批，否定一批。有时候，我的否定是被迫的，因为我们的组长是一位理论素养逊于实践能力的老兵，他曾用严厉的口吻告诫过我们，正式走上讲台前，首先要搞懂的是教科书。我觉得组长的说法是对的，先会走再学跑，所以对吉米一些“先进”的想法我便产生了由衷的排斥。吉米的口头禅是：怎么就不行啦？我很少解释，他也不追问，等到下次出现同样的情景，还是这样。

或许因为我很少解释什么，吉米常有一种明显的失落。为了寻求平衡，吉米便在生活中设置题目，以一睹我落败的窘状。有一次吃午饭，吉米说：“放开来你能一顿吃多少？”我说没试过。第二天，吉米不知道从哪里整出来一堆米饭、馒头、面包、面条，对我说：“全部干掉！”我几乎惊掉了下巴：“有毛病啊！差不多有四斤嘞（按照部队饭堂里打饭的计量方式目测）！”吉米有些得意地笑：“不行吧？我试给你看！”“那倒不必。”我笑着说：“我可以试的。”我给了吉米一个他很不想看见的结果，也给了我自己一个无法接受的答案。轮到吉米惊掉下巴了：“怎么可能呢！”

那时候，我是带着一点心计的。同时入职教学岗位，免不了有一种竞争关系的存在。年轻的军人谁愿示弱？和吉米相处时间虽然不长，但依他身上表现出来的透明度，我知道，吉米不会这么想。虽然他处处示强，甚至有些逞强，但没有把我作为对手。他只是在表现自己。而我，真的是想走在他的前面。

有一年夏天，我去吉米的家里玩。那阵子他老婆怀孕回老家休养，我就住在他家里。第二天起床后，吉米问我吃什么早饭，我说有什么吃什么，没有什么讲究。吉米出门回来时，一手拎了一只板鸭，一手提着几瓶啤酒，说：“直接喝酒吧。”吉米其实是很不能喝酒的，或许是不想亏待我吧。我们一边喝酒，一边聊起了家常。对吉米来说，我可能是一个中意的倾听者，抑或他感觉我也是有些脑子的，所以他什么都跟我说，包括自己的秘密。聊得正起劲，吉米突然一拍脑袋，说大妹妹就要结婚了，还差一台电视。“要不你跟我回家一趟，把我的电视给我妹妹送去。”没有任何犹豫，我们俩用被单裹着电视机，用一根木棍抬着，转了两次车，来到了江阴西石桥吉米的家中。和我的老家一样，吉米的家也是被一片农田包裹着，我感到很亲切。吉米的父母纯朴热情。我像是走了一趟亲戚。

军队院校体制改革期间，我和吉米同时被调到一个训练基地工作。这是一个新组建的单位，年轻军官依旧占了绝大部分。更为奇特的是，无论是什么年龄段的干部，每个人几乎都有一两个特长：喜欢各种体育运动，爱好各种棋类活动，擅书法，爱画画，等等。吉米喜欢下象棋，也喜欢看一些武侠小说，但他更喜欢做一些生活类的户外活动。比如打着手电捉黄鳝、用缝衣针钓甲鱼、在山沟沟的水库里裸泳等。吉米这一类的活动我大多会参

与其中，这可能跟我们同生长于农村有关吧。但在这样的工作环境和人际圈子里，吉米逞强的性格越发突出了。他总是不吝于和任何人、任何事一较高下，即便常常处于下风，也从内心不服，总是气呼呼地“下次再来”！战友们私下里也有议论，说得很婉转也很直接：吉米太要强了。因为有过当教员的相处经历，我和吉米常常直言：高手太多，要懂得低头，既是学习的态度，也是处世的原则。吉米当面点头，转过脸却又回到自己的原点。我知道这是性格使然，需要时间点化，也就既由着他去，又不离不弃。好在大家都知道吉米是个仗义的好人，出手帮人也是他的另一特点，当然不会让吉米陷入孤立。

吉米晚我一年转业。最初在南京的一个街道办得到一个有责有权的岗位。未多久，便跳转至一国企。苏南人善于经商的特质再一次体现出来。我说是“再一次”是因为曾经“有一次”，所以，吉米弃政从商，我一点也不惊讶。即使后来吉米再一次离国企而去，创立了自己的公司，我也同样感到毫不惊讶。但从后来每年为数不多的见面交流中，我依旧感觉吉米的性格并未有太多的改变。我转业后便与各类企业打交道，深知企业负责人的性格脾气对企业的发展影响不可小视。我便据此与吉米交流，话说得比年轻时更明朗。吉米似乎也从未反驳过我，更别说有抗拒的迹象。我点到即止，也切出一些时间来聊聊家长里短。记忆中也只有这时候，吉米偶尔会发出一些低叹。我知道，作为父亲和丈夫，吉米的这种情绪才是他心里最想表达的。但是年龄大了，聊起家务事来倒不像年轻时那样坦诚，常常是欲言又止、欲说还休。我理解，吉米和我一样，都是自尊心极强的人。一个到中年的男子汉，有些事是只能放在心里的。但我担心的是，吉米不像我那样懂得化解。

时间终于告诉我，吉米其实是压抑的，郁闷的，自闭的。他的笑、他的好胜、他的逞强，其实只是一件遮挡内心的外衣。他活得很假，但又很真实。他过于固执地坚持了自己年轻时的一些设计，想拥有很多，更想改变很多东西，却唯独没有想到改变自己，以致后来他身体状况骤然变糟。

吉米是在电话里告诉我他的身体状况的，那时候他已经开始化疗。我在电话里对吉米直言："你不能那么要强，要学会缓冲和释放，早就'不惑'了，却还以为自己二十岁呢！"吉米在电话里连说"是的是的"。可是一切都太迟了，曾经的军人吉米还是没能战胜病魔地走了。

我的战友！我的兄弟！吉米——建明，我真的好想你！

最后的早餐

结束了十三年的军旅生涯，终于到最后的告别时刻，这个日子比我想象的来得要早些。

过去的岁月里，因为军营离家较近，和家人团聚的机会并不罕见。没有了“凭君传语报平安”的窘境，也就难以出现“送君千里”的缠绵和凝重。其时，告别仅仅是一种指日可待的期盼，一种可以弥补的遗憾，一种尚可寻找的失落。

然而，那次告别成了我三十年生命历程中一道多彩的风景，不忍但无奈，令人难忘。那天早晨，我一反常态地告别了我曾经无数次义不容辞回归的军营，在父母兄弟的慰藉中、在娇妻爱子的嗔喜中、在亲戚朋友如释重负般的感叹中，脱下了伴我十三年的军装，卸去了曾经支撑我全部生命价值的绿色。如果说，过去的告别仅仅是一种暂时，而那天早晨，我则毫无挽回地把自己送进了一方永恒的天地——三十岁以后的我，将不再是一名军人。

都说当局者迷，都说“只缘身在此山中”而不识真相，可是，那次告别带给我的感觉，未曾经历者，谁能道清？

记得那天早晨的太阳特别亮丽。早餐的军号嘹亮地响起时，我如前日晚上所约，来到了餐厅。最后的早餐此刻在我的眼中真恍如一个巨大的黑洞。我不知道在那条深邃的黑洞里，有一种什

么样的生活在等待我。司令、参谋长、科长俱已如约而至。彼此间似乎忘却了客套和寒暄，一一静静地落了座，开始用餐。然而，窸窣的用餐声使我突然感受到无法言语的窘迫。我想首先打破这种寂静，却又不知如何开口。我甚至没有勇气将目光在面前几个人的脸上做短暂的停留，尽管我们之间了解得是那么深切，相处得是那么和睦。

当我再也无法忍受这种“静”况时，终于开口说了声：“这是最后的早餐了。”

我能感受到我的声音有些颤抖！我能感觉到我的话像一根无形的线绳，刚刚落下时，便拽住了列位首长齐刷刷的目光。我低着头，依旧不敢正视这些目光。而我却分明听见了司令的安慰：“不不，这样的机会以后一定会有，或许会很多！”

“这样的早餐……是最后一次了！”我仿佛是在辩解，又恍若自言自语。

是的，为上级、为战友、为兄长、为老师，四者兼而有之，从今往后，又何以能再？

更为重要的是，十三年的军旅生涯中，我虽然没有“全程”拥有他们以及“他们”所包含的一切，甚至我只拥有了十三年的一小部分。但是，在他们的麾下，我开始变得强健和丰满，开始感受到生活的意义和生命的价值。最后的早餐就要让这一切结束，而让我重新开始。如此，我怎能不抱怨这“最后”的残忍无情，怎能不痛惜“最后”前的一切远我而去！

窗外的阳光愈加亮丽。偌大的餐厅里，唯有“这一桌”响着进餐的声音。除此，一切很静很静。

无法回忆最后的早餐以后，我是怎样离开那群熟悉的面孔的。只知道那是一段无声的空白。甚至没有听见任何的抚慰和祝福，或许也曾手拉着手，说过一声“再见”，道过一声“珍重”，记忆中，这些也仅仅是或许罢了。

是的，告别何需言辞，分离又如何安慰！无论是短暂的接触，抑或是长久的相处，是为时空所缚的难得再见，还是因生活所需的短暂分离……言语的分量能值几何？

是的，任何有形的告别总是无法割断那份如丝的情愫！更何况这份情愫都已经深深地被浓浓的绿色浸透！

相约黄山

院墙外边的蔷薇花已经完成了第一次轰轰烈烈的绽放，红的、粉的和黄的，很是悦目。而次第赓续的花蕾也已在绿叶间点缀着，让人心生期待。我担心这几天出门，花儿缺少了雨水的浸润，回家时看不见花蕾的长大，便将家里的钥匙交与屋后的邻居，叮嘱他务必按时浇花，而后便携着太太驱车踏上了行程。

将近五百公里外的黄山是我此行的目的地。军校毕业四十年了，“九队一班”的十位同学经常在班级群里“开会”：人生已过一甲子，是时候可以经常聚聚了。家住黄山的任耕同学尤其主动，未经全班战友表决，便安排了黄山聚会三天的行程，让谁也无法拒绝。

自此，微信群像是注入了兴奋剂，每天都是热热闹闹的：提建议，谈想法，定时间，报行程。话题最集中的，是为任耕同学的悉心安排点赞！景点的确定，他精心筛选，并给了我们许多的“注释”；一日三餐，当然是徽菜主打，臭鳜鱼和毛豆腐已赫然在列；对入住民宿的安排，更是让我们乐开了花。因为大家都赞成夫妇同行，涉及单人床、双人床的分配问题，任耕便在群里发问：“谁家的喜欢抱着睡，谁家的愿意分开睡？”这个话题有点“隐私”，但谁都没有回避，各种回答以及对各种答复的反应在群里尽显无遗。这让我想起了上学时大家经常谈及的一个话题：谈恋爱。那时候我们常常互相讨论同学收到的家信，以此判断谁进入了恋爱季节。一旦发现蛛丝马迹，其他同学便主动当起参谋，热闹得直到毕业。漫漫四十年，当年那些人，现在竟然形成了“分与合”的习惯。

忽一日，南昌的建军私聊我，要我写幅字给他，我当然应允。而后不知何故，任耕在群里直接大呼：“副班长请给每人准备一幅字，否则别来黄山！”我欣然接受了这种“要挟”。想当初军校三年，每天分发到班上的报纸，无一例外会在第二天躺到我掀起铺盖的床板上，任由我用毛笔书写。四十年了，也该向战友们汇报一下，更何况有四位同学四十年来从未见面，权当行个见面礼以表心意，不亦快哉！此前从群聊中，大家都已经知道，穿着军装退休的万山同学，已经将新近出版的新书，邮寄到黄山，计划在聚会时赠送给我们，我对大家示以书法也不会显得形单影只了。

我是提前一天从家里出发的。尽管那天下着雨，我仍有些按捺不住。不过，一个人驾车连续走完五百公里的路程，还是头一回。为安全起见，我和太太商量，决定在芜湖停留一晚。第二天临近中午，贴心的导航极其准确地将我们引导到了任耕指定的报到地：一座外表看上去涂满了沧桑的旧式建筑物前。我其实是可以直接去办理入住手续的，但还是矫情地拨通了任耕的电话，我想在进门前给他一个拥抱。不巧的是，他和先行到达的伟琦去高铁站接从滁州过来的周平夫妇去了，我这点小心思落了空。

民宿是一个典型的徽派“回”字形建筑，两层。天井是透空的，四面都是房间，由内廊连通。廊道的顶部及护栏皆为木构，形制和色彩说不上古典，但也难说是现代，大约是后期改造的缘故吧。我和太太的房间在二楼，名字叫“白兔”。这是任耕特意给我安排的，因为全班只我一个属兔，年龄最小。刷开房门，我和太太便齐声惊呼：“不丑不丑！”房间很阔大，呈古今兼具之风格。各种功能区之间的空间非常充足，陈设及用品雅洁朴素，仿佛为我太太这种“老古板”专门打造的。正在我欲向细微处欣赏之时，就听见走廊上传来了声音：“那谁？卞荣中吗？”我立即听出来，这是一个近四十年没有听见过的声音。我闪身出了房间，却见回廊的对角有一个人正向我这边翘首。那是春生。我兴奋地冲过去，他也快步迎了过来。在回廊的另一只角上，我们抱在了一起，很紧。没有经历过军营生活的人，一定会感觉夸张。

抢着问候，抢着感慨，彼此的交流有些急促而零乱。我打量着春生，春生的脸基本保持了四十年前的样子，身材也没有明显的变化，这可能和他在部队院校当了一辈子的教授有关。他是从博导的职位上退下来的，正军级待遇。三十七年前，我差一点和他同时调往他现在的院校任职，但因我的犹豫，未果。我对春生说：“如果我们是一辈子的同事，不知道我现在会是什么样子。”春生大笑：“是你瞧不起我们徐州，怪谁呢！”春生话音刚落，建军上楼来了。我条件反射似的想抽烟。我问春生抽不，春生说：“抽过，早戒了。”建军是抽烟的，我递给他一支，建军伸手来接，我看见建军的手较几年前我在扬州接待他时颤抖得更厉害了。我刚想询问些什么，任耕、伟琦和个子不高，却梳了个大背头的周平嚷嚷着来了。

我的目光更多地落在了伟琦的身上。整整四十年，他在浙江，我在江苏，虽不算遥远，却始终未曾见过。上学时，伟琦是我们班上个子最小的一个，也是最不善言辞的人。偶尔发声，未及开口却先红了脸。我特别喜欢他那软化了的浙江口音，不像国

南那样浓重（任耕后来跟我们解释：国南因为前一天高烧不退，未能成行。这是我们此次黄山之行的最大遗憾：差一对）。在我心中，伟琦更像是一个需要我来呵护的小弟弟。而眼前的他仿佛忽略了岁月的洗磨，依旧是用缓慢的语速操着难以扭转的“浙普”，脸上依旧不时泛起淡淡的红，依旧是说一句话便用眼神温柔地盯着你看一会儿。不过，伟琦的两鬓还是多了几根白发，眼角也射出了几道鱼尾。相较于伟琦，任耕和周平倒显得有些沧桑。四十年的风雨好像落在了任耕一个人的脸上，若非肤色偏白，梯田一样的褶子还不知会闹出怎样的景象。任耕的下门牙也强烈地漏着风，一如从前的大嗓门，不时吐出半句让我们难以辨认的话语。我对任耕说：“你应该看一下牙科。”任耕笑答：“要花钱的。”逗得我们捧腹。几年前我去滁州时见过周平，那时他的小腹不像今天这样向前顶着，下腰也是直挺的。不过几年，周平满满一副大叔的样子，真的给我带来一些伤感。后来听说，周平是累的。生活给了他太多的负担，他用他的肩膀竭力地扛着，不让自己倒下。所以，曾经笔直的身体抵不住有些弯曲了。我从周平的眼神里也读出了“疲惫”。总是被动地开口交流，更让我心生酸楚。

班长从杭州开车过来，理应更早到达，却要“拖”到下午四点多钟，这让先期到达的我们“十分不满”！一面“谴责”着，一面设计着晚上整酒的方案，以泄“共愤”。任耕到底是组织者，不停地为班长打招呼，说是区队长与他同行，约了下午出发，班长哪能不服从呢！倒是应该批评克明，从合肥过来也不远，却非要赖到下午。“这家伙该整！”这是任耕的意思。

身为处级公安的克明出现在我的面前时，我有些暗暗吃惊。他的腰带像是挂在自己的腹部，步伐是那么缓慢无力。克明大我三岁，理应未失雄风，更何况他还牵着两只狗，像是硬生生制造出一道另类的风景。不过，想想四十年前，克明大抵也是这个样子，只是，一切散漫的言行中，总会不失力量的支撑，是对得起那身军绿色的。还有就是，四十年前，克明和我们永远不会想到需要狗的陪伴。

四十年来，我和班长见面的机会最多，而每次皆为偶然。让我自己也无法解释的是：每当看见班长那精神抖擞的样子时，我总能在一瞬间将情绪切换到那青葱岁月。班长有着看似谦逊、骨子里却十分刚毅的性格，且一直不曾改变，直到在省会城市计生委副主任的任上，也不想丢掉自己而再谋升迁。我有一位地方上的同事曾经见过班长。我问她：“我们班长怎么样？”她看着眼前身材高大魁梧的男人，笑对我说：“长得真干净！”她的一句话，开辟了我评价别人的新思维。而在随后进行的晚宴上，我向区队长和全班同学讲了“长得真干净”的故事。——对不起班长，让你多喝了几杯！

晚餐快要结束的时候，任耕才从机场接来万山夫妇。我们都留了一杯的酒量，想和这位正军级的军官互致敬意。任耕在车上说："要么先在住宿的地方放下行李吧。"万山说："不不不，先去饭店。"一件深红色的休闲西装裹着万山风一样飘进了酒气浓浓、情意浓浓的餐厅。万山一面打着招呼，一面麻利地脱了衣服，一面端起酒杯，不停地敬酒和被敬，一面又在急切地解释："我已经几年不喝酒了，今天这酒，我一定要喝！"

这是一波新的高潮。区队长激动得双面飞红，而我们，一个个像是贴上了笑的面具。职位、金钱、权力、身份，在这一刻已羞于出场，通通让位于四十年前，那披着一身绿色的热血青年。夜已经很深，闪烁的霓虹早已为入夜的城市打上了漂亮的密码。我心里想，这帮小老头不能再闹腾了，会吵醒熟睡的黄山，我们要准备迎接明天的太阳啦。

绿色沙龙

所有的自由都是相对的。军人的自由，则是一种受着更多因素约束的“相对”。军人们不需要任何理由，他们需要的是正视和慎待这种“相对”，他们必须选择一种适应自身生活的方式，借以安排自己的业余生活。而时空的限制，又使绝大多数的军人将目光集中在这样一种方式上：沙龙。

刚当教官的那阵子，我是属于那种小心而又拘谨的军人。那阵子我很迷恋教学理论，并初涉文学。每天中午和晚上，我从饭堂餐罢归来，便会在啪的关门声中，把自己孤零零地隔绝在一个十来平方米的房间里，对外边世界的精彩和无奈一无所知。我甚至对同室而居的南通籍费教员和徐州籍刘教员经常性的饭后不归深感不满。后来，随着对环境的逐步适应和教员之间的越来越熟悉，有一些年龄相仿的教员便到我的宿舍里来下棋。再后来，我又盛情难却，被其他的战友约出去散步、串门。这时候我才发现，外面的世界，已经被那些单身汉和非单身汉的军人们或三五个，或七八个地聚在一起，渲染得十分热火朝天了！

这时候我才知道自己拥有了自己，却忽略了一个世界！

这个世界委实太精彩了！军人们把一个个的沙龙组织成一种绝对自由的形式，任谁都可以把自己放进其中一个。他们不必过

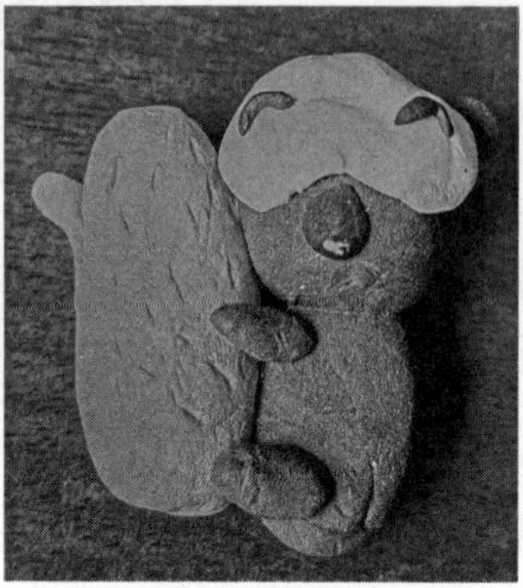

于在乎彼此间是否很熟悉，不必过于在乎对某一项技艺是否很精通。他们可以毫无顾忌地在某一个组织里滔滔不绝、侃侃而谈。他们凭着自己的爱好，或许今天说“文”，又或许明天道“武”。当然，最精彩的还不仅仅是这种沙龙形式，而是内容。绿色沙龙的诸多内容，甚至让我这个局内人也深为感动过！

以“文”而论，军人们最喜欢的活动要算是扑克和象棋。夏天有时就像一面镜子，真切地照出军人们对这两项活动的热爱程度：军人们常常在夏天将活动的空间移至室外。只要你有心绕着宿舍区走一圈，你就不难发现，在一个一个的“摊位”上，出现的频率最高者，无不是扑克晃动的影子和象棋落盘的声音。你同样可以发现，在这些影子和声音中，夹杂着清晰可辨的下围棋的声音、谈论文学的声音、研讨绘画的声音、演奏音乐的声音、笔墨走纸的声音，甚或是琅琅的读书声、激越的歌唱声……

就“武”而言，军人们则更钟情于篮球和足球。军营中没有“待业”的篮球场。如果有那么一个篮球场，置身于爱好相对集中的军人中，那它注定了就是一位有用武之地的“英雄”！痴迷于足球的军人，常常把足球看成最亲密的战友，害怕因为自己的疏忽而疏远了彼此之间的关系。冬天的雨季，是足球爱好者们最讨厌的日子。在这样的情况下，一部分军人会自觉地加入乒乓球运动者的行列中去，任凭外面的世界或细雨飘飞，或大雨滂沱，而在那小小的绿色球台的四周却照样洋溢着热烈的气氛。不过，无雨的日子里，这样的气氛依旧可以在马路旁、操场上以及其他可以利用的空地间感受到。因为，那里有几个军人正在打羽毛球！

就一般情况而言，军人们的业余生活较丰富。或许正因为如此，军营给了我一种十分奇妙的印象：它赋予军人以文，也练就军人的武；它使军人阳气十足，又使军人柔情可嘉。军人们在这样的环境里生活着，怎么会不充实、不强壮呢？

第三章 乡人旧事

何姨娘

母亲怀了我七个多月，我就匆匆地来到了这个世界。

那天母亲正在水田里插秧，打着赤脚，弓背弯腰抢着夏种的时间，而我就蜷缩在母亲的肚子里。突然母亲感到腹部一阵阵的疼痛，起初并不以为是我在闹事，觉得不过是正常的一点不舒服而已。母亲赶着时间，咬牙坚持了一会儿。但疼痛没有减缓，反而越发厉害。凭着经验，母亲意识到不能再等了，立刻上了田，踉跄着回到家，对奶奶说："快去喊秦大妈妈。"秦大妈妈是村里的接生婆，住得离我家很近，近得只隔一户人家。奶奶颤着苍老的步伐，很快叫来了秦大妈妈。但这时我已经迫切地来到了这个世界上。妈妈后来对我说，我出生的时候，比一个老鼠大不了多少，父亲的一只手掌就够让我躺下了。我的头像是挂在脖子上，一点本能的控制力都没有，又仿佛我的颈项是一节丝瓜瓤子。奶奶当着母亲的面表达着她对我的嫌弃，说："我下家还没有生过这么个八怪！"奶奶说的也是，我三个哥哥出生时，个个都是足月而生，非常健康的。到我出生的那一年，奶奶的三个相差不足五岁的孙子仍然保持着特别健康的成长状态。我的到来，让奶奶感到了巨大的反差。奶奶对我能不能活下去充满了担忧。

奶奶的肺腑之言当然不会对我的情绪有任何影响。其实，一直到我长成大人，我也没有计较过奶奶的这种态度。毕竟留在我记忆中的奶奶还是很疼爱我这个小孙子的。但当时，奶奶的话很是刺痛了我父母亲的心，虽然他们和奶奶的关系非常好，没有在言语上表现出什么，但是，一定要养活我的决心在我父亲母亲的内心无比坚定起来。

因为早产，母亲没法为我提供一点点奶水。我的父亲母亲十分揪心和着急。五十多年前的物资供应状况，确实也让父亲母亲为我的生命担忧。最初的几天，无奈的母亲每天用米汤为我充饥。后来，母亲的四个好姐妹之一、大队妇女主任冯素珍娘娘听说了这个消息，立即差人送来了一罐不知从哪儿弄来的米粉。母亲如获至宝，因为我的生命中多了一道可以改善营养的食物。即使如此，母亲的忧虑也并未消失。父亲是一名中医，他和母亲一样，为了我能够活下来，在利用他一切可以利用的人脉为我寻找生命之食。就在这个时候，何姨娘出现在了我的生命里。

何姨娘不是我的亲姨娘，她是母亲四个好姐妹中的一个，我们兄弟几个都这么称呼她。母亲生我的时候，何姨娘正在家里坐

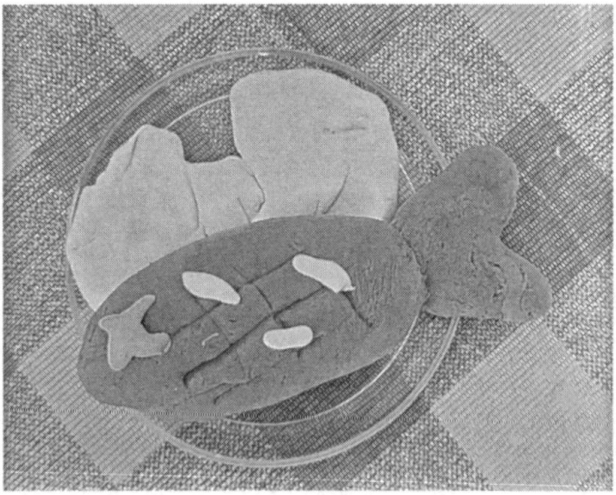

月子，她的第五个孩子早我一个多月出生。何姨娘坐完了月子，可以出门走动了。有一天，不知是谁与何姨娘谈到了我母亲没有奶水的事。她立刻跑到我家，一边抱起我喂奶，一边着急地责备我母亲："为什么不跟我说呢？我奶水可多呢！"母亲感动地说："哪能想到呢，哪能想到呢！真是难为你了！"何姨娘说："我的奶水够呢，喂两个孩子不得问题。"母亲一连声的"难为难为"。何姨娘看着我急吼吼的样子，舍不得地说："我四乖乖饿了，我四乖乖饿了！"

那天，何姨娘和母亲相约，她要是有空闲，每天就到我家来喂我奶水。她要是哪天上午没来，中午便让人把我抱到她家去。母亲又是一迭声的"难为难为"！我当然是一无所知，母亲内心却充满了感激。何姨娘的出手相助让父亲母亲对我的生命有了更踏实的希望，也让月子中的母亲精神有了彻底地改变。否则，如今已经八十七岁的母亲也不会经常跟我饶有兴趣地聊起这些陈年旧事。

何姨娘家在我们相邻的丁庄生产队，走路大概十分钟的样子，不远。但何姨娘有腿疾，走路有点瘸。"我怎么好意思让姨娘走来走去的呢！"母亲每次总是这样对我说。于是，母亲每天总是差人把我抱到何姨娘家里去喝奶。我去的时候，要是赶巧何姨娘正在给他的儿子喂奶，她总是先放下正在吃奶的儿子，一面伸手来接我，一面口中怜惜道："四乖乖先吃，四乖乖先吃。"送我的人回来便向我母亲称赞："这姨娘真好，都是让老四先吃！"母亲的感激便又多了一分，精气神更足了。更让母亲感动的是，我出生的那个季节正是天气炎热、雷雨频繁的盛夏，而每当雨水从天而降的时候，无论是伴着怎样的狂风，何姨娘总是撑着一把油伞，在泥泞的乡间小道上，高一脚低一脚地走到我家里来。"这么大个雨，孩子不能出门的。”何姨娘总是把这句话当成理由。母亲只有接受和感激，为了她“八怪”四儿子，她不愿意拒绝。

在何姨娘的奶水、冯娘娘的米粉和家里的鸡蛋的喂养下，我的生命渐渐有了新的起色。到我六七个月大的时候，我已经摆脱了“八怪”的造型，长得像一只大兔子了。父亲母亲的脸上不再有担忧的表情。父母亲也合计着，不能再让何姨娘这么辛苦了，有了鸡蛋、米粉、米汤，他们觉得可以满足我成长的基本要求了。有一天母亲向何姨娘表达了他们的意思，何姨娘一听，着急地说道：“不得事的、不得事的，再喂几个月吧，让孩子养得老扎些。”母亲说：“这几个月真是亏了你了，是你救了我家小四子这条命。现在小四子嘴壮了，好多东西能吃了，不能再难为你了！”

何姨娘大约也知道，对我这个小生命来说，最困难的时期应该算是过去了。她用奶水喂养了我、浇灌了我、滋润了我，以致我这个“大老鼠”奇迹般变成了“小白兔”。在那物资短缺的年代，何姨娘无疑是我的救命恩人。连奶奶都惊讶地承认：“怪了！养成这个样子，真是想不到呢！”因此，父母亲的坚决让何姨娘只好接受这个安排：“我随你们了，反正我是随叫随到的。”何姨娘最后和父母亲如此说。

长大后听母亲说起这些事，心中感慨无限。我知道，这样的义举，不仅仅是出于何姨娘和母亲那种亲如姐妹的个人关系，也是她对孱弱生命的一种爱惜和尊重。如今，何姨娘已经去世多年，虽然我不能像以往见着她时那样再叫一声“何姨娘”，但我没法忘记她——一个用奶水哺育了我的妈妈！即便是母亲不提醒我记住这个姨娘，我也把姨娘的这份情永记心间。

张爹爹

张爹爹是本省沭阳人，会种西瓜。四十多年前，种西瓜可是个技术活，而我们这里懂这一行的人几乎没有。张爹爹家乡有种西瓜技术的人，或孤身一人，或携家带口、背井离乡，找寻适合他们安营扎寨的地方，以求用一己之技维持生活。张爹爹便以他快七十岁的年纪，用微驼的背驮了些极其简单的生活用品，在我们这里驻扎了下来。

一开始我并不知道，庄上多了个会种西瓜的张爹爹。直到有一天，西瓜快要成熟的时候，庄上几个特别顽皮的伢子悄悄嚷嚷着要去一片田地玩，我被他们伙了去，才知道生产队场头北边砖窑周边的荒地上种上了一片西瓜。那次被警惕的张爹爹发现了，他朝着我们吼了一声，大家都被吓着了。“下次再来！”不知道是谁这样建议的，大家就都散了。

我没有离开。庄上来了这么个老人，把西瓜都种成这样了，我有点好奇。我向张爹爹走了过去。我看中了张爹爹搭在砖窑北边的那座茅草屋，想去茅草屋看看。张爹爹看见我向他走来，清澈的目光里透露出明显的不解，甚至还带着一丝警惕。我没有理会张爹爹的情绪，带着“地头蛇”式的胆量，径直向茅草屋走去。当然，我相信当时我的脸上并没有什么恶意，我毕竟是个伢子。

茅草屋搭在那块地势稍高的地方，南北走向，门口朝南。我不紧不慢地爬了上去。张爹爹就站在屋子门口，我注意到他的目光被我的身体牵住了。我没有什么不自在，心想不就是看看吗。我就在茅草屋的门口站了下来，朝里面张望。张爹爹显然要比我高大得多，俯着头对我说："嗯，看什么呢？"这时候我朝张爹爹笑了一下："没事，看着玩。"张爹爹又接着说："嗯！你们这些孩子太调皮，瓜还没熟呢，就想偷吃了？""我不知道你在这种西瓜，我是被他们伙来的。你是要看住他们呢！"我自证清白，又有些告密的味道。但这话肯定有些触动了这位老人的心。他手上剥着大葱，笑呵呵地对我说："嗯，那你跟他们说说，别偷我的西瓜。小瓜不能吃，那不是浪费嘛。""我说不了他们，你要跟队长说呢！"我建议道。张爹爹鼻音很重地哼了一声。这次，我没听清楚是"嗯"还是"哼"。

茅草屋靠近门口的地方，有一口用没有烧成的废砖垒成的锅灶。这时，锅里的热气正嗤嗤地从锅盖边冒出来。我发现那锅盖其实是用玉米秆子编起来的，不像我们家里用的木板锅盖。锅盖的边沿修理得还算整齐，正好贴在铁锅的口沿里边。把手是一扎布带，几种颜色缠在一起，但都沾满了油污。张爹爹一嗯或一哼的同时，转身弯腰进屋，走近锅灶，伸手提起了锅盖。我看见锅里一层同样用玉米秆子编成的蒸屉上有吃食，白白的、长长的、扁扁的。那时候我的眼睛一定瞪得很大。茅草屋的中间部分还是够我的身高的。我趋前两步，靠近锅灶，忍不住问："这是什么？""嗯，馒头呗！"张爹爹说着，用另一只手朝其中一只馒头的身上戳了戳。那馒头立即被戳了一个小坑，但瞬间又恢复了原状。"嗯，中了！"张爹爹自言自语道。

张爹爹挪了个小马扎坐了下来，也不管灶膛里的火还在烧着，锅里的水还在沸着，更不管他身边还站着一个我，直接用刚刚剥过大葱的手撕下了一大截馒头，一嘴馒头一嘴葱，自顾自啃了起来。

我有点流口水了。那馒头的香味像虫子一样往我鼻子里钻。我是个伢子，哪里受得了？但我不好吭声，定格了自己的身体和表情，只拿眼看着张爹爹那吃得无比幸福的样子。很久以后我想，我的眼神一定显示出了强烈的贪婪。因为，就在张爹爹扭动脖子朝我看过来的时候，我立即觉察到了那眼睛里的惊讶。张爹爹一定没有太多的牙齿了，咀嚼食物的样子有些费劲，只有两片嘴唇有点夸张地活动着。突然间，张爹爹对着我大笑起来，着实吓了我一跳。透过两瓣嘴唇之间微小的缝隙，我看见白色的馒头被张爹爹嚅成了碎粒。我从那碎粒中闻到了令人神往的诱惑。但我只能愣着，不知所措。

“嗯，想吃？”张爹爹很直接地问我。我一点迟疑也没有，直接点了点头。大概我怕头点迟了，张爹爹会变卦。也是以后回忆起来，感觉那时候我的脸上堆着满满的馋笑，好像身子又向前挪了一步。“嗯，尝尝！”张爹爹顺手撕了一块馒头递给我。很大的一块，我记得很清楚。

真香！说不出来的香！从来没有尝到过的香！馒头我是吃过的，但怎么可以这么香呢？我想不通。其实那时候我已经顾不上想什么了。——我的吃相一定不太好看，我当然也顾不上什么吃相了。我只记得在很短的时间内，那块馒头就被我吞进了肚子。张爹爹更加爽朗的笑声把我拉到了现实世界。看着那张被无情岁月刻画过的脸上绽放出来的笑容，那一刻，我深切地感受到了张爹爹的亲切慈祥，仿佛是不曾给我留下任何印象的我的爷爷。

我瞒着家里人给张爹爹送去了一些面粉。我对张爹爹说：“还你。”其实我心里想的是：跟你换馒头。张爹爹狐疑地问我：“嗯，大人知道吗？”我点点头，说知道。张爹爹就很恭敬地把面粉摆到了一个同样是废砖垒成的台子上，背对着我说道：“嗯，想吃就来吃呗！”

西瓜越来越成熟了，庄上的伢子们无时不在被诱惑着，张爹爹很警惕，知道小伢子喜欢在什么时间行动。茅草屋的地理位置也很好，正处在制高点上。张爹爹在屋门口安下一只小马扎，裸露着黝黑的身体，肩上搭了条毛巾，下身扎着条丈青色裤衩，手里持着芭蕉扇，安静地坐着。夜晚，张爹爹仍然如此。只有在夜黑如漆的时候，张爹爹的身边会多出一只手电筒，光线调得很聚，一直可以照到西瓜地的边沿。张爹爹也会犯困。困了的张爹爹便用水擦一擦身体，躺在还是用废砖垒成的床上安静地睡上一觉。但张爹爹的耳朵总是醒着的。

经常在傍晚时，张爹爹身边会有我的身影。我确实被张爹爹的馒头迷上了，两条腿管不住要往他那边跑。又是放暑假的日子，时间多得很。张爹爹倒也喜欢我这个伴，每次见面都会招呼我：“嗯，来啦！”我向妈妈透露过这点小心思，妈妈默认了我偶尔从家里带点面粉到张爹爹这里来。我不想亏欠张爹爹，我甚至有点舍不得他几乎是每日三餐都以馒头为食，但我改变不了。

或者是为了更加心安理得一些，我也顺带着帮张爹爹做一些事情。张爹爹下地摘瓜的时候，我就成了他的搬运工。张爹爹进屋和面蒸馒头，我就在小屋的边上守着，发现庄上的伢子来了，我就低声地向他发出警报。张爹爹的水桶里没水了，我就用脸盆从东边的小水沟里打几盆水来。我知道张爹爹从不洗澡，所以，装满了水桶以后，我会再打一盆水，为他晚上擦洗身体预备着。偶尔，我也会不顾忌那种混合型呛人的气味，把头钻进张爹爹那张硌人的土炕上支着的几近发灰的蚊帐里，拍死里面的蚊子。

我做这些事，张爹爹从不阻拦，似乎我们之间已经有了某种默契。或许除了馒头之外，我从来没有向张爹爹提出过吃瓜的要求，这多少会让他感觉到我的目的很单纯。所以，及至后来，有人来买西瓜的时候，张爹爹竟然让我帮着数钱了，甚至根本不对我隐瞒卖西瓜的钱藏在什么地方。

暑假很快结束了，而我只能在星期天的傍晚偶尔到张爹爹这里来玩。小别几日，每次过来，张爹爹似乎特别兴奋。只要看见我的身影，便会挥手招呼：“嗯！来啦！”我也总是跟他笑笑，照例做些我看得见的杂事，而后便是面对面坐着嚼馒头。一老一小，脸上都挂着淡淡的笑，没有太多的语言交流，一切都显得特别安静，包括地里正在成长的西瓜和从西边照过来的夕阳。

周大先生

周大先生其实既不是看病的，也不是教书的，更不是村上人对他的什么尊称。村里人喊周一德大先生，多少带点戏谑。

周大先生是我童年记忆中仅有的几位“社会名流”之一，说周大先生是“社会名流”并不夸张，方圆十里地的人，不认识周大先生的没有几个——除非是记忆力尚未形成的孩子。因为大先生曾经是所有乡邻家的客人。

我认识周大先生的时候，大先生已经出名。农村里红喜白丧之类的事情很多，虽然生活艰苦，但凡有一点可能，主家总会请几桌亲戚邻居来家里坐一坐，办了。那时候也讲究出人情礼，一条床单一床被面一副立轴或三五角钱都行。出了礼，吃的人心安，请的人舒坦。

做事的现场总会有周大先生的身影。先是在一边蹲着，不沾主人的凳子。如果没有主家人“大先生你坐”的招呼，他就总是那么蹲着。但蹲着的周大先生并不闲着。大先生会拉二胡，也会唱几首曲子。他会就着主人家做的红事或白事拉拉唱唱，适时地造出些喜庆或悲伤的气氛。偶尔也有不喜欢二胡那吵闹声音的主家，说“大先生你别拉了”，大先生就放下二胡，而后拿起放在地上的一堂立轴，开始断断续续地背他的说辞。什么“寿比南山，福如东海”，什么“小伙壮得像头牛，姑娘长成一枝花”，什么“在天愿作比翼鸟，在地愿为连理枝”，什么“声声呼喊你不听，西天荣华享不尽”等。

大先生觉得自己的声音是不能超过主家的，所以他说话的声音不大，靠近他一点的人才能听得清楚些。其实，许多靠近大先生的人不但想听他说什么，还想细细地看看大先生的这张脸。大先生面皮黝黑粗糙，像一块干旱很久的庄稼地。眼窝深陷，两个眼珠子像藏在黑洞里的玻璃球，看不见白，但转动灵活，目光躲闪，不太愿意与别人对视。大先生颧骨很高，夸张得像是放在脸上的两只馒头，以致鼻尖也无法傲视全脸。大先生说话时，嘴巴便成了“口”字形，下唇始终不动，上唇两边往上走起，造型有趣得很。大先生有着特别的胡子，很黑，绕嘴唇满满一圈，上唇的胡子几乎越过了下嘴唇，两个嘴角的胡子很长，成年人一拃都不够，胡子的末梢蓬松着，微微向两颊伸展，像是被下唇那几根稀松的胡子故意撑开似的。大先生的胡子在当地独一无二。小孩子可以摸，不必征得大先生的同意，伸手就行。我摸过好几次，说不出什么感觉，但看见就想摸。大人们不摸。大人们开心时便对着大先生喊：“大先生，吹一个！”大先生呲的一声，两边的胡子便会立即向外飞起来。那时候，我看大先生的脸就非常像一只蛾子。

开席了，如果有主人喊“大先生你坐这边来”，这是对大先生的礼遇，让他入席。大先生会立即站起来，抱起那支外层已经发亮的挂轴，背着那只同样从不离身的黑色布袋，将二胡放在一边，佝偻着压得很低的身体，一边走向主家指引的方向，一边不迭地念叨：“出个人情出个人情。”主家说：“不要客气了嘛，心意到了就行。”大先生还是谁也不看，嘴里却停不下来：“不好意思不好意思。”接着便是一大段应景的话，即便是坐上了桌也收不住。

大先生的那支挂轴是大先生的人情份子，到谁家都是这份礼，但谁也没有收下过。有位大先生的远房长辈曾经展开过，见原先的轴堂已经被一层过年写春联的红纸贴上了，上有四个大字“百无禁忌”，扭捏但认真。大先生会说但不会写，远房长辈也没问他是请谁写的，觉得问了没有意思，只对着挂轴直点头，说好！这件事比大先生身体的流动传得还快，自然就没有人再让大先生解开过挂轴上那根紫色的带子。但大先生心里清楚：不能少了这支挂轴。

大先生不是主家请来的，谁家也没有请过大先生，自然也有主人家不那么待见他。用一只或大或小的碗装了饭，或许有一两块肥肉，一两勺血子汪豆腐，几筷子蔬菜，端到坐在一边的大先生面前：“吃吧吃吧。”大先生仍然点头感谢，而后从布袋里掏出自己那只谁家也没见过的大碗——其实是一只小瓦钵，用手那么一抹，将主人家的饭菜倒进来。这个时候大先生会决定，是在此享用还是边走边吃。

这不仅是吃的事情。大先生得算计着，如果主家这碗饭盛得还有些分量，大先生一顿吃不完的话，那下一顿饭就有着落了。如果碗里面装着的只够一餐，大先生便会就地解决了，或许等酒席散了以后，桌上的残羹还能有一些被主家施舍到这只瓦钵子里来：“大先生，还有点菜，带回去吃吧。”这时候，大先生的眼睛照样会亮一下。

大先生有一个妹妹、两个弟弟、四个侄儿、六个侄女，但日子过得都很艰难，哪家都不能承受家里多一张吃饭的嘴。大先生心里清楚，他不要他们照顾，宁吃百家饭，不捞弟妹们一餐。久

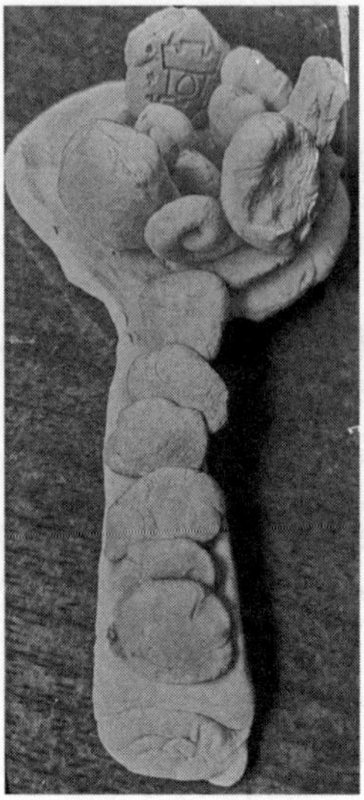

之，周家人也有些淡忘了大先生，任由他就在附近飘着。他们觉得，几百户人家养活一个他不是难事。好在大先生一生未娶，一人吃饱，全家不饿。

但大先生终究是要老的。实际上我认识大先生的时候，大先生已经老了，不太走得动了。有一年冬天，有好几户大先生喜欢去的人家操办大喜事，大先生没来“出人情”。准确的消息随即就来，就在这个冬天的春节前几天，大先生死了。

是大先生的一个成年侄女看见邻家的那只狗将大先生的那支挂轴叼到路上去玩，侄女想着不对头，就去大先生屋里看。其实也不是什么屋，就是一些碎砖和几根发朽的木棍搭建起来的棚子。大先生的侄女去的时候正是傍晚，屋内光线不是太好，她先定了定眼神，就看见大先生脸朝着里面蜷曲在床上。其实也不是什么床，就是一块旧门板架在两张像凳子一样的木架子上。“大伯大伯！”侄女叫着大先生。大先生不应，侄女便趋前一步，伸手去摇大先生，还在喊：“大伯大伯！”侄女发现摇动大先生的时候，大先生瘦得像一个石砣子，一动也不动，也还是不应。侄女心想，不对了。便回家叫了自己的父亲来。周二爷迈着平稳的步子，脸上没有一丝表情，抄着双手来到了大哥的家。这时候天已经有点黑了，周二爷知道大哥从来不用灯的。周二爷摸黑走到大哥的身边，直接用手摸了摸大哥的脸，冰凉。周二爷说了声“死了”。

眼神稍微有些镇定下来，周二爷隐约觉得大先生身上穿着一套崭新的衣服。周二爷伸手去摩挲，不料却碰到了大先生背挂在床沿外边的一只手。有个东西突然就掉了下来，轻柔而坚决地砸在了周二爷的棉鞋上。周二爷屈身摸索到了这东西，凑近一看，真个是吓了一跳：像是大洋！周二爷捉住了大先生的那只手，掰开来一探，还有五块攥在手里呢。周二爷心里骂了句："这老东西！"眼泪就流了下来。

长胜大叔

长胜大叔的工作是看场头。

生产队的稻场上只有一排草房子，但比较长，有十二间。十二间房子总共开了三个门：一个门里放生产工具，叉子、摊耙、连枷、耕田用的犁、扫稻场用的大扫把、存粮的窝折，还有养小鸡小鸭子的草窝子等。一个门是专供牛进出的，开得很大。冬天牛怕冷，必须进屋住才行。生产队最多时养了四头牛，都是长胜大叔一个人在侍弄。大冬天的，每天光是清理牛粪就要个把小时。长胜大叔的床铺就搁在牛住的房子里。他觉得这样安排能保证牛的安全，自己也方便；还有一个门，里面放着生产队没有被分配或分配以后多余的粮食。这个门上始终锁一把大铁锁，就连门搭子都是请街上的铁匠铺定做的，一般人根本撬不动。晚上睡觉的时候，长胜大叔身体睡在牛房里，耳朵却放在这间屋子里。

这排房子北边三十来米靠近河边口的地方，还有六个猪圈。猪圈里都养着猪。每年春节前几天，生产队就忙着杀猪，有几头杀几头，而后按人口分配到每家每户。来年春天，又会有几头小猪在猪圈里哼哼。从养到杀到分配再到买小猪，全是长胜大叔一个人的事，任何人都不会插手。庄上的人都相信长胜大叔做事公

平，从不瞎来。几头猪杀下来，把肉排好，而后开始抓阄，确定分配的次序。长胜大叔做的阄每次都是叠得整齐，谁都看不出什么破绽，所以不可能作假。分肉的时候，都是从每半条猪的槽头开始剁起，按顺序直到后座，一刀不错。猪头不好分，长胜大叔便在稻场上支口大锅，把几只猪头都下锅煨熟了，直接用手将肉剔出来，称个总斤两，还是按人口一家一户地分了。每当这个时候，长胜大叔都会享受一点福利：剔猪头肉之前，他会把猪的两只眼睛用手抠出来，一边笑着说"这个你们不要吧"，一边就把煮熟的猪眼睛塞进大得有点夸张的嘴里。

其实，长胜大叔长得很不好看。一直示人的样子是头发凌乱，面皮枯黑，牙齿暴龇，眼似猪目。有时候眼睛边上挂着一小坨眼屎，有时候两个嘴角边渗出些白色的物体，瘆人。不过，庄上的大人小孩都不计较长胜大叔的长相，有说有笑的，从不躲他。但是，也没见过谁请长胜大叔到家喝上几两酒的，偏偏长胜大叔是好这一口的。

长胜大叔并不寂寞。他的大儿子在民很孝顺，时不时弄两个菜陪父亲喝一杯。

长胜大叔很是满足。老伴虽然走得早，得了个大肚子病（其实就是血吸虫病），拖了两年多时间，还是撇下了长胜大叔，但两个儿子还挺孝顺的。在民没有结过婚。老二的媳妇也挺好，不像有的人家媳妇恶声恶气的。家庭过日子，长胜大叔没受过什么冤枉气。

长胜大叔很用心地看场头。我们生产队的稻场永远都是干干净净的。不仅干净，还不汪水。下雨的时候，长胜大叔便盯着稻场看，哪里汪水了，便从河边口挑几担泥简单地铺平了，再牵出一头牛来，套上石磙子，来来回回轧上几遍，平实得很。麦收的季节，从来不需要再整场。田里麦子割下了，直接上场等待脱粒。而且，平日闲置着的石磙子、滚笼都会被长胜大叔打扫干净，就像随时能够奔赴战场的士兵。

五十岁以前，长胜大叔白天的主要工作是扶犁把子。扶犁把子是个技术活，不是每个人都能干得来的。生产队能扶犁的，那时候也就是那么五六个大劳力。长胜大叔不仅犁把子扶得好，关键是还懂养牛，他能根据牛的性格、体能确定哪一天应该让哪头牛下田，下田以后干半天活还是一天活。这一点，庄上无人能和长胜大叔比。五十岁那年，长胜大叔的二儿子结了婚。家里三间平房，二儿子占了一间。考虑到老大在民将来还要成家结婚，长胜大叔不愿意让老大离开这个家，心里想，假如有人来相亲，老大连个屋都没有，太不好说话了。于是，长胜大叔就和队长商量，让他去看场头。长胜大叔心里的算盘不错，看场头既有了个住的地方，工分也不用愁了。队长想，也好，不然看场头老是安排人值班，也挺麻烦。那时候的晚上看见谁扛着床被子往场头走，或者早上看见谁扛着床被子往家走，就知道他是值班看场头的。但是，值班看场头，场头上隔三岔五的还总是丢东西，怎么查也查不出小偷是谁。也得改一改了，队长想，弄个专门的人看场头，责任心可能不一样。“长胜啊，如果让你专门干这个活，你要当回事呢！”队长跟长胜大叔关照。“我是什么人，你队长晓不得啊！”长胜大叔拍拍心口说。

果然不错，长胜把这个活看得很重，十分用心。自打长胜大叔看场头起，就再没有听说过丢东西的话，而且该做的事情长胜大叔一件也不含糊，队长和会计都觉得这个人用得对。庄上的人也都认为刘长胜这个人一辈子做的都是好事，而且是用心做好事。一直到长胜大叔七十岁那年暴卒以后，生产队换了个看场头的，大家都拿他和长胜比。时间稍久，庄上人都说，不如长胜，不如长胜。

小英子

小英子跟我同年，同在一个学校一个年级一个班。但小英子是上海人，是我们学校三年级的插班生。那时候学校里只有她一个人是外地人。

小英子为什么会从上海到我们乡下来读书呢？我们并不知道原因，就像我们不知道上海有多大、有多繁华，离我们有多远一样。我们只知道小英子的舅舅在我们大队的顾家小队，小英子就住在她舅舅家。

小英子虽然来自大城市，但并不快乐，总是一副可怜兮兮的样子。无论是男同学还是女同学，小英子一般不主动跟我们说话。即便非要开口，小英子的声音也是小得让人着急。小英子走路十分小心，慢慢的，像猫，一点声音也没有，她是怕与别的同学碰擦而发生矛盾。放学或是上学，小英子通常都是独行。不过离开了学校，倒是有人看见小英子走路时也不是那么稳稳当当的。有人看见她蹲在池塘边捞蝌蚪，一边捞一边呵呵地笑；有人看见她从路边摘一朵小花，自己插在油黑细密的头发间，一蹦一跳地走路；还有个同学在老远的地方听小英子唱过歌，起头是“夜半三更哟”，那首《映山红》好听得很！那个同学说这话的时候，脸上的五官全凑到了一起。

小英子学习很认真，上课时从不左顾右盼，总是正经地坐着，眼睛盯着黑板和老师，因此，成绩总是名列前矛。小英子写作业的时候，身体挺得很直，不像我们撑着头或趴在桌子上或低着个脑袋的样子。小英子的长相也蛮讨人喜欢的，皮肤白得要命，五官也算精致，尤其是她的笑，让人感觉特别甜，就像上海的大白兔奶糖。小英子的书包有两根背带，背起来时书包在她的后背上，而我们的书包不是斜在左边就是斜在右边，这让我们大开眼界。小英子有一个文具盒，粉色印花的，开关的地方有一个吸铁石，一开一合地嗒嗒直响，让我们羡慕得不得了。小英子使用的擦字橡皮和我们的也不一样，个头虽然没有我们的大，但不像我们那种灰不拉叽的样子，她用的擦字橡皮浸着一种淡淡的粉红，拿起来往鼻子上一靠，一股清香的味道直往肚子里面钻，好闻得很。事实上，小英子的身上也总是有一股淡淡的香味。

小学三年级，虽然不太懂事，但也会有很多自己的想法了。因此，小英子的存在让许多同学羡慕，内心十分渴望做一个大城市的人。但也有从心里排斥小英子的，甚至非常妒忌。有的同学把妒忌藏在心里，不会发作。有的则不是这样。小英子到我们学校插班不久，便有不安分的同学开始欺负她了。或者把小英子的擦字橡皮偷走；或者把小英子的课本藏起来，故意让她在上课时着急；或者走路时有意撞她一下，而后看她受委屈又不敢吭声的窘样。大个子佩忠更加过分，在夏天的时候用削好的铅笔装作无意似的往小英子的膀子上戳，小英子当场被戳哭了，却不敢跟老师说。有一次佩忠又戳了小英子，作为班长的我实在看不下去了，揍了佩忠一顿。我记得我是飞跨过五排课桌，从讲台前直接扑向后排的佩忠。佩忠显然已有准备，摆开架势迎战我。但巨大的冲击力弥补了我身形比佩忠小得多的弱势，我一下子就将佩忠扑倒了。我很小的时候就喜欢干农活，膀子上还是有些力气的。我用手臂箍住了佩忠的脖子，佩忠很想扳开我的手。但那次我是下定决心要战胜佩忠的，不然面子上过不去，在同学中班长的威信也树不起来，所以我两条膀子的力气全爆发出来了，佩忠的脸被我勒得像猴子屁股。过了一阵子，佩忠向我求饶："四爷子我认输了。"我这才松开了他。

等到小英子逮着机会报复我们的时候，把我也带进去了，这让我很感委屈。

那年夏天发大水，秧田和小水沟连成了一片，秧苗只在水面上露出个小尖尖，像是在跟我们诉说委屈。我们庄上几个同学中午去上学的时候，看见秧田里面有很多的鱼露出青青的脊背在游动。我们一点没有犹豫，立即把自己脱得光光的，呼叫着冲进秧田里去抓鱼。小英子这时候上学路过了，看见我们堆在路边的衣服和书包，便把我们的衣服全部抱到学校去了。在水里我们斗不过鱼，一条也没逮着。秧苗被我们踩得一塌糊涂，我们有点害怕了，感觉也到了快要上课的时间，赶紧歪歪跄跄地爬上了路。这时候我们发现衣服没了，一件没有。没有地方躲，又怕有人路过，我们只好光着身子蹲在路边的柳条丛中，分析是谁拿走了我们的衣服，并商量下一步怎么办。沛宏胆子小，吓得嘴唇都紫了。让我们没有想到的是，没一会儿，尕霞子抱着我们的衣服飞快地跑来了。他说他上学的时候看见我们在抓鱼，也看见了我们放在路边的书包。他本来也是想脱了衣服去参加战斗的，但是想想不对头，为什么只见我们的书包不见我们的衣服呢？他怕他的衣服也被人拿走，只好放弃抓鱼的想法去学校了。到了教室，他一眼就看见了堆在讲台上的衣服，他想一定是我们的。尕霞子发现老师还没到教室里来，于是仗义地立即抱起衣服飞奔过来。尕霞子救了我们。

是谁拿走了我们的衣服，我们很想搞明白，因为这件事让我们很生气，我们正在发育的心灵已经埋下了仇恨的种子。但我们一直没弄清楚。时间久了，倒也淡忘了。暑假结束以后，我们突然发现小英子没来上学，跟她舅舅一个生产队的大鸾子说她回上海去了。为什么又回去呢？大鸾子说不知道。这时候佩忠跟我们说："你们那次抓鱼，衣服就是小英子拿到学校来的。"沛宏责问他为什么现在才说，佩忠得意地说："哪个叫四爷子打我的呢！"我看了佩忠一眼，突然间有一种失落和自责：恐怕就是我们把她逼回上海去的。她是上海人，但在我们这里上学，我们不但没有带着小英子一起玩，又那么过分地待她，确实很不应该。

我们哪里知道呢，小英子和我们在一起，本该有一段欢乐的少年时光，但我们却没有能够给予她什么。真的对不起！相信她现在一定过得很好吧！

异乡人

异乡人是漂进陌生河流里的一叶小舟，不谙水性，但仍需航行。我曾经三度离开故土，独自在异乡漂泊了十八年。或许是因为自己饱尝过独在异乡的滋味，我对身边的异乡人多了些关注。

小毕是一个心直口快、性情豪爽的东北人。认识她时，我刚刚被检查出空腹血糖高得离谱。足足一个月，我远离鱼肉米面，只和那个叫作“大白菜”的家伙厮守，终于有所收获。就在这时候，我太太建议我：“找小毕调理调理吧。”我问怎么调理，我太太说就是刮痧、拔罐、推拿、按摩。我太太强调说，这小毕确实有两下子。我将信将疑。但有一点我还是有些相信的，那就是刮痧。在我很小的时候，也就六七岁吧，我经常看见奶奶从枕头下边摸出一把牛角梳子，用梳子的把柄在自己的脖子上、颈项上、头上的某一处，一下一下不紧不慢地刮动。我问过奶奶这是在做什么。奶奶告诉我说：“刮刮痧呗。”或许因为这一点认知，我开始结识了小毕。

那是十多年前的事了。小毕三十岁出头，经由本地的一个朋友介绍，从遥远的黑龙江来到了我生活的这座小城。理疗是她谋生的手段，也是她唯一的经济来源。更让我同情的是，由于家庭生活的不幸，小毕还得抚养她年幼的儿子。

我们是这个城市的“土著”。在这个城市里，小毕没有亲戚，也没有更多的朋友。儿子是她生活的希望。她必须用自己的一双手养活自己、哺育儿子。因此，她的努力在我的面前展露无遗。

她是在我家后面租的房，离我家很近。一间工作室里放着两张小床、几本书，还有一些理疗用品。一开始生意并不太好，很多人不太相信这种刮刮拔拔就能治疗小疾、保健身体。但小毕是一个既能做也能说的人，她的手在做什么，她就会告诉你为什么。这还是需要些真功夫的。时间长了，有不少人从她的理疗中收获效果，口口相传，小毕明显忙了起来，经济上也有了好转。小毕很累，但很开心。

起初，小毕是不接受男顾客的。洁身自好，不招惹是非，是小毕在这个陌生城市的生存信条。我不知道私底下我太太是如何为了控制住我的血糖而和小毕沟通的，总之，她接受我成为她的第一位男性顾客。小毕很喜欢读书，只要时间空下来，她就抱着《黄帝内经》或《易经》或其他什么书认真阅读。这让我非常意

外。有一次我和小毕开玩笑："你不是在看《易经》吗？不接受男顾客，你的内心情感是不会平衡的，你这种火烈的性格也会升温的。"她笑笑对我说："哥，我特别信任你和姐。"我的内心一阵温暖。

我曾经和我太太说过："一个外地人，又要养孩子，不容易，你得多关心一下小毕。"太太对我说了一段她和小毕的过往。我太太是个热心人，心很善，我知道她少不了对小毕的关心。同意为我理疗，很大一部分是小毕为了回报我太太。独在异乡，情感的孤单自不必言。多收获一份别人的关心，这是最温暖的前进力量。这种力量是我们能够给予的，何须吝啬？想想自己二十岁毕业后做了教官，无锡籍教学组组长总是在"倍思亲"的日子里，约请我们几个"怪孤单"的手下去他家小酌。我在另一个县城曾经工作两年，就因为一句"我喜欢吃鱼"，许多身边的同事用他们的行动让我满足了食癖。我曾经身有小疾，住院治疗期间，我的一位老首长坐了三十来分钟的公交车，为我送来一盆热腾腾的鸡汤……这些无法忘怀的温暖点点滴滴地注入了我的生命，让我明理、教我感恩、催我向上、引我成长。

小毕没有作息时间。顾客多的时候，她甚至连饭都顾不上吃。几位邻居对她倒也挺好，东家盛碗饭，西家一盘菜，也能让她们母子俩落个饱肚子。但小毕从不想让自己欠谁的。哪位邻里有什么小疼小痛的，小毕一定会主动伸手，且分文不收。有些顾客的毛病不能很快见效，固执地认为小毕是骗他们，有的甚至跟小毕打起嘴仗。小毕据理解释无用，便会坚决地退回费用，不再坚持为他们调理。她说，做事也要讲缘分。小毕这句话我特别认同。

其实，身边的外乡人不只小毕母子俩。贵州的梅子、安徽的小艳子，还有甘肃的小黄也都是和我们家走得很近的，尽管她们都已经在这个城市安了家，但远离父母兄弟姐妹的感受不是一个家就能替代的。我支持并努力协助我太太给予她们以亲人一样的关怀。职业贵贱我们并不介意，也不在乎我们家的资源让她们使用。时间让我们之间走得很近，知心的话有时候说得很深，这让我和我太太得到了许多的宽慰，更让我获得了回报那些对曾经身在异乡的我给予很多关爱的人的满足。获取是一种幸福，给予何尝不是？缘分到时，真情是唯一可以信赖的纽带。

小毕常常想念年事已高的母亲。得空时，她总是不吝时间，和母亲通个电话。有时候能聊上一个小时，直到手机被“煲”得发烫。我曾经和小毕认真地说过，就在高邮找个对象嫁了吧。她也很认真地回答我：“哥，我有老有小，还没轮到自己呢。”“我说你不能总是为别人活着啊。”她笑笑说：“哥，我还真认了这个死理，他们不是别人，他们也是我。”

尽管小毕的儿子已经在大家的帮助下，顺利走进了这个城市的一所小学，但，四年多以后，小毕还是带着孩子返回了远在东北的故乡。那天我起了个早，晨光初露时，把娘俩送上了北去的汽车。临别时小毕话显得很少，这与平时大不相同。倒是她的儿子小小，伯伯长伯伯短地和我唠个没完。上车的一刹那，小毕回头对我说了声“哥，再见”，我才发现她的眼圈有点红。

结束了异乡人的生活，她一定希望这车轱辘变成翅膀。但我也相信，这个远离她家乡的小城市是不会从她的生命中抹去印象的。而对我和我太太来说，这位曾经的异乡人也会是我们永远的挂念。

相邻而居

对我们新来的住户来说，晓晓奶奶、陈奶奶、小谢她们家算是这里的“土著”。我们这一排六户人家，都是从二〇〇三年前后陆续乔迁到这里，我家则是最后一户入住。

最先熟悉的是晓晓奶奶。我迄今不知道晓晓奶奶姓什么叫什么，十多年来就是这么叫她，一家子都这么称呼，好在晓晓奶奶也乐于接受。晓晓家住我家的正北面。打开我家的厨房窗户，就能看见晓晓家的大门。我曾经对晓晓奶奶笑说：“我天天在‘监视’你家的动静呢。”晓晓奶奶风趣地说：“不好意思，让你天天‘看门’。”

晓晓奶奶早已退休，为儿孙专司家务。她很和善，每次见了面，总是笑呵呵的。她很少外出，除了晨练之外，要么在家前屋后的一些空地上、平房屋顶上侍弄些时蔬，要么就是在家的附近转悠。邻居们的家长里短，她是知道得最多的。她不传话，不在背后捣鼓。她像是一个单位的档案室，信息进去了，但出来不容易。她若开口讲话，除了邻里之间的笑谈以外，就是告诉你一些“真骨子”的情况。我家太阳能漏水了，是她发现的。我家屋后面有一根什么电线掉下了，她在第一时间告诉我们。我家的窗户有一天夜里被小偷撬了，她开门就往我家跑，把我们从睡梦中叫醒。这样的事晓晓奶奶做得很多，为我家，也为别的邻居家。因此，晓晓奶奶突然到访谁家，谁家都会重视。晓晓奶奶也是个爽快人，每到换季大洗的时候，我家的衣被经常会晾晒到她家的平台上去。晒干了，晓晓奶奶或晓晓妈妈会把衣被叠得整整齐齐的，笑嘻嘻来敲我家的门："送'礼'来了。"有时候，我们下班回家做饭，打开厨房窗户，看见一把青菜、二斤扁豆什么的，准是晓晓奶奶放上的。

住的时间长了，我们和同住一排的老蒋家、仝爹爹家、严奶奶家及唐老板家的人也逐渐熟悉起来。再后来，我们和住得更远一点的陈奶奶、小谢他们家也混熟了。

蒋太太红梅和唐太太小钱是全职太太，经常能在门口的小巷里见到她俩的身影，走来过去的，带孙子、做家务。有人和她们说话，一条边的人在家里都能听见，尤其是红梅的声音，清脆而洪亮。红梅长我两岁，刚认识时叫她红梅，后来戏叫她红梅姐，再后来我母亲熟悉了红梅，就顺便认作干女儿。再后来我也做了爷爷，便以孙女的口气称呼早我七八年做奶奶的红梅为"姑奶奶"。都说讲话声音大的人特别好处，这话在红梅身上真的应验了。出身农村、进城也很晚的红梅虽然没上过几年学，但是特别懂得人情世故，处理家务很有条理。这一溜边的住户，就我家是二人世界。儿子在外上学、工作。我的母亲偶尔来住住，时间也都不算长。我们有时候出门办事，就将家里的钥匙放在红梅家，以方便约定的事情及时处理。红梅最舍不得我太太受苦，认为上班忙工作、下班忙家务是一个女警察最辛苦的生活方式。而我太太又是一个特别喜欢把家打理得完完美美的人。这让红梅更舍不得了。红梅一边开导我太太"不能太讲究"，一边经常对我们"访贫问苦"，有好吃的，时常给我们带份，哪怕是毛豆米炒咸菜，烙上几块韭菜饼，也不忘给我们送一些来。从乡下的地里批量采摘上来的瓜果蔬菜一批批地往我家送，当然，也不是我一家在享受。我和太太常常感觉不好意思，因此总要想些法子予以回报。这种想法后来只藏在心里。曾经明说过，红梅很生气，板着脸大声吼："什么意思什么意思？不想跟我这个大老粗相处就明说呗！"因此，当红梅或者其他邻居有什么事情需要我们帮忙时，我们总是全力以赴、尽心相助，哪怕是帮他们填写一份表格，我也是用最工整的字迹书写。

小钱家住在最东头，和红梅家隔着严奶奶、仝爹爹家。小钱和红梅两家不知道什么时候结成了亲家，男人女人亲家长亲家短的，叫得那个亲切。小钱也是那种大大咧咧不与人计较的人，和红梅倒有几分秉性上的相似。小钱的先生唐老板我早就认识，而且相处得不错。但小钱非常不像那种有钱人家的太太，很不喜欢张扬，穿着打扮朴素得很。刚刚搬来时，小钱给我的印象更像是常常待在阳台上仰头看天的邻家小妹，不喜欢和我们拉拉家常聊

聊天。或许是后来和红梅处久了，还有住在她家东边的小谢也常过来唠两句闲话，小钱后来的性格明显有了改变，邻里之间的话也多了。也时常端着个碗啊盘啊什么的走东家，去西家。最有意思的是，小钱的孙子也三岁了，只要出了自家门，见了哪个邻家的人，小钱就回家做事去了，直到有人把孩子给她送回去，或者听见有人叫："钱奶奶，把晨晨接回去！"她才站到家门口来。

几位年长者也是如此。不管遇到谁家的事，总要一管到底，从来不半途撤退。哪家的主人出差了，他们见面就会问："什么时候回来？"谁家的人住院了，老人们也常抽空探视，像是看望自家的亲友。所以，即便是小钱三岁的孙子，也会爷爷太太爹爹奶奶地从东一路叫到西，丝毫不会认谁为"生"人。

大事喜事，邻居们总是要请的。席位紧的，一家一个代表，席位宽松的，就多请几个。邻居们大多是结伴而行，嘻嘻哈哈的一路谈笑着，像是主人哪一路的亲戚。有时候到了现场，看主人忙得不亦乐乎，红梅、小钱和小谢她们总要挽袖相助，甚至连年近八旬的仝奶奶也常常抢着帮忙。主人心里热乎乎的。

邻居和邻居相比，终究也有很多的不同。单位里有个同事，邻里之间为了相邻巷道的使用闹得不可开交，竟也可以闹到单位来。我与红梅他们相邻而居前，住在城里的另一个小区。曾经有一件不愉快的事让我很难忘却。枇杷成熟的季节，孩子们将吃剩下的枇杷核用心种在了西山墙边上的花坑里。花坑有两个，一个靠近我家这边，一个靠近西边的邻居家。偏偏我们这边的花土很不给力，不但没将种子变成果树，就连小苗儿也没见长成。倒是靠近西边邻居家的那棵，竟在三四年后长成了一棵像模像样的树，并开花结果。这让孩子们欣喜若狂。正当孩子们期待着享受枇杷果实的时候，关于树的主权之争拉开了序幕。

我无意细说过程，虽然没有产生实质性后果，主权之争也以我们的让步而结束，但是，邻里之间的这种矛盾让我颇为郁闷。在我全家入住这个无须物业管理的小区以后，记忆中邻居们从没有红过脸、闹过僵。也有说错话的，也有做事不当的，无心而为，又怎么样呢？谁都没有在意计较过。这条小巷更多地被笑声、招呼声、问候声、谈论声、逗孩子的快乐声挤得满满的。“仝爹爹啊，留点家务事给儿媳妇做，别把她惯坏啦！”“严奶奶，骑三轮车慢一点啊，要不我送你一下？”“徐奶奶，你家水费用不完啊，太阳能放满了！”“红梅啊，以后声音小一点，把我的觉都吵醒了！”“四爷，明天早上不要下面馆子了，我做酥头饼给你吃啊。”多年来，这些声音就没有停止过，并且味道越来越浓。

都说远亲不及近邻，都说邻居好、赛金宝，甚至“海内存知己，天涯若比邻”。邻居，或许可以以空间的概念定义，但做个好邻居，想必是生活上可以互相帮助、感情上可以互相慰藉、困难时可以互相伸手的一群人。这样的相邻而居，又何逊于一家人呢？

第四章 动而思静

人生一甲子

前几天去镇上看望母亲，见她精神还是那么矍铄，思维还是那么清晰，声音还是那么响亮，香烟抽得还是那么有味，心情一如往日的开朗，我开心极了。母亲九十一岁，身体虽然比以前瘦弱了许多，饭量也远不及从前，而松弛的皮肤更直接地显示出她的实际年龄。但母亲的笑一如当年我记事时的样子，清脆而爽朗，丝毫没有九十一岁的样子。

临别，母亲郑重地对我说："过几天来带我，我要去你家。"

这不是母亲第一次提醒我了。我当然不会忘记。母亲的意思其实很直接：要喝她"老巴子"六十岁的生日酒。

这是母亲的心情：四个儿子都"奔七"而去，各家的生活平凡而平安，而她，依旧能"烟酒"自如，百事无忧。这种状态正是她老人家所乐意看见的——想必每位母亲都是如此吧！所以，今年春节刚过，每次见了母亲的面，母亲总要"闹"我的酒，有时候当着哥哥嫂子们的面，或者也不顾有外人在场。

过生日，不过是一件平常得如日出日落一样的事。母亲将此事放在心里，足见她对此事的重视。其实，我又何尝不在意呢？人生六十年，理应达到理解、包容和放下一切的"耳顺"境界，声入心通，无所违逆，知之之至，不思而得也。而我反观来路，竟无诸类之感慨，甚至觉得，此半生过得未免有些草率，于物质、于精神，收获无多；于家庭、于社会，贡献甚微！也许还应该挟带一些自责：人生之良田，岂可如此怠耕！所以，要不要以一种张扬的形式将生日从平常的日子里凸现出来，我很纠结。

忘不了那个青葱少年，仿佛从读小学开始，内心便有了一种蠢蠢欲动的上进。课堂上，常常因老师钦点，站在黑板前的凳子上，领全班同学朗读生词。那种“爆米花”式的心情至今无以言表。十岁生日那天，母亲为他做了一条灰卡其布的裤子，像大人穿的，须系上腰带的那种。他系上了彩色帆布腰带，顿时觉得自己便是大人了：面对一众跟随着他的同村学生，他的举手投足间都充满了“大人”式的样子，让小伙伴们羡慕得很。小学毕业那年，他以“反潮流英雄”为榜样，在课堂上给老师提出了很多批评意见。一位女老师气得直哭：“这小中子怎么会这样？”潜台词是：我跟他二哥是同学，对他那么好！而他，直到上了初中，也没有为此后悔过。

两年初中，少年像田野里的庄稼，自然地向着新的人生阶段成长着。他学习很好，始终是班上的尖子生。他品德优良，深得老师和同学们的信赖和喜爱。不仅如此，在家里，他也是一个十分听话而又勤劳的“老巴子”。薅猪草、摘树叶、拾狗粪、捉知了，他样样都行；栽秧割稻、施肥除草、养鸡喂猪、捕鱼捉虾，他无一不能；甚至烧水煮饭、穿针引线他也能拿得出手。两年的初中时光似乎无忧无虞。少年顺利地考上了高中，并以一篇作文享誉全公社。公社上层也有人知道：这个学生作文写得好呢！

少年上高中的这一年，有人开始考大学了。少年有了一种原始而又朦胧的冲动。高一学期快要结束，少年得到一个“参加高考”的通知，文科。家里人以为只是玩笑，少年也“不识愁滋味”，没人辅导，自习迎考。少年家西山头的地面被少年躺压得平整光滑，伴着数理化，那时候也看三国演义，水浒传了。高考发榜，少年名落孙山，尽管语文、政治考得让应届毕业的学哥学姐们汗颜。少年不骄傲，不气馁，有信心。

高中二年级，少年被父亲安排去镇上读书，因为镇上的师资力量强，教学条件好。但陌生的一切让少年颇感失落。少年却清醒地告诫自己：坚持，挺住！少年在父亲的宿舍里，一人独住了半年多的时间，吃了两个多月的“三鲜汤”，把妈妈的眼泪都吃出来了。其间，少年耗时两个多月，参加了当年的招飞体检：从小镇一直到扬州，直至最后一项检查内容。连同高考，这年上半年，少年“颗粒”无收。

兄弟四人渐渐长大，几间瓦房已显陈旧，虽非“衣不蔽体，食不果腹”，但复读中的少年依旧预感到未来的艰难。一个机会如约而至：少年成功地通过体检，取得了当兵入伍的资格。

这个家一直保持沉默、其时已是大队党支部书记的大哥终于看懂了少年毫不动摇的决心——少年对大哥说过，要穿着军装上大学！大哥，少年庆幸有这样的大哥，为圆少年的梦，凭一己之力，让全家人的思想很快统一了起来。从此，少年真正走上了一条用“苦”和“累”铺成的路。

或许，这是少年向青年过渡的最佳路径。

十六岁的少年毅然决然地从家乡一路向北，走进了盐碱地上的军营。营房，是远离城市，甚至远离村庄的几幢青灰色的建筑。少年不在意它，少年在意的是自己从家里拎过来的一包书。那里藏着少年的彷徨和希望。少年的读书行为是谨慎的。最初，少年把精力和时间全部放在军事训练上。新兵连第七天，三四个穿着十分规范、手上戴着雪白的手套、衣服上都是四个口袋的首长，站在一边看少年们的队列训练。机警的少年表现特别认真。齐步走过首长们身边时，少年用余光看见，站在中间的那位高个子首长用雪白的右手食指指向自己，并依稀听见：“这小伙子精神状态很好，动作有劲，他算一个吧。”少年不知，这一指会改变他的戎马轨迹。两天后，少年成了无后坐力炮全军射击示范班的一名战士。

少年很高兴。第一次班务会，连长、排长都参加了，少年觉得无比地牛。无后坐力炮四班，是全军的一面旗帜，新年的四五月份，四班即将承担新的示范射击表演，请大家务必抓紧时间，练就过硬的本领，圆满完成示范任务。少年血脉偾张，信心满满。

从第二天开始，少年才知道，树立信心是需要付出代价的。没有室内理论传授，直接进行室外训练，随着架炮操作的步骤适时进行理论讲解。少年被泡在了严冬的空气里，整天整天。盐碱地里的冬天总会有或大或小的海风挟裹着刺骨的寒意，从四面八方卷来，寻找你身上可能存在的缝隙，并果断地钻进去。大约从第七天开始，少年稚嫩的虎口处渐渐印上了红色的印记。少年希望班长发现这一情况，并建议少年休息一两天。但好像从来不会笑的班长，眼光似乎也总是落不到少年的手上去。少年不敢主动提及。第二天、第三天……少年的双手已经被冷硬的兵器折磨得血肉模糊了，寒冷的风又将这些血凝固起来，仿佛是在配合班长似的。少年不再幻想，没有人给他幻想的机会。况且，彼时的少年根本没意识到自己是少年，他觉得，自己是个军人。所以，白天过后，夜晚的放哨站岗，胆小的少年依旧在巨大的心理恐惧中服从安排。连队的其他活动，少年同样以饱满的热情投入。少年那时候天天想家，就像他父母天天想他一样。只是，少年不流泪，而少年的父亲常常在信笺上留下明显的泪痕。

少年很认真地当着兵，应对关于当兵的一切。三四个月以后，少年在连队积累了一些影响，他审时度势，觉得应该把锁在小仓库里的数理化取出来晒晒目光了。少年心里藏着理想呢！其时少年并不知道，自己已经是一名青年了，就在某一天，时间嘀嗒了一下。青年没介意。仿佛这与他并无关系。在高水平完成了示范射击表演以后，考大学的想法像一团火，在刚刚步入青年的心里熊熊燃烧起来。

部队里仿佛没有多余的时间，要靠自己挤。青年在熄灯以后躲在被窝里看书，被排长发现了，一声厉斥让青年惊恐失望至极。青年只好每天夹一本书，在熄灯号吹响以后去厕所看。青年不能站着，也不能坐着，只能蹲着，做如厕状。手电筒的光照亮了青年前行的路。青年往往在四肢完全麻木的情况下，借助隔墙将自己拉起来，结束一天的学习。

青年如愿以偿，穿着军装走进了大学校园。青年高兴，家里人也高兴。发自内心的。但青年高兴的是一个新舞台让青年感觉到未来的广阔。

青年是九中队一区队一班的班副。这让上大学的青年有了更大的压力和动力。青年很努力，很用功，很能吃苦。理论课自然扎实全面。野外训练时，青年似乎没有天气的概念。冬天的山风尤其无忌，青年用麻木的双手制造操作的记忆，迅速而准确。为了参加阅兵，夏天，青年两个月练掉了十三斤肉。为执行训练命令，青年毫不犹豫地从发酵的牛粪塘里匍匐而过。青年手腕骨折，未及痊愈，便在月光下练习单双杠……青年没觉得苦过。毕业时，青年是优秀学员，兵种教研室和军体教研室都要青年留下来。青年选择留在兵种教研室，当上了教官。这一年，青年二十岁。

青年顺利闯过了“试教”关，登上了三尺讲台。面对大部分年龄大过自己的学员，青年感觉到了某种挑战。他积蓄力量，在极短的时间内，将自己教学的内容悉数收入脑中。青年底气十足，自信满满。大约用了半年时间，青年突然感觉到自己仿佛已经度过了花期，散发出了果实的清香。青年开始在意任何时候从身边擦肩而过的女兵和女孩。

教官的时间是自由的。读书对青年来说开始进入黄金期。除了体育运动、学术研究，青年从不和人闲聊。为防战友打扰，青年把自己和灯光一起关在壁橱里，与各种书籍做形神交流。在青年步入准老年后曾经感慨：没有手机、BP 机的年代倒也挺好，它让人可以随心创造并享受安宁的环境。毕业一年多以后，青年开始在另外的领域收获果实：《人民日报》头版第一次印上了青年的名字。

青年也开始写情书了，挖空心思，绞尽脑汁。而有一种来信渐渐压制了父母来信对青年的吸引。信笺上散发出来的气息从陌生走向熟悉，字字句句，像箭矢般穿透青年的心，舒畅又温馨。为了不断充实书信中“报喜”的内容，青年更加努力。数年后，年轻的教官娶了妻。

没有永恒的顺境。一九九〇年临近春节，青年染上了甲肝。最初的误诊失去了在急性期的控制良好时机，迁延两月余，青年终得治愈。经此，青年遂觉前途黯淡，顿生转业之意。

“荒唐！甲肝算什么？不准瞎想！”首长劝他。

“你是符合条件的。让你家属随军吧，免得你心神不定。”第二年，首长又劝他。

“我都跟政治部主任说好了，有位置就给你，你还要做更多的事呢。”第三年，首长这样劝他。

“如果你现在同意留下来，我可以让人去地方上把你的档案再调回来。”第四年，首长在青年即将登上转业回家之路时，再次婉言相劝。

青年转业时，儿子已上小学一年级，青年认真担起了父亲的角色。因为亏欠，不太适应，但，为了弥补，很快适应。当兵十三年，副营职将近四年，可青年依旧买不起房，只能寄居在岳父母家。青年成了时间的奴隶，不！是时间在引导青年如何开始一段新的生活。似乎没有闲暇，确实没有。青年在单位像一架机器，读着写着读着写着。因为股长说：“你主要负责文字工作。”青年的妻子彼时还在家乡的小镇上。青年回到家，也像一架机器：照顾儿子，孝顺老人，勤于家务。剩下的时间，青年不停地阅读、写作，但几与工作无关。青年要建立新的“根据地”。很快，青年的名字频繁出现在家乡的媒体上。青年不忘初心，表面淡定，骨子里始终不给自己停下来的理由。甚至，最初两年多，青年在单位滴酒不沾，尽管青年的酒量极好。

青年当所长五年，极尽了吃苦的能事，并且一并“哄”着弟兄们跟着吃苦。青年曾经在半年时间里加了五十二个夜班，其中七次通宵，为了打击假冒伪劣产品。转业九年后，青年被调往邻县工商部门工作；又九年，青年成为上级工商机关的一名处长。再三年，青年完成了一生中第三次游历他乡的过程，返回故里。青年的头发白了，皮肤上有了些皱纹，腰围明显增粗。言行举止间，青年已经有了许多老年的味道，连笑，也显得那么成熟而稳重。

十八年的异域生活甫结，青年成了老者，步入了“准老人”的行列。不过，老者的脚步还是那么坚实，性情似乎更加豁达，还有内心，老者一直“冰封”着“不要一双筷子”时的进取状态。直到退居“二线”，谁也没有发现老者曾经有过倦怠的身影、萎靡的精神、困顿的眼神。所以，回顾过往，老者明知自己并无多大成就，但终究留下的每一个脚印都显示了行者内心的坚定：不肤浅，不零乱，很干净。

老者决定听妈妈的话，过一个生日吧，因为这不仅是自己的，同样也是母亲的。更何况，一生有几个甲子的轮回呢。

哪怕形式简洁点。

土地的味道

我是在由土地的味道包围着的村庄里出生的。

那时家里有六间房，前后均是草房，泥土地面。东西两面有土坯的围墙将前后房子连接起来，之间形成一座院落。院落的过道是用碎砖铺成的。房屋的正门朝南。大门外是一偌大的土场，收菜籽、打黄豆、晒白菜、切窝积、编芦席，皆在此地。夏天乘凉冬天打雪仗，也都赖于此。土场外便是宽窄有异、通往四周的泥土质地的小路，以及被小路切割成各种形状的自留地和农田，一直延伸到周边其他的村庄。

我脚踏这片土地一直长到十五岁，就像村庄里那些散乱的树，没有选择，也意识不到可以选择，就这么自由地生长着。植根于泥土，沐浴着泥土清纯的味道，没有一丝钢筋水泥味的杂陈，快乐无忧。

因为高中一年级时参加了高考，这让父亲相信我的学习还有一些奔头。高二那年，便把我转到了各方面条件都更好一些的公社中学去读书。父亲是公社医院的院长，有分配给他的公房可以居住，我便和父亲住在一起。砖墙瓦房，水磨石的地面很平坦也很干净。教室的房子虽然老了些，但也是砖墙瓦房，整砖铺成的地面虽不太平整，但也不像泥土地面那样凹凸不平，让我感觉新

鲜又舒爽。

其实，我的内心是早就向往体验砖瓦水泥的味道的。往年的寒暑假，我也常常到小镇上来和父亲小住几日。父亲没有时间照顾我的生活，只告诉我饭票菜票放在哪里。到了吃饭的时间，我便拿着饭菜票去医院食堂打饭。但我羡慕小镇上那些年龄和我相差不多的小伙伴，他们的衣着比我整洁、光鲜，他们的笑声比我爽朗、洪亮，他们的步伐比我洒脱、自由，他们的目光比我自信、有神。傍晚时，他们已经躺在自家门前的竹床或藤椅上，放肆地唱着“洪湖水浪打浪”“红星闪闪”什么的了。那时候我就想，我一定要过这样的生活。

隐约之中，我感觉只有读书上学才能让我的生活有所改变。父亲让我转学，正契合了一个少年的心中梦想，所以，我对读书颇为用心。但是不久，我便对现实生产出一丝茫然。

我突然不太喜欢水泥钢筋砖头瓦片的味道。我想起了在家时，端起一碗饭走遍全庄的那份逍遥和自在，想起麦浪翻滚、稻穗飘香时的那份欣喜和愉悦，想起小猪在圈里哼哼着吃食时的那份开心和期待，更想起了全庄的人每天彼此见面时的笑容和问候……巨大的反差像针一样刺痛了我那颗尚未成熟的心。但我不想放弃，我怎么会放弃呢？土地的味道对我固然有着强烈的吸引，却又在这个年纪让我对它产生了巨大的排斥。眼见着土地让我的母亲比镇上小伙伴们的母亲吃着更多的苦，而我也和他们过着不一样的童年和少年生活，我不能不撑起理想的旗帜，并为此而努力下去。

没有吃过苦的人生是没有意义的。这是我长大后悟出的一个道理。高中毕业，高考失利。暑假后，我入校复读。每天，我穿行于青砖灰瓦夹拥着的小巷中，体味着镇上人的悠闲步履，内心里却被上大学的梦想冲击着。初秋，突闻征兵的消息，脑子里又萌生出新的想法。何不去部队考大学呢？我提醒自己说。于是，我在没有和家里任何人商量的情况下，从身为大队民兵营长的门房伯伯那里获得了一张《入伍青年登记表》。不过，这事很快就被家人知道了。体检结束那天回到家里，奶奶、父母及哥哥们正在吃午饭，我告知了他们我体检合格的消息，全家人一下子都愣住了！

我终于还是去了部队。在父母家人十分担心我这个“老巴子”的最初半年多时间，我在苏北最贫瘠的盐碱地上，感受着另一种更加令人辛酸的味道。这种味道让我对土地产生了极端的失望，甚至悲痛。我没有一丝依恋，劳其筋骨，苦其心志，付出了流血的代价。八个月后，我离开它们，去另一个城市上军校。

坐落在城市近郊的校园里，苏式建筑古朴而华丽，石基、青砖、灰瓦，一排排、一幢幢，被一条条纵横交错、斑驳而又厚实的水泥道路联络着。校园很大。所有裸露的土地，仅仅是高大的梧桐和其他花草树木的呼吸通道。唯一能让我重温故乡气息的，是比我想象的还要大得多的训练场。三年时间，我在这上面流下了太多的汗水，令我欣慰的是，我收获了成长。

此后四十多年时间，我以一个城市人的身份在各种样式的城市里穿行。看见过太多的高楼大厦，脚踩过无数的水泥马路，经历过许多的城市风雨，邂逅过众多的城市过客，也付出了所有的时间和精力，直到今天，自己成了爷爷。经历着一件件的无常世事，体味着一串串的酸甜苦辣，吸入肺腑的更多还是物质的繁华和精神的富足。这一切，渐进地催化了我的成长，使我的生活随着岁月的递增，发出更加亮丽的光，让我在有限的职业生涯中收获了许多无悔之喜悦。或许，甚至超越了一些城市“土著”。

突然有一天，我无比想念起故乡的那几间草房来。我迫切地期待着在不远的将来，能和家人一起洗去满身城市的味道，守着一片纯粹的土地，过上一种刀耕火种的生活。很遗憾故乡的那几间草房多年前已遭拆除，门前的土场和三亩多的自留地已经被复垦成一片农田，但归田园居的愿望似乎毫无理由地强烈，以至于我到处张罗着合适的地方：不一定是故乡，只要能闻到土地的味道就行。

未果。我现在依然是住在这个虽然不大但却拥有十分浓厚的城市味道的地方。我心不甘，像当年急切地想走进城市一样，我几乎每天都在盼望着能再次寓居乡村。我也不知道为什么，总是渴望着。

走进北大

银杏树的叶子被染成了金黄的颜色。此时刮起的已是秋风，虽不甚猛烈，却将满树的叶子断然摇落，洋洋洒洒地铺陈在地面上。这里所有的建筑并不高大，一如苦心求知者的沉稳内敛。它们带着各自的名号，沐浴着浓浓的秋意，错落有致地静卧在蓬勃高大的树丛中，一种安然含蓄的力量直入心髓，慢慢地安定了人的精神。

这里是地处首都的北京大学。我便是在这个季节走进了这座城市，走入了这座校园。或许是因为我与这座城市彼此陌生，伴着飘零的落叶，我还是感觉到那种意料之外的寒意。然而，多少年来对她怀着敬畏之心、仰慕之情，没想到竟有一日，挂着标志性的胸牌走近她、走进她。我汹涌澎湃的内心早已将寒意驱散。

校园里的道路很宽阔，大道上到处是年轻学子们的身影。他们步履或闲或忙，身影或单或众，背负或多或少，但每一张脸上都充满了阳光，洋溢着自信。他们的目光绝不流连四顾，他们的脚步绝不飘忽迟疑，他们很少有人表现出“手机控”的样子，即使是边走路边吃着东西，也能透出一种自信的优雅。他们专注于自己的步伐，即便是我们这一群年龄显然不能入流的“临时学子”从他们身边走过，也不会吸引他们的注意，甚至不能干扰他们的目光。或许是求知不论长幼已经成为这座校园的常态吧，我想。道路两边，不时有知识讲座、文化活动、艺术交流的海报出现，虽然割裂了路边的景致，却让我感觉到这所学府知识大餐的丰富。

我们上课的教室并不宽大，近五十人坐进去，已然济济。桌椅就是学生们平时的装备，对我们这群已步入社会多年的人来说，坐下去竟感到空间很局促。墙面洁白，没有更多的格言警句。老师的讲台离我们很近，更使我们生出一种局促之感。老师们并不在意这种空间格局，讲课时潇洒自如。课堂秩序井然，不能随意地进进出出。各人的手机，亦如我们一样屏住了呼吸。如果没有老师讲课的声音，那种肃静几乎让人沉醉，抑或窒息。

给我们授课的有八位老师，看其简介，无一不是大师级的人物。听他们授课，更对其大师级的身份坚信不疑。他们授课时或表情严肃，或风趣幽默；或站立如松，或端坐如石；或静如入定，或走动不止；或慷慨激昂，或娓娓道来……各人风格迥异，让人大开眼界。老师们传授的内容，观点之鲜明、论证之严谨、事实之详细、征引之广博、见解之深邃，令我恍然，使我震撼，给我释疑，为我解忧。坐在这样拥挤的教室里，听着几位老师的授课，恰如醍醐灌顶。师者之言，更好像是一面镜子，照出我的学识浅薄、无知自负。

下午下课时，往往是天色已晚。在这个繁华热闹的城市中，校园的静谧反而让人有些心醉了。教学楼、图书馆里朴素的灯光使人感觉实在又温馨。高大的树木在灯光照耀下，华盖像是遮住了整个天空。曾经的思想自由兼容并包，曾经的烽火硝烟人去楼空，百余年来的人文渊薮、英才辈出，百年的精神“格物致知、修身齐家”一脉传承……这些普通的树木应该是最真实的见证。

在那些被渲染成校园景观的地方，夜色中很难遇见学生们的身影。即便是在著名的未名湖畔，夜晚的安静让人疑为进入仙境。走在湖边窄窄的石道上，我落下去的脚步都不忍太急，甚至不想开口与友人说话，唯恐扰乱了眼前诗画般的空灵妙景，搅碎了多少前辈学者苦读深思的身影。

脚步移出湖边，却惊讶地发现学子们用青春活力，于深秋的夜色中制造出的勃勃生机。这边，数十名男女学生或坐或躺在租赁来的运动防护垫上，裹着棉衣甚至棉被，饶有兴致地观看着一部露天电影。那边，数十名学生着短袖衫短裤，足球踢得热火朝天。无论是场边的看客还是场中的运动者，都是那么认真，让人误以为是一场正式的比赛。不远处的网球场上灯光如昼，一名初学者在一位教练的指导下，一丝不苟地练习发球……

在北大的每一天、每一时、每一刻，我都不忍辜负。每天，我总是早早起床或迟迟归宿，让自己的眼睛在校园里游走、感受，从院内到院外、从地面到天空、从白昼到黑夜、从自然到人文……这座连着国运、闪耀着无数名人光辉的校园，这座培育了众多精英的校园，这座让多少学子朝思暮想的校园，这座让我在不期然中忽然走进的校园，这座让我愧觉人生苦短、恨不能再来的校园，生生地锁住了我的魂魄！尽管占地数千亩的校园内不乏现代文明的痕迹，但那些浸染着百年风雨的旧存似乎更让我心动。正如那被旧迹斑斑的院墙搀扶着的大门，虽看似老态龙钟，但在我的眼里，无不显示出一种饱含人文历史的矍铄精神。她以一种长者的安静、慈祥、淡定和沉着示于众人面前，更以一种智者的博大、深厚、宽宏和坚定昭示来者。

这是一扇神圣的殿堂。进了这里，校园的空气里、泥土中、花草树木的根茎枝叶上，似乎都蕴含着一种书卷的气息。短短几日，我几近贪婪地将自己的身心浸入这种气息中，俨然一块新鲜的豆腐沉浸在老卤汁中，竟也沾染了不少的味道。这味道，不只是沾染了我的身体，更浸入了我的灵魂，再也不会消退。

仰视秦少游

寄居城北的时候，文游台与我家只隔一条文游路而望。夏天日长。傍晚散步，我可以牵着小儿的手，闲遛到文游台的旁边。虽为高邮人，但戎马生涯十三年，使我尚无暇与文游台相识。更为惭愧的是，此前我似乎也不知道，生于斯、长于斯的高邮人不能不认识文游台。不认识文游台，怎么能了解秦少游呢？

文游台是古秦邮（高邮）八景之一，始建于北宋太平兴国年间，原为东岳庙（泰山庙），因苏轼过高邮，与本地乡贤秦观（秦少游）、孙觉、王巩会集于此，饮酒论文而得名。从此，这座本来依附东岳大帝神韵的庙台便独领风骚，历朝历代名人雅士纷纷登台，一瞻风采，并留下许多千古不朽的诗文。

我是在一个假日和太太携着小儿游览文游台的。那时候，文游台还没有大规模修缮。从盍簪堂向上，登攀了十来级台阶，我们一家三口手牵着手，跨进了文游台高大的门槛。

这时候，风流倜傥的秦少游像便矗立在我们面前。但见他一手持书卷于胸前，一手屈背于身后，头颅高昂，目光远眺，一派书生意气。或许是因为靠得太近，我不得不仰视着他。但当我抬起头来，一种骄傲和自豪的情绪在我心中油然升起。这位秦邮才子，这位将人间柔情捏成花瓣，将所有河山都变成爱的男人，带着故乡的名字，以其不朽的精神整整走过了十多个世纪。虽然岁月结束了他的生命，却从未湮灭过他的华美辞章闪现出来的熠熠光辉，更没有忘却过一代词宗终其一生凝结而成的文学情怀。所以，即使现在的我面对的是一尊塑像，而我感受到的却是一种饱满而又深刻的生命力量。

小儿不懂我的感觉，兀自钻进禁戒的绸带，稚嫩的小手触摸在秦少游的长衫上。我仿佛感觉到神圣被无端侵犯，急令小儿退出。我牵着他的手，目光环顾左右，却见盍簪堂四壁嵌有苏东坡、黄庭坚、米元章、秦少游、赵子昂、董其昌等名家书法石刻。我见过这些书法，从乡人结集出版的《秦邮帖》中，我知道，这是清代嘉庆年间，高邮知州师兆龙的一片用心，他将这些名家的书法收集起来，由著名金石学家钱泳持刀勒刻而成，陈列于此。我一边扼制着小儿想挣脱我手的束缚的冲动，一边恭敬又认真地欣赏着一幅幅具有较高艺术价值的书法，一边又在想：少游若在，又不知要咏出多少美丽动人的词篇来。

出了盍簪堂，我们朝着文游台西侧信步而行。这里存有明代建造的，专为纪念秦观、苏轼、孙觉、王巩雅聚的古四贤祠。王磐的"谁排阊阖借天风，满地尘埃一洗空。万卷文章光海岳，千年神爽积鸿蒙。兰亭旧迹浮云外，甓社浓春细雨中。一瓣心香初奠罢，椅栏呼酒送飞鸿"正是其后三百多年的谒祠之作。祠后是幽静典雅的秦观读书台。遗憾的是，一千多年后涉足此台，我只察幽静，未意典雅。不过其实，对读书人来说，得其幽静之地而捧卷埋首，还复何求？只是，此刻没有谁能告诉我，当年那位淮海居士在这里读书时是何情景。于是，我只有想象，任思绪穿越到一千多年以前。也许，他在与我差不多大的年龄时，在他三十六岁那年中进士之前，一定在这里深刻研读过他喜爱的经史

兵书。“予少时读书，一见辄能诵。暗疏之，亦不甚失。”可能不是记录的在文游台读书的事。“然负此自放，喜从滑稽饮酒者游。旬朔之间，把卷无几日，故虽有强记之力，而常废于不勤。”我想也许与读书台有关。苏轼、孙觉、王巩来此，他能不沽来好酒，陪着日日尽兴？

我不是考古研史，我只是戏想。

小儿吵闹着要回家去，搅得我无心再览，我只好悻悻地答应小儿的要求。走出文游台，我突然想，再见秦少游时，我当不应是现在的我了吧。

大约相距了一年的时间，我转业回到了故乡。寄居的状态仍未改变，那一天，我果然再次牵手上了小学一年级的小儿，漫步去文游台观看书画展览。以我本意，那次并无面见秦太虚的安排。孰料，刚刚跨进阔大的门楼，却见通向文游高台的甬道上，两排松柏夹拥的尽头，巍巍地屹立着秦少游的塑像。我禁不住一愣，仿佛一年多以前的那几句心语悉数让学士闻听了。我惭愧这一年来自己并没有显著的成长，只好藏起这份内疚和心虚，默默地来到塑像旁。无畏的小儿却禁不住嚷嚷起来：“爸爸，你看他走到外边来了！”这让我欣喜地意识到，小儿对他已经有了记忆。我随口应道：“是啊，他大概是要出门云游了。”目光却深情地投向了这位婉约派词宗的高大形象。但见今日之少游，一如往日之气宇轩昂、风度翩翩、神采奕奕。手中的那本书仍然被紧握着，背在身后的左手似乎就没有向前摆动过。

我的目光在他手中的书卷上停留下来。我知道，这书里写着的，是这位北宋文学家的一身才华，是“苏门四学士”之一的他仅仅五十一年生命的所有情思，也是这位生性豪爽、洒脱不羁的乡贤留给后世的诸多缅怀。是“化腐朽为神奇”的“两情若是久长时，又岂在朝朝暮暮”，是“斜阳外，寒鸦万点，流水绕孤村”的“天生好言语”，是“天外一钩残月，带三星”的难解之谜，是“可堪孤馆闭春寒，杜鹃声里斜阳暮”的凄厉之变……难怪苏轼说：“少游已矣，虽万人何赎！”王士祯则更一声叹息：“风流不见秦淮海，寂寞人间五百年。”

一只鸟不知从何处飞来，恰巧飞过那本书的上方，并且做了短暂的停顿。我感觉像是突然从书里跳出的一个符号。逗号、句号、破折号？还是感叹号、省略号？我一时无解。但目光离开了那本书，渐渐下移。我注意到塑像的脚下有一座黑色大理石砌成的基座，使得这尊本来就已经高大的塑像更显伟岸。朗朗晴空之下，绿树环抱之中，他，给人一种远看近看皆须仰首的体验。

这时候，我听见小儿依旧固执地问我：“他为什么要从房子里走出来呢？”我依稀感觉到小儿似乎问过多次，在我凝视那本书的时候。于是我立即回应道：“他在房子里，只是我们看他，现在他走出来了，既可以让我们看见他，而他呢，也能够看见我们，看见这个世界。”小儿不信也不服：“爸爸骗我，他是石头。他看不见我们！”我说：“怎么会看不见呢？只是我们感觉不到他看见了我们——因为，他是用心用灵魂在看我们，不像我们，只是用肉眼看着他罢了。”

小儿似懂非懂地看看我，又扭过身子，仰起他那小小的脑袋，默默地看了一会儿，问我：“爸爸，他是高邮人吗？”

我抚摸着小儿的头，问他高邮在哪儿。小儿说："在中国。"这就对了，我说："他叫秦观，是高邮人，更是我们这个国家的人，是已经一千多岁了还活着的古人。"

小儿面对秦少游，头似乎仰得更高了。初升的太阳照在秦少游古铜色的身上，亮晶晶的。也照在了小儿的脸上，红扑扑的。

把门打开

那个周六的天气很热。下午三点多钟的时间，孙女还在午睡，趁着这当口，我将心爱的小赛车推出家门，骑进了烈日里。我要去看看城北当铺，那个戴着“国保”光环的历史遗存。

想看当铺，源于它修缮竣工的信息已经发布。历经风雨侵蚀的老旧当铺模样我曾多次去看，平心而论，我觉得一个国家级文物保护单位的名衔实在与之难以匹配。不过是清朝中期的一个商事产物，似乎没有太多的文化内涵，说是保护较好、规模较为完整，但在我眼里，未经修缮时的状态无非就是一堆杂乱景象，我无法从中解读出它存在的意义。那天顶着烈日带着勃勃的兴致而去，无非是想获得修缮以后新设的各种信息载体的引导解读，毕竟这是家乡的历史遗存。就像家里藏着几本书，你却不知道是什么书，放在什么地方，那未免有些尴尬和愧疚。

但是没有如愿。当铺的门是关着的。临街的一爿墙，在老城区低矮的建筑面前显示出一种异常庄重的磅礴大气，昭然彰显着它存在的价值和意义。但是镶嵌在墙上的那扇门关着，我进不去。我在门前徘徊，想离开却又不忍，进去看一看的欲望像天气一样热。我期待着那扇门突然打开，让我欣赏到里面的世界，但是终究没有。其间，街对面一位热情的老板娘似乎看出了我的失望和无奈，主动地和我聊了起来。她坚定地告诉我里边肯定有人，而且不止一个。但她同时坚定地和我一同质疑：为什么不开门呢？我苦笑着，道了谢，骑上车走了。

孙女很快就会醒来，我得回去陪她。平时工作太忙，我对这个小生命的成长多有亏欠。周六周日是我唯一可以陪她的时间，所以，我不想再在那条以其狭窄展示其古朴的老街上等待。我本想在她午睡的时间里做一些自己想做和该做的，在生命传递的未来和文化传承的历史之间兼收果实。但世事无常，不能两全也是常有的，所以我必须面对选择。好在我的心情依然很平静，尽管日头的热度不减。我甚至为那位或两位门里的同志着想，他们一定是有某些特殊的原因，才会在下午三四点钟的时间段闭门谢客的。他们也很想有更多的人从那扇门走进去，转一转、看一看、评一评、议一议，让他们为高邮有这样的“凝固的历史”而感叹和自豪。这样想着，我倒不是原谅他们了，而是理解。

我在这座古城里骑行着。照耀着她的阳光，呼吸着她的空气，聆听着时间从她的身体里轻轻踱过的曼妙声音。七千年的文明史、两千一百多年的建制史、一千多年的建城史，就这么一秒一秒地走了过来。文明的因子和文化的气息在这座城市的每一个空间里流淌着，我从骨子里爱着她。一个有着深厚文化积淀和文明传承的城市，必定有着自己独特的品位，就像一位内修充分的女子从身体里透射出来的迷人气质一样，让人迷恋不已。高楼大厦可以被无数个城市复制，但文明特征和文化特性就像世界上的树叶一样，永远不会相同。譬如盂城驿、龙虬庄，更譬如那散发出淡淡水影波光和幽幽泥土芳香的古运河，也譬如今天我未能如愿入门的当铺。生于斯，是一种幸运和幸福，理当珍视和珍惜。但是，理性的感想和感性的生活总是有些反差的。生活中的许多现象总会启示我们需要从其他的层面去认识和解读。

去年秋风乍起时，我去一个镇上执行公务。回程中，我突然想去龙虬庄遗址看看。之前我没有目睹过这个村庄，但神交已久。那次“突然”，其中一个重要的原因，是镇上一位主要领导在几分钟前跟我畅谈过龙虬庄的前景。本土文化的发展只有参与者，没有边缘人。从车上下来，一种说不出来的神圣感立刻浸入全身。我且走且看，很快入角。其实，进口的那道门做得倒很朴素。我也没见有人把守，脚步就这么逛荡着进去了。正当我放眼游走时，一声大吼着实吓了我一跳：“干什么的？”我循声望去，一位打扫环境的老者正在不远处盯着我。我移步跟前，笑嘻嘻地对老人解释道：“我从镇上刚过来，不是来游玩的，只想看一看环境，而后给镇上的领导们提点建议。”没有想到的是，老人似乎因戒备或我的不守规矩而没有平息怒气，依然极其大声地对我呵斥：“我不管你是哪里的，又没得哪个人给我打过电话，想进去就要买票的！”哦！买票！我倒是真的在口袋里掏了掏，后来悻悻地走了，一声没吭。我没带钱。

有备而来，带了钱，但门没开。无备而往，没有钱，但有门难进。我丧失了两次机会，都在情绪非常饱满的状态下。我不怨别人，也绝无指责之意，只觉得自己可笑。

一扇门何等重要！关着，内外各自成为一个独立的世界。外面的风光如何，里边的景致怎样，只有身处那个世界里的人知道。打开，整个世界顿时合二为一，遍体通透，仿佛天地之间无缝无隙、无遮无挡，让人自由驰骋，了无遗憾。其实，看当铺，去龙虬，原本是想通过进一道门打开另一道门——用文化的力量打开自己的心门。不管你承认不承认，人总是首先活在精神世界里，而后才是物质。人会感觉累、感觉伤痛、感觉不满、感觉沮丧……人会排斥、会愤怒、会谩骂、会指责……人也会自满、会诋毁、会妒忌，甚至会犯罪……心门打开了，世界就被装在了心里，其容量一定会无限地扩大。在无限的心的海洋里，什么样的人、什么样的事，都可以得到包容。每一个人的心门都能打开或被打开，这个世界会是怎样的和谐安宁？

心门是沉重的，人人如此。有的人一生紧闭，有的人半开半合，有的人借着文化的力量全然开启。生活之得失、生存之难易、生命之明暗，一切有赖于我们的心门开启与否，敞开到何种状态。当铺之门、龙虬庄之门，不过是物理之门，简单的物理力量可以轻松地将其打开。但心门的打开绝非手指一点之功。走进城北当铺，走进龙虬庄，或者曾经走进盂城驿，走进运河古道，走进文游台，走进王氏纪念馆……走进一切将这座千年古城修炼得底蕴十足、魅力四射的存在之中，无非就是想从中吸取到自己需要得到的营养而已。它们比阳光、空气、水分和柴米油盐对我有着更深层次的价值。都说一方水土养一方人，在这片土地上生活，如果视这些文化大餐如虚无，且不说我们已经愧对祖先，就怕连我们自己也应当自惭了，更遑论如何面对后人。

把门打开吧，并请宽容地对待那些渴望进入者。文化需要传播，文化需要传承，文化需要再创造。打开一切能打开之门，让更多的人、更多的元素走进来、融进来，也让更多的文化价值从那些开启的门中扩散出去，这个城市一定会显得更加美丽。爱家乡几乎是一种天性，但我之所以执着地热爱我的家乡，是因为她不仅是我的衣胞之地，更因为她有着极其丰富的文化积淀和独特的历史遗存。这些财富在现实阳光的照耀下，伴随着时光的流淌，越来越被更多的父老乡亲认知。这种现象是迷人的也是感人的，谁都没有理由忽略。一个城市的大门全部敞开，一定会让更多人的心门打开。打开心门的人，也肯定会创造出更多值得留存与传承的文化产品和文化价值。

但是也别像我那样，在准备阶段，逻辑已经混乱的情况下，要想美美地吃到“文化大餐”，那是免不了要碰壁的。不过，吃亏之后的我倒是有个愿望：如果我的手里头握着一张小小的卡片，在我家乡的地盘上，不管什么时候去什么景点，都能一划而进，那一定会免了我许多的尴尬，了却我更多的心愿。

只要门开着。

村庄来了，走了……

说到底它不过是一个村庄。一个人类集中居住和生产生活的地方。但是，一片磨光泥质黑陶盆口沿残片、一种骨箸、四千多粒碳化稻米，却让它声名大噪，且持续不衰。

最初知道这个村庄的名字是在某份报纸上。那时候我还在部队服役。二十来年了，记忆中始终留存着三个字：龙虬庄。“一九九三年中国十大考古新发现”的定位，对身处异乡且青春热血的我来说，无疑是震惊和振奋的。对家乡的热爱和赞美秒增。就像我在意盂城驿、文游台、镇国寺等家乡的诸多文化历史符号一样，我也曾刻意地搜寻、收集关于龙虬庄的信息。我要认识它。

哦，原来那片二十多年前重见阳光的磨光泥质黑陶盆口沿残片很不简单。寄居其身上八个类似文字的刻画符号，在经历了七千年的风雨洗涮之后，依然精神矍铄、容貌依旧。尽管至今无人辨识，但有一点可以确认：这种叫作陶文的符号比甲骨文久远了上千年。甚至很有可能就是甲骨文的起源。一片小小的残破的陶片上的八个符号，居然将人类的文字史、文化史、文明史如此大幅度地改写，甚至被誉为“中华文明的曙光”，这是多么巨大的贡献！

那种叫作骨箸的东西其实也并不落魄，自它被结束尘土固封的那天起，便将自己推向了人类生活史的巅峰位置：它竟然是中国最早的筷子！它极其郑重地将我国使用筷子的历史追溯到龙虬庄文化。龙虬庄遗址为中国箸文化之源。

最为神奇的当数那捧稻米了。相对于其他的物质来说，它是最应该很快化作泥土、身消迹亡的，但它没有。仿佛它也是一种有思想的物质，为了让后人能够更加清楚地“看到”那个时期人类生产生活的景况，即使是“碳化”了自己，它也要将人类耕种的信息顽强地传递下来。它爱这片生它养它的热土，它爱这方呵护它爱它的人民。爱给了它生命，并让它在七千多年后大放异彩！

专家学者们公认的是：龙虬庄遗址的发现和发掘填补了中国江淮地区新石器时代早期古文化遗址的空白，是文化面貌独特、文化特性稳定、发展序列完整的原始文化。它的发现有力地证明了长江流域和黄河流域一样都是中华民族古文化的摇篮。其发掘成果对进一步探索江淮地区的史前文化，研究这一地区的古生态环境、稻作农业的起源和发展均具有重要意义。

其实我没有能力专注于专家学者们所说的“意义”，我只是在想，这个村庄为什么会“没了”？如果它不曾消失，它的现在会是什么模样？那片残破的陶、那种骨箸、那些已经碳化的稻米，还有许多许多的生产工具、生活用品和工艺品，其生命会有怎样的结局？会为现在的我们带来什么样的惊喜呢？

这些想法也许很无聊。村庄很多。村庄的消失和重建乃是正常历程，有多少人认真地计较过？二〇一〇年的某一天，我三哥打电话给我，说我们回老家去看看吧。我问怎么了，他说老庄子要被复垦了，回家看最后一眼吧。三哥的解释让我的内心顿感苍凉和失落。那片土地承载了我十六年的成长时光：童年时的无忧，少年时的欢乐，步入青春期的成熟……自留地里的青菜萝卜、河堤上的老榆树、小河里的清清流水……因为战争而失去右臂的大伯、口碑甚好的“赤脚医生”堂哥、早早地开上自家买的拖拉机的侄儿……更有我上学的小路、盛草用的竹篮、藏着小人书的木箱……还有父亲的教诲、母亲的叮咛、兄弟四人为生计和前途而流下的汗水……我和三哥如约前往。我们在上百年来一直保持着长条形的村庄里，沿着从村庄中间穿行而过的河沟头边缘缓缓而行，经过了两岸二十几户人家的每一家门口。每挪动一次脚步，无数被记忆的往事像河水湍流，像狂风吹拂，拥挤着冲进我的脑海，像抓在手里的一团乱麻，无章可循。尽管我心里十分清楚，从一九七九年应征入伍，我离开这片故土已经三十多年了，其间因为父母兄弟都已经在小镇上定居，三十多年间我只是偶尔回来过。但这又如何？生我养我的衣胞之地，怎么会让时间淡化了我的记忆呢？更何况那其实不叫记忆，那是已经刻在了我骨子里、融进了我血液中的一种生命细胞。

过了两个多月，当我再一次回到村庄时，它已经消失得无影无踪了。它和那些曾经包围着它的农田融为一体，回归到了最原始的状态。它走了，被那些曾经建立它的一群农民的后裔改变了。衣胞之地，对我来说，只留下一种抽象的存在。

但是，我记不清家里那些曾经用于耕种的工具是怎样一件一件地从记忆中消失的。老式的八仙桌、带踏板的床、放置在堂屋里的硕大的老油柜呢？它们去了哪里？它们跟随着村庄一起走了吗？如果真是这样，倒让我有些兴奋。也许有一天，当村庄再一次现形时，也会像今天的龙虬庄一样，带给后人很多的惊喜！

不过我还是有一些沮丧，因为老庄子的消失有着过多的理性留痕。它是在人的精心设计下被夷为平地的。那些直到村庄消失前仍然居住于此地的我的庄邻们，是他们仔细地挪走了村庄的一切遗留，而后凄凄地看着喘着粗气的机械一步步把村庄铲平，看着村庄顿时走进历史的序列，几乎没有带走任何物质的陪伴。七千年后，我们的子孙们一定不会从这里获得更多的发现。

龙虬庄肯定不是以这种理性的方式走的，我想。我的七千年前的先祖们一定是遭遇了不祥之灾，而在瞬间经历灭顶。先祖们的走是不幸的，但它也获得了重生，这比许多已经消失于人类视野的村庄幸运得多。更加幸运的当然还是我们。那些被重大的“意义”包裹着的先祖们的遗留，给我们带来了巨大的文化收获、精神食粮和经济收益。既然它们来了，谁也不会让它们再走失。

村庄始终存在。故土上有许多的村庄，地球上有着更多的村庄。它们的存在意义是相同的。它们或许会随着岁月的风雨突然归于消亡，就像我老家的庄子，更像龙虬庄一样。但无论它们走得轰轰烈烈，还是平平淡淡，其实它们一样值得我们尊重。因为它们是人类生活的必然载体，更是人类文明发展的贴心见证。它们的存在本身就具有无限的价值——无论它们是否有陶、有箸、有碳化稻米，或者成为一片土地。

书房

苦苦挣扎了十来年，很想用一支笔，在自己普通的姓名上，加一圈儒雅的光环，无奈，至今仍在“爱好者”的行列中徘徊。令我聊以自慰的是，读书的习惯已根深蒂固地扎在了我生活的土壤里，令我痴迷沉醉。

于是，便想有个书房，让自己置身其中，静静地享受读书的情趣。是喜是悲，是忧是乐，任凭书中人物调遣，只要能少一点读书之外的刺激和干扰，则心满意足矣。

初入军营，是以上了三年军校为主题度过的，所以，一切活动都是围绕“军事”这一蓝本演绎的。不过，每每操前课后，将从阅览室借来的“非军事类”书籍开卷于床铺之上，静而读之，倒也日有收益。至学业完成，留校执起教鞭，终于有了属于自己的居处。虽为斗室，却无他人共享，并且有了一张书桌，那情形便有些趋近于自己的理想。未及一年，从斗室移入一套间，与一同事共用两室一厅，全凭着自己早一年“入道”的资格，终享一室一厅的使用权。于是，于室而寝，于厅而读，书房的意义变得丰满起来。不再仅仅是一桌一椅，又有两个书橱陈列厅中，各种书籍排列其上，成了我忠诚的陪伴，任我取而观之，展而吟之。

天长日久，我便不再满足于晴耕雨读，禁不住提笔涂鸦。笔耕数日，总觉自娱自乐、自我欣赏过于保守，于是开始大胆投稿。初生牛犊，并不顾及天高地厚，无论报纸杂志级别高低，只要想到，便投之。忽一日，在《人民日报》的头版上看到了自己的名号，澎湃的内心多日未归于平静。于是，便视这书房为“炼丹”的熔炉，自信，也随之溢出了那方小小的空间，一下子飞出去很远很远。

然而，毕竟是“流水的兵”。当一纸命令使我永远地告别了那间我珍之爱之的书房时，我几乎要放声痛哭。那一天，几位贴心的战友热情地要帮助我整理书房里的物品，被我婉拒了。一个人在书房里静坐着，腾腾的烟雾从我的口腔里、鼻孔中奔涌出来，像我的情绪和思绪，真实而又缥缈。书房里的一切，在我眼里，也即刻变得朦胧而又遥远。

一直到三年以后，我有机会再次成为一套房间的主人，于是，拥有书房的期待被我构建成了极致的现实。生活的意义也因为这间书房的存在，散发出异样的光彩。

至此，我仿佛确信，书房，已经成为我生活中不可缺少的一个特别的空间。一向玩性颇深的我，只要一踏进这个空间，就像将一块冰投进火中，很快融化成无形、无我。在那不足八平方米的世界里，我几乎忘记了自己的存在，而沉浸另一种境界。常闻叩门声而以为无，挑灯至三更仍兴不减。因此也忽略了许多的朋友，忘却了诸多忧愁烦恼。

这间房成就了我的军旅生涯，在日益精进的军事素养支持下，我的军营十三年收益颇丰。至少，在首长和战友们的眼中，“这家伙很不错”。不仅如此，这间房也挤走了我大量的闲暇时光，让我远离无聊，走向充实。这里有论文、散文、杂文、小说的交响曲，有毛笔画过纸张的曼妙声音，有口琴声声奏响的军人情绪，有战友与战友交流的心灵对唱……

遗憾的是，这个世界并不拒绝反复，有些令人伤感的事情是可以重演的。正当我在那间自号“无为斋”的书房里，尽情编织着自己的“军事家”“作家”“书法家”梦的时候；正当我的论文不断获得奖项，小说、散文、杂文陆续见诸报刊的时候，我的口琴声再也不能在这间毫无装饰的、朴素得几近原生态的房间里响起了；我再也不能穿着军装，放任心的自由，在这间八平方米大小的屋子里，尽情地品吸书香、墨香，和从自己的精神世界、情感家园里四溢而出的缕缕心香了。

我离开了它，脱下军装，离开军营，转业成为一名普通的百姓。拥有书房，再次成为我现实生活中一个美丽的梦、一个焦急的期盼。

安静的女人

安静的女人是一汪气息庄重的湖水，浸泡在理性的物质里，不动声色，却感应四方。

我当兵的时候，几乎没有看见操枪弄炮的女兵。她们或是在医疗机构，或是在通信部门，像昼出夜伏的鸟，只在白天吟唱。但是其实，在那个和物资匮乏一样情感稀疏的年代里，不仅仅是她们的身影或声音，甚至连她们的脚步声，也能让青春热血如我的男兵们的内心躁动不已。因此，尽管我们常常遗憾不能经常和她们遇见，却又以为这就是她们应有的存在形式。工作环境的相对安静，让女兵们变得神秘并且更富魅力。

没有想到的是，也不过两三年的光景，女兵们竟然三五成群地坐到足球场边的台阶上，饶有兴趣地观看绿茵场上奔跑着的男兵们。那里面也有我。我是兴奋的，甚至是喜欢的，但同时又有一些说不清楚的滋味。我在想，女兵们怎么能变成这样？

我知道，我的意识里仍旧希望女人们出入要端庄稳重、持礼周全。这是自古以来的传统思想，我仿佛不能轻易放弃。所以，我不太喜欢过于热闹的女人——即使是后来与我走得很近的女战友。

当然，这是大约三十年以前的话题了。

不过，这样的认识操控我走了很多年，许多在我眼里“疯疯癫癫”的女人淡出了我的生活，那些文静内敛、委婉含蓄的女人被我明里暗里地尊敬着，喜欢着。即使是走进了恋爱季节，我也是以这样的尺子去度量的。

那时候我也有现实中的女神：一位戴着眼镜的江西籍女兵，整天除了工作，就是一副捧着书本的模样，她的笑容里仿佛也透射出一股书圈气息。她的宿舍与我斜对着。到了夜晚，我常常默默注视着那一缕灯光，想象她穿着军装读书的样子。一九八九年冬天的某个日子，在一位首长的宿舍里，围着取暖的煤炉，我和一位当时已经获得全国短篇小说奖的军旅女作家聊天。我清楚地知道，因为仰慕她的才华，我才不知疲倦地陪她说话。即便是一直到今天，还没有一个人让我突破与她的聊天记录时长：整整十个小时，从下午两点到晚上十二点。我们甚至没有享用晚餐。

时间在不经意中演绎着它自己的节奏。转业到地方工作以后，原有的生活和工作格局发生了巨大的改变，但我依旧坚持着用自己的取景器去筛选走进自己工作和生活中的女人，这似乎显得有些固执。我不断地被那些安静的女人感染着，并以此校正或调整自己的生活和工作。

其实，我太太就是一个安静至极的人，取舍十分明确，不太喜欢无谓的社交。除了工作以外，她把家几乎当成自己的全部。她安静得近乎夸张，从来不会制造出什么张扬的事情来，也不擅参与什么张扬的事。这让我对家有一种从未改变的眷恋，绝无疲劳地享受着家的温馨和安逸。这种心情和感受也催化了我对工作的认真和执着，并且从未跌落过。

都说女人是一本书。在我的意识世界里，安静的女人才是一本最值得阅读的书。安静的女人并不是说话的声音总是低沉温婉

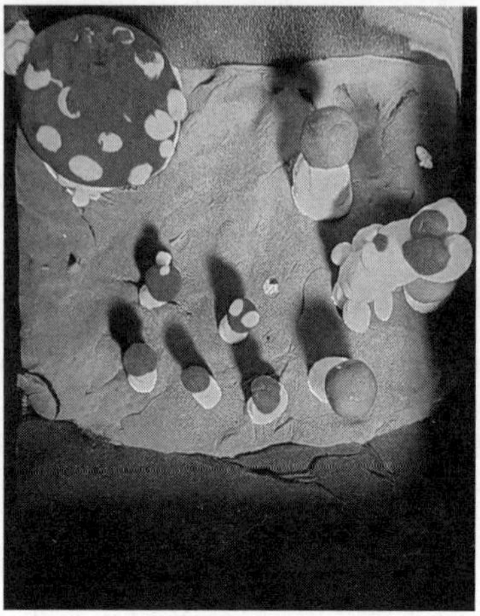

的，并不是走路的步伐总是婷婷袅袅的，并不是脸上的表情总是怡然镇定的。安静的女人其实是一种十分懂得收放的人。她们要的不多，却清楚地知道自己想要什么，应该可以要些什么，并从不间断地努力。她们的内心可以热情似火，但她们行走的方向不会飘移不定，步伐也不会凌乱不堪。她们不会把自己的内心如实地写在脸上，她们有着让人羡慕的安逸与镇定。安静，让安静的女人投射出一股神奇而含蓄的力量，如禅，能让男人们的世界也因此变得淡定而不浮躁。安静的女人只是用一种态度和情绪去影响男人。而影响男人并非她们的本意，男人们却被吸引着去阅读她们，并且因为难以知晓究竟而又不遗余力地阅读。令人惊讶的是，在这个过程中，许多的男人被同化了，不知不觉。

意识就像一棵经过嫁接的树，新的因素介入了，你却不能确定它会结出什么样的果实来。很长一段时间，我因为喜欢安静的女人，故而本能地排斥喜欢运动的女人。我甚至固执地以为，展示体能或某种需要体能才能支撑的技术并不是女人们的事，“运动式”的存在方式是对女人价值体现的一种曲解，女人应该永恒地“安静着”，才是这个世界应有的格局。但是有一天，我终于发现，这是我对女人的一种误读。运动着的女人其实也有一种别样的安静。

最初源于一次骑行。近三十个人一起沿着公路急驰，拉成了一道流动的风景。一个骑手的车胎突然爆了，呼啦啦的风景立即团成一个点。男人们面面相觑不知所措，而一女骑手却毫不犹豫抄起了修补工具，极其熟练地完成了整个补胎过程。那个场景让我想起了小时候母亲为我缝制衣服的情景。在那么十来分钟的时间里，大家的目光几乎都集中在补胎女人的手上，却安静得只听得见风的声音，没人说话。那幅画面凝固在我的脑子里，每次想起，总感觉到一股无法言说的力量。

后来在羽毛球馆里，我见到了更多运动着的女人。女人打球，原来有一种别样的魅力。她们不断变换着的形体虽然让人眼花缭乱，那种天生的舞者意味却如影相随。她们的腾挪跳跃、她们的大呼小叫、她们的开心欢笑、她们的沮丧懊恼……无不是在为这曼妙的舞蹈添加情感元素。但是，等到放下球拍，进入休息状态，女人们似乎像是变了一个人，让你无法将她们和球场上的她们联系起来，那种淡然的安静仿佛让整个球馆也平添了几分温馨。

时间是我们阅读的校正器。已近花甲之年，虽然初衷未改，但对另一种性别群体的解读已然不比过往。开阔了眼界，放大了视野，并且从更多的经历中感受到了多样的女性的品质和生存的意义，因此对她们变得更加尊重，也缘此持续地调整着自己对生命的认知。

爱聊家乡

家乡是一本书，我们用年龄读她，感觉就像是看着新生的竹子一节一节往高处攀升。少年时读出了无忧，青年时读出了五味，中年时读出了无奈，老年时只想读成无憾。

读多了，便想聊。聊，其实是读的另一种活法。我曾经当过兵，感受过五湖四海的人叙说自己家乡的情味。那是一首首没有伴奏的歌，不论家乡在何处，你能领略到的必定是无尽的赞美。我想，这就是所谓的家乡情结吧！

我也喜欢聊我的家乡，有时候几近“话痨”，尤其是和那些对我很熟悉却对我的家乡鲜有了解的人聊起时。只因为我喜欢我所居住的这个城市，更喜欢能让这个城市得以立足的土地。我不断阅读着她，从她日日变化的外在，到她亘古未失的精神；从那些灵魂不灭的人，到那些意义永恒的事；甚至连从土地中穿行的水和从水系中淡然而出的土地上长出的花草树木也不放过。有时候我读得几近“贪婪”：用脚步、用自行车的两个圆轮，在这片土地上寻找常人不常见的风景；用眼睛、用心，从书史中、从建筑里、从历史的遗存处探寻常人不常见的精神。读得越多，越觉得这片土地的内修之美丰富独特，外在之美异彩纷呈，聊的欲望便越强烈。还好，我总是出“嘴”很快，没让更多的机会从我的眼前稍纵即逝。

单位上常有异乡人来交流工作。我的讲话开头总很“八股”：先简单介绍一下我们高邮。过渡的话非常简洁，接下来便如数家珍：盂城驿龙虬庄、王氏父子文游台、大运河高邮湖、城北当铺镇国寺……说到细微之处，那就更是一双筷子一捧稻、一篇小说一首词了……可能是出于尊重，抑或是兴致所趋，异乡人时常听得非常投入，并且每每总是在我的一番介绍之后，提出去哪儿哪儿看看。于是，我就将他们的目光聊到一个个实实在在的去处，而后听他们啧啧道好！

二〇一四年初夏甫至，我远在合肥的五位战友携其爱人来游玩。我请他们品尝高邮菜、畅饮高邮酒，更在觥筹交错间高密度诉说了许多高邮的风土人情、文化景观。一群穿过军装扛过枪、年龄已经是五六十岁的“半老先生”，竟情不自禁地拿着高邮和省会城市比较。第二天，我当上了导游，引着他们去了几个只有高邮才有的地方。他们看着外表，我则语速极快地向他们介绍目光看不到的东西。他们不时转过那张已然不再青春的脸，向我提出各种各样的疑问，我则全程为他们释疑。那次我非常成功：他们一致决定改变行程，再留半天看高邮。

我给了他们一系列高邮的名片，他们一定会记住我的家乡，或许还会再来，这让我欣慰。但是总免不了会有遗憾的时候。一九八九年的一个冬日，我穿着军装，和一位知名的军旅作家围着火炉一口气聊了十个小时。尽管那时候我对家乡还知之甚少，但关于我家乡的聊天内容还是感动了这位作家。她和我说过，一定要让我带她来高邮看看，只是后来因为忙碌一直无法兑现承诺。

我甚至时常有种冲动，一定要找到她，请她来我的家乡看看。因为我现在可以跟她更多地聊高邮——我可爱的家乡。

不会跳舞

二十世纪八十年代中后期，直到九十年代初期，社会上风行跳舞的时候，我在部队还是一名军人。按我“思想未解放”时期对军人的“规规矩矩”的理解，是绝不可以轻搂着一个不是自己的妻子或恋人，甚或就是一个陌生女人的腰，牵了她的手，互相配合着忘情地舞动的。舞场作为一个特定的环境，一下子让两个或许素不相识的男女靠得如此之近，互相都能感受到对方的鼻息，似乎有些操之过急而不近生活，基于结果来说，情况也许又往往更加令人难以预料。

一九八五年的五四青年节，那时我在军校做教官。学校组织了一次联欢，也不知是哪位领导出的主意，从我们学校隔壁的一所野战医院里“联”来了三十多个风华正茂、青春靓丽的医生和护士。犹如夏天打雷，这正负电荷一下子大面积碰撞，场面自然煞是热闹。令学校领导备感吃惊的是，这五四青年节联欢的余韵总是在学校与医院之间回荡。往往是一到节假日，男男女女的军人穿梭于学校的单身男教官宿舍和医院的单身女医生、护士的宿舍间。学校领导们凭借军人特有的敏感，立刻明白有些“新”情况。各教研室领导便开始思想教育工作。

其中的过程也许很复杂，但这种结果无疑和跳舞有关。跳舞跳出了爱情，倒也没有超出生活的逻辑，甚至可喜可贺。只是，依我当时的认识、勇气和胆量，那次联欢，我只能是个旁观者。

跳舞确实是一种健身和娱乐的好方式，也是交际的好工具。这应该是跳舞的本来功能。只是随着“跳舞潮”的渐退，我从主观上更加失去了对跳舞的兴趣。更确切地说，我从来就没有对跳舞产生过兴趣，我与跳舞之间仿佛有一种无声的障碍，且不可逾越。

转业以后，我因不会跳舞而不得不在社交场合中领略某些尴尬，有时候随三五个朋友进了舞厅，同去的人一个个被邀或邀别人下了舞池，翩翩舞动，卡拉 OK 以热烈得令人难以忍受的声音伴随着。我觉得这也蛮好，我是观别人乐而乐，也算是得其所哉。但也有好心的朋友时常顾虑到我的被“冷落”，决计不肯“扔”下我一个，非得让我下舞池“动动”。倘是男性，尚可做些说服工作，或狠心拒绝。倘是女性，便会自然让我生出些恐慌来。一则依照舞场的规矩，只有男邀女之事，而无女邀男一

说。女性相邀，已是“屈尊违规”之举，若再不给她个面子，颇失男子汉风度；二则大凡相邀之女性，必是熟悉无比，相邀之动作亦不会像不相识者那样规范，或如先前之女性揖手屈腿，低吟一声“有请先生跳曲舞吧”之温文，而是大刀阔斧之态比须眉更盛，大有“你”不下舞池决不罢休之势。这种状况是让人难以招架的，也使人倍觉尴尬。每遇如此，我只好使出看家本领：一是进行实质性规劝，悄然告知别让我“黄”了她的面子；二是凭借自己一百八十斤的体重，任她如何拉扯，总是岿然不动，等你气尽力竭了，自会不战而退。而我，只要把脸皮放厚些就是了。

后来我觉得这样不好，尽管是朋友，也有伤了人家的自尊之嫌，于是赶了另一个潮流，用五音不全的嗓子学了几首流行歌曲。每遇跳舞的尴尬出现，便使出“移花接木”之招，献一首歌，也不在于好坏，权当唱出来助兴，也算是给朋友让我出了一丑的愉快。

跳舞、唱歌好比萝卜、青菜，谁爱谁不爱尽在情理之中。

不睡懒觉

一脚跨进花甲也就是明年的事。日子过得似乎比想象的要快。回首过往，记忆是连续的，毫无断裂之象，无论是事件还是已经形成的种种习惯。但有一点可能例外：那就是不记得是否曾经睡过懒觉。

童年向少年过渡之时，似已初知世事。在那个十分缺钱，且挣钱的路径异常狭窄和短缺的年代，便已清晰地体验到了早起的好处。拾狗粪、薅猪草都是可以挣工分的，到年底结算时，这些工分便变成了钱。而能找到知了壳，则是直接可以换成钱的。没有钱，我们兄弟四个的学费总是交得勉勉强强的，也买不起喜欢的铅笔和爱看的小人书，更别说能添置一件像样的衣服了。所以，小时候的早晨，总是不可随意丧失的时光，甚至带有浓厚的“争抢”意味。即使是被父母叫醒，或者是被哥哥们从被窝里拖起来，心里面也都有一束亮光。因为，早晨便是钱，我不敢睡懒觉。

十六岁去了部队，瞬间将曾经的懒散改变得了无痕迹，取而代之的是严格、严谨、严肃、严厉。初始，起床号还充斥着一点怨气，在寒冷的冬天将眉头微锁着的我，从温暖的被窝里拧起来。但很快，这种号音便于有形无形中准时响起，将我的起床习惯变成了一种固定格式。不论我前一天晚上是否加班，或者站哨，抑或是因为什么而失眠，也无论冬天或者夏日，无一例外。军营里只有规矩，没有例外。别说是睡个懒觉，哪怕是在床上赖上一两分钟，军营里也是断断不让的。这样的环境，你又怎么能睡出个懒觉来？睡不了！

转业回到故乡，刚过而立之年。上有老人需要孝敬，下有小孩需要照顾。处在中间的我，也还远没有到放弃人生目标的时候，“责任”两个字一下子变得多元而又现实，日子过得比在部队时复杂得多。尽管在部队已经养成了习惯，却被许多个性化的理由层出不穷地逼迫着。小儿晨起上学，我不能免于早起，除非节假日，天天如此。这是拉动我不睡懒觉一路向前的重要生活事项。若长辈们已经起床劳动，我却酣睡于梦中，这是我不能容忍的现象，如何能恋着那被窝气？我于阅读、写作很早便有些兴趣，苦于白天上班，晚上应酬，许多美好的时光被现实无情吞噬，唯晨光不可辜负，我怎能安心睡个懒觉？及至当上了所长、局长以后，不睡懒觉的理由更如雨后春笋：开会、接待、出差、应对突发事件等，即使是什么特殊情况也没有，我也不齿于迟到早退。既然现状不堪应付，只好以不变应万变：不睡懒觉！哪怕有机会可以睡一次，也坚决不！人在中年，耽于打拼，你能睡懒觉？不能睡！

最近四五年，睡觉的事似乎变得异常敏感而迟钝。敏感于夜间的睡眠质量不像年轻时那样易于把控，稍有风吹草动便能从睡梦中醒来，且久久不能复眠；迟钝于每日清晨，不论脑袋清醒与否，总是踩着时间的节点起床，而后是一套早已固化成书的晨事。有人说，人老了大体都是这样。我信。但同时怀疑自己真的老之将至了吗？仿佛未必。书依然想读，字仍然在写，文常常在

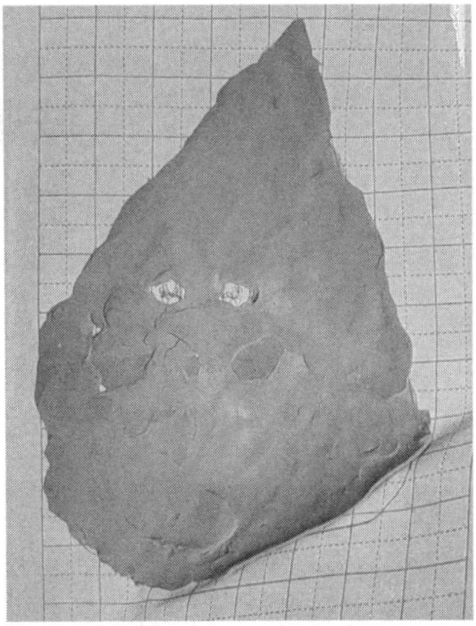

码，甚至人生还有目标。虽乐于含饴弄孙，却也喜欢猛刷抖音；虽偏爱清静独处，却也不厌觥筹交错；虽偶涉棋牌娱乐，却也喜欢美颜丽影……至于不睡懒觉，我始终以为是习惯使然。抑或是真的老了，不想睡了吧！

有时候，我就认定自己是一个无趣的人，譬如这睡觉。不睡懒觉，就像一首没有节奏的乐曲，失去了令人荡气回肠的抑扬顿挫，单调平和。如一朵云，如一阵风，如一场雨，更如一碗水，无味之至。

若有味，唯自知。

诚恳阅读

今年春节前，先后买了十几本书，算是为全年的读书计划做些安排。书堆在了自己的办公桌上，却尚未来得及翻阅它们，便陆续获得了家乡文友们赠阅的九本书，这让我有一种意外的惊喜。于是计划着去阅读。

春节很快来临。因为平时工作劳累，这个春节我把它安排成读书节。那么多的书是需要时间来阅读的，那么，就从春节开始。免去了许多可有可无的应酬和礼数，我抱着一种说不清的期待，翻开了第一本书。

最初也许是出于一种尊重，我首先选择的是本土一位我不很熟悉的作家之作。我与这位作家见过一面，但并无很深的交流，只是感觉还好。我知道，几乎每一位作家的文字里都会有他自己或家乡的纪实或影子——无论是哪一方面。这种元素会让本土阅读者获得某种亲切感，从而增加阅读的兴趣，强化对作品的理解。我读汪曾祺的作品便有这样的感觉，而且十分强烈。

先是一边读着文字，一边琢磨着这个“小平头”为什么会这么写。我在猜度着他的思维模式，并借此理解他要表达什么。读认识的人的文字，我常常会这样进入，把文字和人绑起来一起读，自觉有趣得很。但阅读本身的趣味远不止这一点。当我从作家的文字中读到了让我情绪跌宕的情节时，那个作家便恍然消失在我的意识中。我开始专注于那些文字，并且很深入，以致业余时间，大部分是静静地捧着那本书的定格形象。也许是年龄的缘故，常常是睡到半夜三四点钟的时候，便清醒得难以入眠。而每次醒来，那本床头边夹着书笺的厚厚的书便会爬到我的手上来，我们相交甚欢。

让目光诚恳地行走在别人的文字里，无疑是一种极其有意思的过程。我喜欢品味这个过程，非是“老夫聊发少年狂”也。刚上小学的时候，我便对小人书情有独钟。清楚地记得家里有一只椭圆形的木桶，起初只是我奶奶盛放物品的一个普通器皿。当我的小人书积累到了十来本的时候，我央求奶奶把这个木桶给我使用。奶奶同意了，我立即给这只木桶置办了一把小铜锁，那些小人书被悉数锁进桶中，钥匙随我行走，谁也不能“染指”。

长大了些，便开始看大书，并且越看越想看。遗憾的是自己拥有的书少得可怜，我便常常跟着哥哥们去他们的同学家，看见想看的书就借。到了部队以后，读书的氛围有了改变，身边读书的人明显多了起来，阅读的兴趣更加浓厚，甚至开始讨论如何读书，读什么书。钱锺书先生的《围城》我读了三遍，至今想起方鸿渐偷吃山芋的情节还是忍俊不禁。我读《乱世佳人》，就想着生命中或许也会发生一些轰轰烈烈的爱情故事，但是也许没有读得太透，我只谈了一次恋爱，也没有轰轰烈烈，便开始了有家的小日子。

书是人类智慧的产物，是文化和知识的传承，更是人类独有的思想和精神的继承。我从不间断地阅读，希望能从中汲取有益的营养，让书籍告诉我如何向前走才更加准确。我并不带着偏见去阅读，但也有着自己的选择，想读的书一定会尽量读到。春节以来，我几乎读完了本土作家们馈赠的所有书，像是吃了几顿大餐，有一种酒足饭饱的滋润和惬意。但我也没有怠慢自己购买的那几本书，工作包里揣了一本，利用短暂的间隙阅览数页，十分快哉。车上也放了几本，总有一些零碎的时间和它们交流，它们从不拒绝，颇为自在。时间是我的，书也是我的，除非我自己不愿意，有谁还能阻止我阅读？我又为什么要停止阅读呢？我早已经不再试图从书中读出“颜如玉”“黄金屋”的效果来了，我只想诚恳地阅读，以示我对自己的生活持有的某种态度，而不仅仅是一种习惯。更何况，读书给我带来的远不止“颜如玉”“黄金屋”这些。

我的父母从我读小人书时就非常“容忍”我读书的行为，还有我同样喜欢阅读的三个哥哥——专注于读书有时候确实会耽误做事。那个年代，农村人当然会以做事为第一选择，因为这关乎温饱。但父母只在事情着急到某种程度时，才会对着我们说：“把书放一放，先把事情做了吧。”有时候父母还会因此闹些小矛盾，父亲会责怪母亲：“多大的事呀，非要叫他们。”日子沿着这样的轨迹徐徐向前，即便家里人的数量在不断地增加着，我感觉一如当年我小时候那样和睦温馨，书香四溢。

我的太太从来不对我读书说三道四。转业后搬了三次家，每次搬家时，太太总会认真地协助我将数千册藏书一一包装好。家里的收入有一部分会被我用来买书，太太从不吝惜计较。我也常常向太太推荐几本书，她总是用心去看，有时候我们还会交流一些想法。或许因为如此，我和太太没有时间拌嘴吵架，没有时间过多地顾及柴米油盐，没有时间聊那些家长里短，没有时间去寻购名牌衣物。我们各自阅读着，也在生活中阅读着彼此，在缓缓流淌的日子里，我们牵着手淡然地走过，却有滋有味。其实我内心感觉有愧：作为女人，太太对物质的享受过于简约。好在她自己不以为然，我也就借以自慰。

阅读其实是借着别人来成长自己，而后以自己的成长影响别人。日子和过着日子的那些人，大抵就是这样一步步往高处攀爬的。而我之于阅读，之所以心怀诚恳，首先是源于习惯带来的价值：没有阅读，当然没有我的现在——外表虽然平常，也没有赢得巨大的荣耀或生命的辉煌，但我逐步营造起来的精神家园里，却是丰饶富庶、异彩纷呈。这种从生活中积聚起来的强烈获得感，让我无法放弃诚恳。

对阅读对象的尊重是我心怀诚恳的又一理由。一切物质的存在都是可供我们阅读的对象，它们将营养深藏其中，任由我们去汲取。譬如我们的一日三餐，被我们吃下的不过是物质形态的载体，其真正的营养是需要我们用身体去消化吸收的。但我尊重它们的无私和公平，尊重它们的不计回报，尊重它们的耐心和安

静。所以每临有意的阅读，我都会心怀诚恳，就像一个拜师的弟子，害怕因为诚意不够而抹了师父脸上的笑意。

我不是一个善于阅读的人，未悟阅读之道，难免收获不丰。但因有了诚恳的情愫，总归也是吸收了不少营养的。所以阅读对于我是一件只能暂停而不能终止的事。

——不管那些阅读的对象是成长于故土还是来自异域他乡，也不管自己是宅居家中还是行走何方，更不管时间是一个碎片还是一条可观的连线……阅读如餐，须臾不弃。

并始终心怀诚恳。

窗外

办公楼的南面有一些零星的建筑物，但都很低矮，挡不住从办公室里悄悄溜出去的目光。这目光里当然也有我的一束，在飘洒着朦胧的雨季，或在荡漾着骄阳的日子。

天在上，房在下，每次走进目光里的，不过仅此而已。间或有细雨的飘零或暴雨的滂沱，也要因了心境的区别而有所感悟。平平常常的日子里，抬头看窗外，就只有天在上，房在下。天在上，房在下，彼此之间留下了一条动荡的界线，横亘在办公室的窗户外。不经意时，便以为那是人工的故意——其实，又何尝不是人工的故意呢！只是天总是那么高，那条动荡的界线也不是每

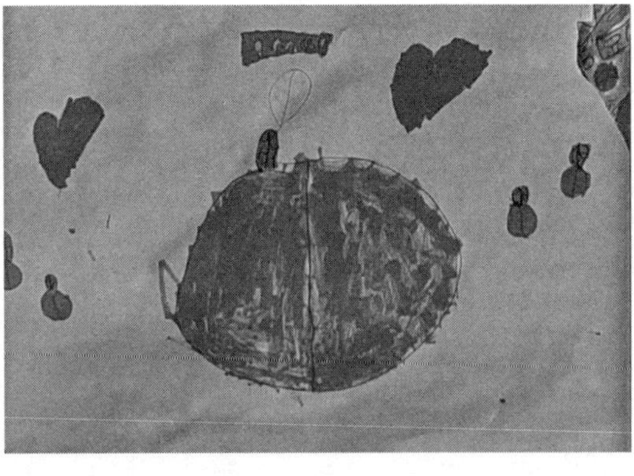

天都有令人目光可及的变化。常常看去，窗外的那一片混合的景色，便已在脑海中全部走进了自然的界限——这是时间设下的圈套，我是浑然地陷入了。

目光在天与房之间溜久了，便觉得其实也没有什么。一半的高楼，一半的天空。天在上，楼在下。楼高不遮天，天低不压楼，就这么对峙着，日复一日，年复一年。

人类的欲望总是难以满足，譬如欲与天公试比高。近来的日子，我渐渐地发现，楼房总是隔着日子悄悄地长出来，慢慢地变得越来越高大。从窗口看出去，天空像一个被生活的重负日益拖垮的汉子，逐渐地消瘦下去。看它的人也就愈加感到了某种压抑，有时甚至喘不过气来。

不想楼房从此不再升高，也不想天空再瘦下去。每次的目光从窗外收回来，心里总为此而闷闷的，好一会儿难以平静。

盯住自己

对人的生命、生存或生活而言，“一帆风顺”仅仅是一种理想主义式的祝福而已。譬如生命，不论其长度几何，总免不了遭遇一些坎坷和波折，这是生命无法回避的经历。但是，生老病死固不可免，而有些生命的创痛或浪费是可以避免的。重要的是，我们不能总是把目光搁在别人的身上，而必须时刻牢记：盯住自己。

盯住自己，这是一个非常严肃的生活命题。蹒跚学步的孩子，执意要走他自己的路，我们只好撒开双手，任其晃晃悠悠地踏足自己的生命之旅。但我们的目光离不开他。在他需要扶持和帮助时，任何一双手都会毫不犹豫地伸出去，为的是不让他因摔痛、摔伤而停滞不前。孩子们自我调整的意识是潜在的，也是微弱的，尽管他们对环境的存在熟视无睹，但他们无法精确地修正自己的行动。等到孩子们长大成人，等到如我们这般年龄的人，知道自己应该做些什么不该做些什么，或许我们的身后仍有一对或许多关注的目光。但那些都不是最重要的，最重要的乃是我们自己盯住自己的那一对！

我不太赞同生活如一场戏的比喻。因为生活更多地体现了自然的法则，而戏是人工的痕迹。但是，毋庸置疑的是：生活总是附着带有时代烙印的规则。违背了这个规则，我们就会遭遇道德的谴责，甚至会经历法律的制裁。盯住自己的意义，就在于我们需要让生命的轨迹在这个规则的制约下运行。我们不能让生命之舟带着消极的色彩沉没在历史的长河中。我们需要在延长生命长度的同时，不断拓展生命的宽度，丰富生命的内涵。要实现这一切，我们身后的那些目光无疑只能是一种辅助和补充，须臾不能离开我们的，乃是我们自己的那一对目光！

许多人忽视了这一点。他们只用目光盯住别人的后背或前胸，盯住物质的享受，盯住所谓的精神世界，而全然不顾自己的脚下走的是什么路。有人为升官而寻找良知的缝隙，等到有所发现，便奋不顾身、倾心钻营；有人为发财而窥视奸机，倘若发现可能，就不择手段、苦心为之；有人甚至为了享受生活的“乐趣”，刻意打开道德堤防的缺口，在黑暗的支持下跨越雷池，慢慢销蚀着做“人”的质量。

违背了生命规则的人，其结果都惊人的一致！这本身也是规则使然。当一个人的目光总是在别人或别的事物上徘徊流连，而忽视了反观自我的时候，他就会在不知不觉中将自己的信念、道德、良知分割、放弃，但他收获的并非金钱或者是幸福，而是一种叫作“堕落”的东西。一旦如此，其最后的晚餐总免不了痛苦或悲伤，抑或是连这些情绪都无法体验的终结。无论什么人，无论他的地位如何、金钱如何、权力如何、学识如何、品貌如何、体质如何，这样的规律一律适用！

盯住自己，你就能懂得识错、知错、纠错；就能懂得关心、关注、付出；就能懂得孝敬、疼爱、尊重；就能懂得宽容、谦让、礼貌；就能懂得勤奋、吃苦、坚持；就能懂得目标、责任、努力……

所以，盯住自己，不但可以让自己真正享受生活的乐趣、生存的意义和生命的价值，而且，这个世界会因你而变得洁净而有序。

所以，你可以不必让自己有更高的奢望，但不能对自己有太低的要求。

冬

或许是因为我是夏天出生的，所以我不喜欢冬天。

在我们这个四季分明的地方，冬季的冷一如夏天的热，清晰可感。但冬摧毁了无数的绿色，吓退了众多的生灵，甚至扼杀了许多的生命，空气中流动的是肃杀的气息，仿佛了无生机一切无望。冬，也束缚了我们的手脚，限制了我们的行动，削弱了我们身体的灵活性，甚至连思维有时候也被冻僵了，凝固了。所以我从小就不喜欢这个季节。

不过我现在已经难以回忆小时候的冬是如何度过的了，这让我惊讶又遗憾。小时候我们当然不知道什么叫空调，什么是电热毯，更不知世间还有保暖内衣、羽绒服这类御寒衣服。我们穿着妈妈亲手缝制的棉袄棉裤棉鞋，心安理得地接受着冬的“戏弄”。手冷了，将双手往对过的袖口里一插，怀里总像是抱着一件什么值钱的东西。脚冷了，两只脚拼命地踩在泥土的地面上，牙齿有时候配合着发出撞击的声响。鼻涕经常会在冷空气的怂恿下自主地流出来，我们会抬起双手，用衣袖很果断地擦除它，以免别的小朋友看了笑话。到了晚上，我记得我是很害怕脱衣上床睡觉的。我特别不乐意用自己尚且暖和的身体去焐热冰冷的棉被，不想让我本来就不健壮的身体在被窝里蜷缩成一团。因为父亲是医生，这让我们家不知从哪一年开始，使用上用盐水瓶做成的取暖设备：将烧开的水装进盐水瓶，盖紧橡胶质地的瓶塞，往冷被窝的脚头一放，脱衣上床时，竟可以贪婪地享用这份温暖了。

不记得是否因为冷而跟父母哭闹过，不记得是否因为冷而受到过什么伤害，也不记得是否因为冷而铸成过什么大错。只是还记得下雪天打过雪仗，极冷的天气里滑过河里的冰，玩过屋檐下垂挂着的“冻铃铛”。还记得一到冬天，妈妈那双总是被冻得红肿甚至溃烂但还要继续干活的双手，和去高邮湖割芦苇时穿的那双木底麻鞋，也还记得春节将至时，爆爆米花的机器不时传来的震耳欲聋的巨响，家家户户蒸馒头蒸米糕时飘散出来的清香。冬天留给我少年时期的印象，只有这些零星的记忆，不过点滴而已。我想，或许是因为年少时的无忧无虑而忽略了对冬的感受或拒绝。

我是在一九七九年的冬天走进军营的，十六岁那年。异乡给了我新的认知：冬因地域不同而表现形式有别。偏于故乡北边的冬似乎更加肃杀凌厉，但已无妨。慢慢地我便明白，军人是没有季节的。但军营里的季节又十分明显：所谓夏练三伏、冬练三九便是最好的证明。冬，并不怜悯我这个十六岁的孩子，只认得我是军人。户外训练时，从不允许戴手套。还很稚嫩的手已经被北风摩挲得十分僵硬了，还得和金属材质的兵器不间断地接触，那感觉冷透心底。绒帽的耳朵始终只是摆设。风刮在脸上，像是有人用一把细细的枝条抽打，你却只能任其为之。在许多个黑夜的某一时间，我不得不独自一人，在离营房五六百米的军械修理所站哨，那种冷和强烈的恐惧感混合在一起，给了我一种别样的体验。或许是因为有理想的支撑，我告诫自己：再苦也得坚持下去，不能做孬种。业余时间我还要学习文化课程，我要考大学，

这是我人生中的第一个目标。军营里的所有军号都是命令，熄灯号也不例外。我常常在熄灯号吹响以后，打着手电拿着书，佯装去上厕所。那是我在那个时间段学习的唯一去处。我在四面漏风的厕所里蹲着，半个小时或更久。冷冽的空气攻击着我身体的裸露部位，双手麻木得不知指尖落在何处。我总是以扶墙而起结束一天的学习，一直坚持到我又走进一个新的地方体味冬天。

此地有山，校园就坐落在山的边上。除了正常的室内理论学习以外，有好几个科目乃是为冬而特别设计。牛头山、黄道山是两座植被稀疏、起伏轻缓的山，空旷、荒芜而又凄寂。每年冬天，我们都要在某一座山上驻训月余。冬季的山风明显区别于平地，立于山顶或行于山坡，看不见风在哪里集聚，向何处行走，但在不经意间，扛着兵器的身体会突然被刮得歪歪斜斜，像有一只手狠狠地推搡！我当然不在乎这些，我甚至觉得还不够。在尖厉呼号的风的示威声中，我日日坚持向风展示我的身体：脱光衣服，用冷冷的井水冲浇自己，而后用毛巾擦热身体。我对同学们说：这叫冬浴。

军营里的冬常常让你不能按常理出牌。冬天野营拉练通常不允许携带帐篷，就地借住在老百姓家里，或者别的什么可以容身的地方。那一次，我们班五个人在一位老百姓的客堂里获得一个打地铺的待遇。老乡对我们说："我家的牛不能在门外过夜，太冷。"我说："不要紧，请你把牛绳系牢，别踩着我们就行。"老乡说不会。我是班副，只能睡在最危险的一边，靠牛最近。夜里睡得很香。凌晨时分，起床号响了。我们急匆匆地穿衣服打被包。待到我背起被包准备穿鞋时，突然发现一堆牛粪旁只有一只鞋。我有些慌乱，嘴里念叨着"鞋呢鞋呢"。一位同学顺手从门口捡起一根小木棍，扒拉了一下牛粪，呵呵一笑对我说："在这呢！"我没有犹豫，拿起鞋快速在地面拍打几下，便穿上，带着牛粪的温度，冲进凌晨的黑夜里。

三年，没有选择地一路向前，无所谓冬。以优秀学员的身份毕业以后，留在学校当上了教官。此后的冬对我来说，色彩仿佛暗淡了许多。但也并非绝无例外。那年的冬雪下得特别的大。北风肆虐，漫天飞雪，大地皆白。而这正是特殊气象条件下炮兵射击训练的极佳时机。我是当课教官。一百二十名学员按我的指令聚集在山上。山上的风似乎更加无忌，竭尽所能地往人的身体里钻，带着零摄氏度以下的空气，放肆地消耗着人体里的热量。许多的训练器材无法在野地上展开，我不得不调整训练方式，五人一组，围圈挡风，一人操作，四人配合。一组虚拟目标、目测距离、确定诸元、瞄准射击的流程结束以后，学员们的手已经不再听从使唤了。我也没有例外。但就在我宣布训练结束时，我其实是心有不甘的。假如真的打仗呢？我想。冬，显然不是我们选择退却的理由。

临近冬季，我转业回到了地方工作。此时的我，经历了十三个军营里的冬，对家乡的冬实在不以为意。我从容面对，从未因冬的到来而懈怠了对工作、学习和生活的认真，哪怕是遭遇极难的事。

父亲就是在一个寒冬的晚上去世的，在我转业后的第五个年头。长到三十五岁，第一次体味到冬的极端无情以及给我带来的从未有过的痛。为了治好父亲的病，我们兄弟四家人从秋天开始，便走上了为父亲求医之路。北京、上海、徐州的资源被悉数用尽，不计钱财、不计时间。但，冬天来临时，父亲还是离我们而去。这个冬天，我流尽了三十五年来攒下的泪水，感受到了五脏六腑俱为冰冻的寒冷。但是，擦干眼泪，我还得继续往前。我不能在这个冬天停留。

如今已近花甲，仔细想想，人在中年，因为你只管奋力打拼，哪里顾得上什么冬天，无论它会给你带来什么。但是，经历了太多的冬，尽管它们姿态各异、情境不同，才知还是应当感恩有冬。虽然它并非我们的选择，也由不得我们做出选择，但因有了它，我们对这个世界的认知才显得立体，知道了人世间不仅有春的温暖、夏的炽热、秋的喜悦，还有冬的无情。便是这无情，让你的意志、精神和体魄得到极致的锻打，也因此更能成就我们丰富多彩的人生。或许你并不喜欢冬，如我一样，但有冬的存在，无论如何是有益于我们的生命成长的，除非你选择逃避。在我的生命也即将进入冬季之时，常常生出这样的感慨，甚至为那些没有冬可以经历的人感到遗憾。

再严寒的冬也不过是冬。

过年

一入腊月，新年的喜气便从人们满脸的笑意和匆忙的脚步中溢出。严寒的冬并没有冻僵人们的这份虔诚，繁重的工作似乎也不能压迫人们的这份渴望。过年，似乎早已经不再是一个简单的节日，它像一面具有无穷魔力的旗帜挺立不倒，并且让人们的感情变得单纯，让复杂的人性变得简单，让年老的人变得年轻，让孩子们享受最为放肆的快乐，仿佛连严冬的空气中也充满着祥和的暖流。

腊月的筹备工作仿佛饭店餐桌上的菜单，一件一件地做完，忙年的人便在心里打个钩。我能回想起儿时农家准备过年的大单：掸尘净屋、蒸糕蒸馒头、炒葵花子和花生、储备食材、张贴对联。当然，全家人的新衣也会在年三十前置办齐全，哪怕是旧衣的清洗和改制后的“假充”。目睹长辈们镇定的指挥和娴熟的忙碌，作为孩子的我们全然没有了生活窘迫的忧虑，仿佛过年就是一道简单的数学题。腊月二十前后，孩子们像寻食的小狗，在村庄里到处游荡，闻见谁家的蒸笼里飘出了年糕馒头的香味，脚步便被鼻子牵着了似的。“来来来，刚出笼的，热烫烫的呢，尝一个。”吝啬的人这时也撤掉了门槛。守岁的爆竹在天地间炸响之后，孩子们开始沐浴前辈们从心里流淌出来的祝福和期望，并从父母亲的手中郑重地接过压岁包……

到了正月初一，农历新年的第一天，不绝于耳的首先是八方呼应的鞭炮声。自新年的钟声敲响以后，鞭炮声此起彼伏、远近相接，仿佛一首绵长劲爆的摇滚乐曲。晨光熹微，农家的炊烟次第升起，再严寒的冬也有了勃勃生机。而年糕和汤圆一定已经在饭桌上腾起一缕香气，仿佛是一只招呼家人们的手，急切地恳请一家人共享团圆的喜庆。浪迹于外的人，不管路途多么遥远、多么折腾，一定是要设法回归故乡的。他们不会疏远了那份故土情结，或许，为了一片孝心，他们已经为长辈们煮熟了一锅喷香的早餐，就像煮满了一锅的心情。心诚意真的拜年声会在早饭以后连绵不绝地响起，从家里到屋外，在一个个熟悉的面孔间。而一张张笑脸，背衬着的是大红的对联或倒贴的福字。最兴奋的无疑还是孩子们，他们一定会早早地起床，掀一掀枕头，看一眼下面已经压着的红红压岁包，就像看一粒充满希望的种子是否发芽。他们好像知道从今天开始，大人们一定是任由他们自由地选择娱乐的方式了。即便是平素遭父母呵斥惯了的孩子，也会在过年期间把自由演绎到极限，好像这年是专门为孩子们准备的节日。

是的，过年是一个概念清明的词条，详细诠释着安定祥和的意义。它像一只无形而又巨大的手，将散落的人、游动的心和缥缈的情聚拢起来，搅拌揉搓，让彼此交融，未来可期。

当然也有例外。十六岁那年，我便将家乡过年的方式贮存在记忆中了。十七岁的春节，我是在军营中度过的。从那时起，我看到了一种简洁得近乎简单的过年模式：一次聚餐，一场有则奢侈、无亦无憾的极简晚会构成了过年的全部。军人对过年不很讲究，因为人们最自由的日子往往是军人最要提高警惕的时候，尤其是对戍守着祖国边疆海防的军人来说。军人们不会因这种反差而遗憾，恰恰相反，这种反差越大，他们内心里越感到骄傲和自豪！这是每个军人所共有的，只是每到过年，那种深藏于每一个军人内心深处的浓烈思乡之情会被强烈地激发出来，常使他们不能自已，我亦不能例外。

后来，我转业，成了一名普通的百姓。家乡曾经的过年方式被我从记忆中搜出。但我很快发现，此时的过年已不是彼时所能比拟的，无论是形式还是内容。逐步提高的经济基础，给了人们追求更高精神生活和情感交流的条件。衣服一定是新的，对联都是印制的，封门钱被机器刻制得线条分明、图案清晰。年糕可以定制，馒头也能批发，焰火比爆竹更能给人带来喜庆和喜悦，拜年的礼物俨然成了连接城市和乡村的火红飘带，流动且绵延数日。不过，军人的过年与家乡人的过年相比，仍然是一种变化滞后的“老一套”。过年之于军人，仿佛是一首相对凝固的乐章。他们只能用心去感受，却不能以行动来表达。传统与现实、军队与人民、自由与束缚、牺牲与享受……都在以各自应当遵循的方式存在着，体现着各自的生命力量。

过年，意味着生命被时间的利刃无情地斩去了一截，但同时又被毅然地接续了一段。无论是正在成长中的孩子，还是已经享受天伦之乐的老者，这被“斩”和被“续”的意义都是一样的。过年，是生命喘息中的一次停顿，是生活忙碌中的一种调整，是生存延续中的一个高潮。面对过年，谁不想笑得真诚，笑得舒心！既是如此，那就让我们把年过得清爽些、快活些、实在些，让幸福感从内到外包裹住我们，浸泡着我们。因为过年以后，日子就一定会是新的样子了。

行色匆匆

时间将自己物化成日出日落，我们的日子便在这朝夕之间淡定地走过。走着走着，我们会停下来歇歇。但总是惊讶地发现，日子过得十分潦草。许多事做过了，或许还出了汗、流了泪，甚至付出了心血，却发现效果并不如开始想象的那样，甚至走向了反面。于是我们就遗憾、就后悔，甚至捶胸顿足、哭爹喊娘。不过又有何益？撕下的日历再粘上去，也只能叫作“昨天”。

想一想，到底是因为我们走得过于匆忙。

记得在我年纪还小的时候，有一次随家里人去镇上卖麦子。收获的喜悦并没有因为夏收的劳累而减退，当夕阳的余晖照着一沓钞票被父亲收入囊中时，我那小小的心灵感到无比满足。那时候父亲在镇卫生院工作，卖完了麦子，我和二哥随父亲去了他的宿舍。小镇青石铺成的街道上，轻闷地响着我们父子三人略显疲惫的脚步声。而走进眼中的，除了古意盎然的街景外，更有躺在门板上或坐在各式的凳椅上纳凉闲聊的身影，伴随着他们手中芭蕉扇的扇动声。城里人不用披星戴月地耕地种田，过得真舒服！

“跳出农门”于是就成了我小小人生里最大的理想。这个理想引导着我不停地寻找机会。到了高中毕业的那一年，我开始尝试着抓住各种机会。三四月份参加了招收飞行员体检，因眼疾未能如愿；七月份参加高考，名落孙山；十月的一天，我瞒着家人，和另外两个同学骑着一辆自行车，去远在二十公里外的另一个镇子上参加征兵体检。这一次我成功了。终于穿上了军装，成为一名光荣的解放军战士。那一年我十六岁。

在我的行李包里同时还装着数理化课本。这一年，我的理想更加具体化了：我要穿着军装上大学。我的脚步被这个理想牵引着，坚定地往前走。其中的甘苦只有我自己清楚。但我欣慰的是，身后的足迹坚定沉稳、清晰可见、不歪不斜。次年的八月，好消息让全家人都感到兴奋：我考上了军校。

稳妥地行走，让自己尝到了甜头。此后的日子，我总是设定一些目标，并让生活的脚步有序地向着实现这些目标稳健地走去。做教官，我始终敬业。当参谋，我执着有成。因为爱好文字，业余时间，我一丝不苟地执行着自己的读书和写作计划。进入恋爱季节，我亦认真而专注——至今我仍然保存着我和太太之间往来的每一份情书……日子过得很快，转眼一晃十多年，当兵的日子结束了，我转业到了地方。人未变，但一切从头开始。

零乱的生活就在这时候拉开了帷幕。接送小孩上学、放学，参与家务事的打理，社会关系的多元化扩展，亲戚朋友之间的频繁走动，新单位新环境的磨合……日子似乎过得特别现实起来，自己曾经拥有的精神家园逐渐萧条。仿佛在写一幅字，先是工工整整，后来却因为诸多因素变得十分草率，并且随着年龄的增长，愈发显得不可收拾。

每天似乎总是异常地忙碌。十多年军旅生涯养成的那种规律和节奏，被现实的手拆卸得七零八落。行走的步伐总是很快，像是背后有人不停歇地推着自己；总感觉心里面时刻都有许多的事情纠缠着，有时候甚至找不到一个起头，像是爬在老家墙头上的那株银霄花藤；我不想应酬，却又想不出什么办法拒绝，更害怕自己被慢慢建立起来的社交网孤立出去，于是，这个城市夜晚的灯光时常牵走我孤独而行的身影。我也时常想把一些事很快做好，却发现自己的想法被消融在许多人的思想汇成的河流中，有一丝光亮但缺少力量……

走得匆忙，再也没有独自站在阳台上，看天上的白云缓缓地飘行、鸟儿在白云的下边自由飞翔的怡然情绪；走得匆忙，掠走了许多静坐灯下、沉湎于文字的海洋里，心甘情愿让情感被俘虏的喜悦和忧伤；走得匆忙，失去了多少和父母相伴，听他们家长里短的唠叨，看他们写满沧桑的脸上绽放笑容的温馨；走得匆忙，忽略了多少人文景观、历史遗存、自然风光能够给予我们的愉悦、振奋和启发；走得匆忙，有时候我们甚至忽略了自身的存在，自己成了自己的影子……

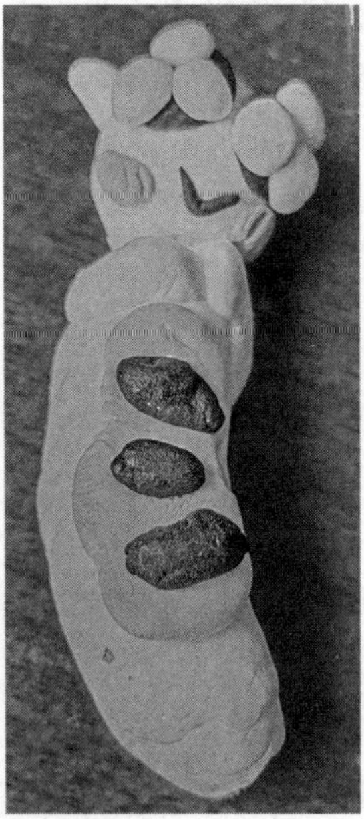

走得匆忙，是因为我们想得到的太多，欲望的网张得很大，希望把一切美好的东西收入其中。殊不知在现实这棵大树上挂满了各种各样的果实，我们能看见的，也不过是宇宙一尘埃而已，欲望的网张得再大又能收入几颗？

走得匆忙，是因为我们总是过高地估计自己，总以为自己的能量很强大，能够做很多的事，更能做成很多的事。其实只要你轻轻地一转头，你就会尴尬地发现，一路走来，你已经成就的事情屈指可数。更遗憾的是，最重要的事情也许并不在其中。走得匆忙，是因为我们把许多的成功误读成一定有捷径可走，所以我们闯红灯、跨护栏、乱插队、强超车……其实我们忽略了一个事实：我们成功的每一步都有着毫不相同且又无可替代的特别含义，这些意义的组合才是成功的前提，就像一切生命的成长，我们能随意省略其中的任何一节吗？

因为走得匆忙，所以我们很累。我们时常焦虑，一面在担忧自己设定的目标会不会如期实现，一面又在不停地抱怨这个世界给予我们的太少。我们失去了合理的比较，有了更多的嫉妒，乜着眼睛看别人的成功，不服的情绪将自己胀得很痛。我们开始浮躁，甚至暴躁，理性的浮标不断下滑，许多平淡的、正常的现象或许能让我们大发雷霆，抑或拳脚相加……

其实我们应该一步一个脚印地从容前行，不必匆忙，也无须匆忙。只要想一想我们已经实现的，有几件是走得匆忙的结果？

如果我们每个人都能从容地走着，这个世界一定会变得很有秩序。如果我们每个人都能从容地走着，我们一定会有更多的收获。

喝茶

中国是茶的故乡。中国人饮茶，据说始于神农时代，少说也有四千七百多年了，中国也是茶文化的起源地：茶道、茶德、茶精神、茶联、茶书、茶具、茶谱、茶诗、茶画、茶学、茶故事、茶艺等，被喝茶、种茶和观茶的人一代一代地演绎、继承和发展着。

一杯茶入口，其实并不那么简单。沏茶、赏茶、闻茶、饮茶、品茶是基本的流程。当下，人们都为温饱而奔忙，无暇静心坐下享受茶道了。现在，以茶待客，是普通百姓和高官大儒们的生活日常，并不鲜见。不过，现代人喝茶就是“喝”，而极少去品。如今品茶的人已不多见，即便是上了年纪的老茶客，独坐于清晨或黄昏之中，沏一杯茶，看茵茵的茶色在透明的玻璃茶杯中氤氲开来，茶汤渐渐变浓；而后凑近了鼻子，眯起眼睛，深情地闻一下，再闻一下；最后慢慢地端起杯子，轻轻地啜上一口，咂咂嘴巴。

喝茶就是喝茶，大口大口地喝，因为渴。

渴了就要喝茶，这是因为生理需要而衍生出来的生活现象。绝大部分饮者是这种现象的制造者。炎炎夏日，在热火朝天的建筑工地上、在条件简陋的生产车间里、在炙热难耐的水泥马路上、在毫无遮挡的田间地头，人们都要备一杯茶，待口干时，便大口大口地喝上几口，咕咚咕咚的，爽得很。也有另外一些人，虽然不会直接面对热浪滚滚的环境，但也要泡一杯茶，在开会、演讲、授课，慢条斯理地呷上一口，有人还会在喝完茶的一刹那，轻声或长长地“哈——”一下。

他们都需要喝茶。是需要。

但无论如何，他们的茶都喝得无法文雅。喝茶不是他们的目的，他们只是需要，或者说，是为了达成某个目的，而不得不在这样的场合或环境下喝上几口。不过，这样的场景应该也不是“古已有之”。老祖宗们刀耕火种时，也沏一壶茶放在田头吗？也从没见过这样的记载，说前辈们“因公出差，提包里装着一只茶杯，杯里倒满了茶”。我想，大概是那时候的茶具不便携带，只有茶盏、茶盅、茶碗、茶壶，却没有茶杯。茶杯是绝好的东西，可以严密了杯口，不让茶水溢出，这是现代人的智慧表现。但，凡事总有例外的，像前人们那样，或独自一人，或两三人、四五人，落了座，用上好的茶，或绿或白或红或黑，煮上好的水——或高山白雪，或清冽山泉，将茶洗了，泡了，而后一杯杯倒到七分满，各自看了、闻了、端了、饮了。这种饮法，现在也是有人复制得了的，甚至有过之。当然，这种现象常人实难见，常见非常人。因为，他们不是为了喝茶而喝，他们是在养生，是在品。

喝茶养生，源自上古。“文人七件宝，琴棋书画诗酒茶。”茶通六艺，是我国传统文化艺术的载体。孙思邈在《养性》《补益》等卷中提出：“人之所以多病，当由不能养性。”而品茶正是修身养性的最好方法。中国人对养性与养气的重视，远甚于对身体健康的重视。养性为本，养身为辅，修养性情才是真正的养生目的。通过品茶，人们的精神得以放松，心境达到虚静空明，心情感到愉悦，所以可以健康长寿。

茶可健体。《黄帝内经》上说，茶叶可以入肝经，入脾经，可以使人心静，使人精神清爽，使人耳聪目明、头脑清醒。现代医学、生物学、营养学等对茶的研究也表明，茶叶中具备调节人体新陈代谢的有益成分。茶能抗癌、防衰老的养生功效已经被科学证明。茶叶中的化学物质多达六百多种，包括生物碱类、多酚类、矿物质、维生素、蛋白质与氨基酸类等，这些都是人的身体中不可或缺的。

其实，茶与养生有一种本质的联系。回归自然、亲近自然是人的天性，茶则是对这份天性的最佳满足。“品茶者，独品得神。”一人品茶，能进入物我两忘的奇妙意境，两人对饮“得趣”，众人聚品“得慧”，茶的心理功效使其成为人们保持身心健康的灵丹妙药。

我也是喝茶之人，且十分喜爱。我不能确定是什么时候爱上喝茶的，应该不是四十岁以前。四十岁以前，似乎找不出喝茶的时间和空间。有需要解渴的时候，一杯白开水已经是心满意足了，哪里还能奢求一口茶香。在部队时，有时候渴了，会接着水龙头里的水咕噜几口。若在户外，便傍就近的沟渠、河流、水库边，双手半合成碗状，抄进或凉或冰的水中捧起一汪，快速递到嘴唇边，也就完结了。至于下雪的冬天，抓一把洁白的雪塞进嘴里，那一定是最省事的“喝”法了。

喜欢喝茶以后，才渐渐发现，我算是茶客中比较另类的一种。我迄今识不了茶叶的好坏，绿茶白茶红茶黑茶，我亦难辨其味，更别说区分什么碧螺春、龙井、黄山毛峰的味道了。一开始喝茶，我便认定了茶叶给我带来的那种苦涩之味，含在口中、咽入腹中，余味厚重，经久不散，提精神。所以，茶叶于我，只要是有，便是晴天。我从不在意其价格的高低、品质的好坏。我在意的是：它们常常在我不经意之时消失在盛装它们的器皿中，让我情绪低落。自喝茶以后，我仿佛很少喝白开水了。通常是早晨起床后，要做的第一件事，就是先泡上一杯茶，且是浓茶。我爱浓茶，不是偶尔，是无选。一杯茶，水的分量往往不及茶叶之多：每次泡茶时，茶叶泡开后的高度大抵超过茶杯的一半以上。朋友圈中人，几乎无人不知我这一喜好。当有需要饮用别人请喝的茶时，朋友们都会说："茶叶多放些。""要浓浓的哟。""给他泡茶，胆子要大些再大些！"

白天如是，晚上亦然，有时候更甚。这多半是因为我喜欢晚上读书写作。白天公务多，而我又不想敷衍，精力和时间都放在履职上。有时候忙了，或许连茶也顾不上喝一两口，晚上喝茶，也有补缺的味道。人们大都感觉晚上喝茶容易兴奋，极难入眠。而我不然。不知道是天生如此，还是后来练就，晚饭以后，即便是再浓的茶水，似乎也不能调动我全身细胞和神经的活力。和不喝茶时一样，在需要或应该休眠的时候，我照旧眼皮沉重，哈欠连天。我亦难解其因。曾经以为，那些细胞和神经的活力可能被强劲地激发过，但由于我对文字的专注，它们被我调整到脑袋里工作了。它们的能量释放在了我阅读和思考的过程中，所以，不显山露水，悄悄消失了。最终因为什么，我后来很少去想，感觉没意思，也就没必要。

我迷恋的，是茶给我带来的那种渗透进骨子里的感觉，不可言喻，也无法表达。

忙时，喝杯茶吧。

闲时，除了茶，还有什么可以让你灵肉俱空？

敬烟

今人抽烟，绝非独享。一俟人的社会属性显现，那就必定讲究一个“敬”字：家有客人来访，必先敬烟；遇见亲朋好友，必先敬烟；托人办事，必先敬烟……一根小小的香烟，其功能似乎远远超出了供人抽吸的范畴。

因为据说，最先使用烟草的洋人们视吸烟为个人之好，并没有敬烟之礼。有些洋人甚至视敬烟为“不敬”之举，盖因抽烟有害身体健康，抽烟害己，敬烟则有害人之嫌了。

古人该是不抽盒烟的，那时尚无充分的生产条件，把香烟制作得如此精美，所以他们不能想象吸烟还会有“敬”的礼数。大清国被外来的鸦片入侵之后，那些抽大烟的人也只能在固定的场所或自家的炕台上“吧嗒吧嗒”。

而今国人抽烟则不然，总是以敬为先。客人造访不敬烟，颇有怠慢之嫌；朋友见面不敬烟，未免失大气派；托人办事不敬烟，疑为“老滋老味”；晚辈不敬长辈烟，谓之没规矩；下级不敬上级烟，视之“老油条”；主人不敬客人烟，嗤之没礼貌……即便是本身不太会抽烟的人，一到出门办事时，身上也总是要揣包香烟，以备敬人之用。

我是一个吸烟历史比较久的忠实烟民。尽管父亲也是抽烟的

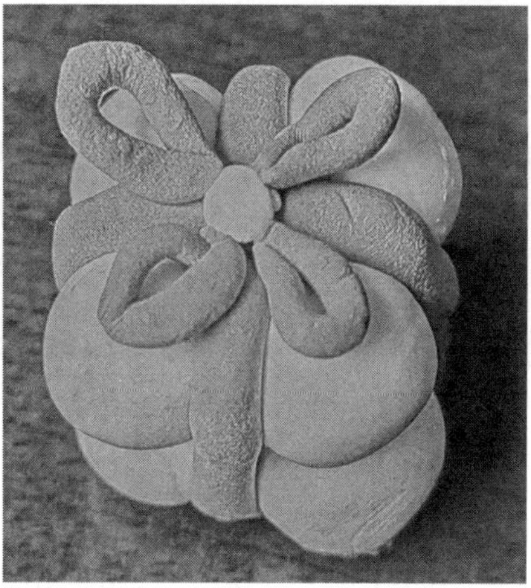

人，但父母亲并不支持我吸烟，倒是同意我喝酒。可能是因为后来去了部队，躲过了父母的监督，更兼沉迷于夜读，便无意中沾上了这一嗜好。等到父母发现，我已有瘾在身，不能更不想戒掉。或许父母也认为，这也不是什么绝对的恶习，倒也不管了。后来开始谈对象，遇到了身为抽烟高手的准岳父，一天得有两三盒的烟量。第一次走进他家的门，他便率先递烟给我。我心惊胆战，以为是在试探我、考验我，立即摇摇手表示不抽。我不能说不会，这是谎话，心想迟早要戳穿的。更因为自己不会撒谎，害怕因脸红或表达不畅，当场穿帮。这个结果显然不能出现。但，准岳父到底是抽烟江湖的老客，他一下就听出了我的话中之意，立即微笑着问我："是不抽还是不会？"这一笑一问，瞬间让我放松了警惕，我的回答毫不迟疑："会一点，但抽得很少。""那就抽一支吧。"

后来有好多次，闲聊中说到敬烟的话题，父亲和岳父总是言传身教，并反复提醒我：这是个很敏感的事，有的人特别计较，有时候会误时误事，甚至会产生矛盾的。岳父告诉我，有一次去一个大队开会，一个看上去老实巴交的副队长因为与人说话，进门迟了一脚，看见许多人都在低头点烟，他大概想敬烟的人应该可以看见他进门的，也应该撂一根烟过来的。过了一阵子，看大家一边抽烟，一边说笑着，竟没人搭理他。于是，他真的憋红了脸，大声嚷了起来："哎，徐书记啊，刚才这根烟是谁散的呀？就看不起我一个人啊？"他喊的徐书记就是我准岳父。散烟的是一个生产队队长。他的反应比我准岳父还快，对着副队长笑骂道："我散烟的时候你死哪块去啦？刚才魂都没有见你的，这么从地里冒出来了，还怪人呢！接着。"一根烟从空中飞过去，矛盾也算解了。岳父据此告诫我："任冇一庄，不冇一双。千万记住了。"

其实，今人敬烟，既无传统可承，又无榜样可依。然而，面对敬者芸芸、受者众众的敬烟现象，总会让人生出一些"疙瘩"来：一根小小的香烟，竟能如此神秘地表示礼节、暗示亲疏，这到底还有多少不为人所知的深层含义？

我也是抽烟人，不敢枉自评说。

劝酒

劝酒之举，绝非“新生事物”。遥想当年，王维《送元二使安西》，就曾“劝君更尽一杯酒”。只是这“劝”，劝得含蓄，劝得斯文，劝得动情。也许今人很小看这份缠绵，所以，如今的酒桌上，把酒喝到“劝”字当头的时候，断然了无长幼、不忌言辞、放浪形骸，实在有些别扭。

其实，现代人劝酒，往往只是“劝个面子”。对受劝的人来说，酒进了自己肚子，也给了劝酒人面子，是谓皆大欢喜。你劝我，我是要回劝你的。也不说别的，感情深，一口闷！你来我往间，酒便这么一轮一轮地进了肚子。再往下劝，声音是一轮比一轮高，胆子是一轮比一轮大，气氛是一轮比一轮火热，直到酒席散去，有人迈着踉跄的步子，大家才心满意足。至于更加出色的“表演”，大都要等到唯有家人当观众的时候才有。若要提前发生，则未免又有些别扭。

会不会劝酒是喝酒人的“功夫”，受不受劝酒是喝酒人的“智慧”。无论是酒场老将，还是酒界新人，都不是生来就会劝酒的。通常情况下，劝酒的人往往要花很多的时间，耗费大量的口舌，甚至强制着渐渐“恶化”的心情，劝说对方“干了这一杯”。初次见面或喝酒意软的人，往往经不起一劝，杯中酒就已经进肚子。熟悉的人则会有些忸怩，往往不会爽快地“一口闷”——但不能不喝，这个面子还是要给的！

我是喝酒人，并且已经喝了四十来年了。但我从来不劝酒，不愿劝。喝酒本是一件愉快轻松的事，或者说，是聚局者增进了解、交流感情的一种形式，不是打擂台、拼酒量。人有胖瘦高矮，体质有强有弱，自然，酒量也就有大有小。喝酒者大都量力而为，能者多饮，弱者少喝，这是应有之理，劝酒，当然便是无理之为了。况一般酒局总是因缘而设，若有主题，无论是见得人还是见不得人的，总该顾及主人的感受，考虑主人想要的效果吧。劝酒，看起来热闹了表面的气氛，但极有可能破坏了酒局的内涵，为主人本该可以通过酒局解决的问题增添了变数，我以为不妥。

中国的酒文化博大精深，但劝酒算不算这种文化的一部分，我看要视情而定。项庄舞剑的关键时刻，樊哙闯入宴席。项王立即“壮士，赐之卮酒”。一次就让樊哙饮了四升。这还不算，见樊哙还清醒着，又劝其再来四升。这种霸王硬上弓的劝法，显然

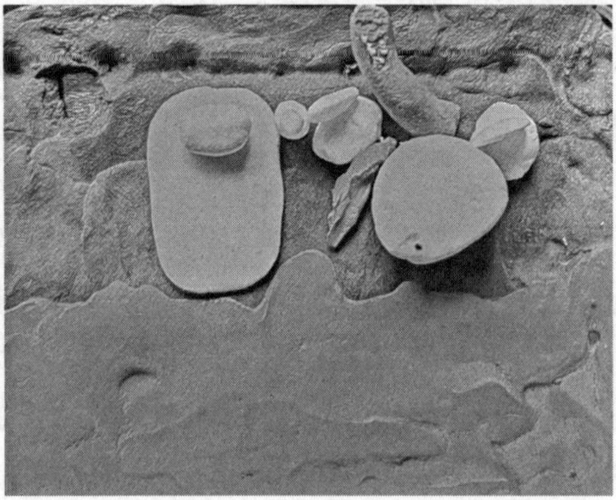

只与政治有关。张绣投降曹操后，曹操非常开心地请大家饮酒。他是怎么劝的呢？曹操在前面敬，典韦就拿着个大斧子在后面跟着。曹操举起耳杯敬酒，典韦就提着斧子敬礼。要我看，那做派显然不合酒场上的规矩，但那架势其义众人皆知是“不喝爷就砍了你”，谁能不喝？

喝酒本身就有它特定的规矩和礼仪。《礼记·曲礼》言：“侍饮于长者，酒进则起。拜受于尊所，长者辞，少者反席而饮，长者举未釂，少者不敢饮。长者赐，少者贱者不敢辞。”这段话，讲的就是尊卑有序、讲究等级的喝酒理念。酒是要喝的，礼数也是要讲的，当然，劝酒也不是不可为的。只是这劝，也该劝出些文化，劝出些情感，劝出些境界来。“古来圣贤皆寂寞，惟有饮者留其名。”自古以来，那些圣贤无不感到孤独寂寞，唯有寄情美酒的人才能留下美名，那就喝一杯吧。“此时无一盏，争过艳阳天”——你年轻时候不喝点，你怎么帅得过艳阳天？“对酒当歌，人生几何？”你若是满腔英雄志，也似曹操一般思虑过多吗？那喝点美酒吧！短时间内放松一下，感受太平盛世、酒足饭饱的幸福，再坚定下美好的愿望，真真是极好的，何以要劝！

其实，“酒逢知己千杯少，话不投机半句多”。心灵相通的人在一起，举杯开怀时，情感的闸门已经被充分打开，杯酒之中，不仅仅是酒的甘醇，更有浓情蜜意融化其中，又何须用得着一个“劝”字呢？

泪点

仿佛从记事开始，对于流泪，我总是十分吝啬的。

记忆中，许多应该可以流泪的时候我都挺住了，选择不哭。被父母训斥、被老师批评、被同学欺负……甚至被芦柴划破了手，被菜刀切下无名指上的一块肉，被铁钉戳破了脚，我都没有哭泣。有一年夏天，为了能挣点工分，我赤脚下田撒草粪，不经意间被瓦砾划了一个大口子，鲜血像从泉眼里往外冒，费了好长时间才止住。痛感从脚底电流一样直窜心脏，冲进大脑，我的嘴已经咧开了，但依然没有哭，甚至都没让眼泪走进眼眶。我觉得必须忍住，不应该哭。男人嘛！哪有那么轻易流泪呢！尽管那一年我不过十二岁，但骨子里我感觉自己就是一个男子汉。

十六岁高中毕业以后去当兵，一连串没有预想到的苦头接踵而至：严冬的深夜，在被凄凉的荒野包裹着的军械修理所独自站哨的恐惧心理折磨；为了高质量完成给全军做示范射击任务，超负荷地训练，让我那双还显稚嫩的手被坚冷的兵器磨破流血，却又不能停止下来的肉体之痛；为了能考上大学，在熄灯号吹响以后，打着手电躲在被窝里看书，被排长发现后那一声炸雷般训斥的精神之伤；还有，看到父亲来信的信笺上有着清晰的泪滴痕迹时，情不自禁涌上心头的思念之苦……对此，我都选择了让自己的眼泪引而不发。我没有想到流泪，似乎也没有流泪的时间和空间，甚至一点也找不到流泪的理由。或许，我已经明白，我确实是一个真正的男人了，所以，泪点几乎已经超出了极限。

不过也记得曾经流过几次泪，在三十岁转业以前。第一次是被父亲用炒葵花的锅铲敲打了一下头部，在过年前的那个晚上。父亲顺便说了一句："打一顿过年！"其实父亲下手一点分量也没有，只是敲了一下，但对八九岁的我来说，怎么能理解父亲这一敲的象征意义呢，所以只能以哭来表达被三哥欺负又挨了父亲一锅铲的巨大委屈。第二次是在我当兵去部队的那一天。我们从水路坐轮船去淮安，当我带着如愿以偿的喜悦，从一个全新的视角欣赏运河东岸的冬日风光时，我看见了父母亲和三个哥哥骑自行车随船而行的身影。哥哥们不时地向轮船挥手，我知道那是在挥给我看。我原本以为前一天他们送我到达了集结地以后，就应该骑行返回故乡的小镇了，却未料今天以这种方式再见，我的泪水止不住在眼眶里转动起来。这是我平生第一次被感动。

十三年多的军旅生涯中，只因犬子出生让我喜极而泣过。三十岁那年，我转业到地方，在行政机关工作。彼时在我眼里似乎看不到太多叫作困难或痛苦的东西。如果没有五年后家庭里发生的一次重大变故，还没有什么事能让我哭泣流泪。工作上顺风顺水，无大起大落之象。生活上一切如意，凡所想皆得实现。只不过因为爱读小说，常常被其中人物的种种境遇感染，继而有泪水悄然盈眶而已。

父亲是在一九九八年冬天走的，享年六十九岁。儿孙满堂，正是父亲安享天伦之乐的绝佳时间。我们兄弟四人付出了最大的努力，依旧没能挽留住父亲。父亲的走，让我把积攒了三十五年的泪水一流而尽，内心的痛如锥刺刀绞。父亲的开明与远见、宽容与严厉、博爱与慎教，深刻地影响了我们兄弟四个的人生之路，我们深爱父亲。而我对父亲的那份爱意又有着不同于哥哥们的理由。我离开家乡十三年，父亲无时不在心里念叨着他的老巴子。在最初的半年多时间里，父亲因为挂念我，常常独自流泪。“一看到你的来信，你爸的眼泪就掉下来了。”母亲曾经不止一次这样对我说，“回信时也总是一边写一边哭。”母亲的话让我想起了父亲留在信笺上的泪痕。转业回到故乡工作，原本以为可以弥补十三年无法全心尽孝的缺失，但无奈城镇两隔，我又居无定所，终未尽到孝心。眼见着条件越来越好，父亲却撒手而去，徒留痛憾于我。这把泪，我如何能止住！

父亲的离去，似乎并未改变我的生活，但慢慢地我感觉到，我的泪腺好像再也回不到从前的坚固，泪点越来越低，有时甚至经不起轻轻地一戳。当所长时，我看见一户卖日杂的个体户为了五元钱管理费，嘴里咬着劣质的香烟，一角钱一角钱地数了好几遍，差点没止住同情的泪。为了打击制售假冒伪劣产品，我和所里的同事们在半年的时间里，经常加班，其中干了七个通宵。在我离开工商所，去另一个地方任职的时候，我再也按捺不住内心的激动与不舍，任眼泪夺眶而出，仿佛部队里战友的离别。成为爷爷以后，偶尔因孙女身体染恙，需打点滴，吊针入肉时的那一声哭喊，必定引得我泪水无法阻止地溢出。不是演员做戏似的假哭，只是情不由己，自然生发，有时候甚至让自己措手不及，像熟透的果实，未及主人采摘，倏然落地一样。一生经历的不可谓不多，理当更加强大，不需以落泪的方式表达情绪，更何况大丈夫耶！但随着年龄的增长，愈发变得像个年幼的孩子，对流泪有时几乎放纵到恣意为之的程度。我不能理解，但也从未责备自己，因为我不认为这是一种短处。

太太有时会直接劝我："你不能这样，对身体不好。"或许她是读得懂我的情感世界的，从不对我的这种行为做出贬义的评价，有时甚至夫哭妇随。我们偶尔坐在一起看电视，当她听到身边有人发出沉重的呼吸声，必定会扭头看我。有时候，甚至直接从床头柜上抽出面纸，转头递给我。我常常为这种默契破涕。有一天我们一起观看央视的《等着我》，有些情节让人抽泣不已。节目结束时，半包面纸浸上了我们的眼泪被扔在地上，散落成一堆。那里面的情绪当然不止一个"泪"字就能说透。

意识到自己对流泪的放纵并非好事，很多时候都提醒自己学会控制。但或许是人生已近花甲，对生活有更多的感悟，知道应该悲痛什么感激什么吧；也或许原本就是多愁善感之人，以前不过总是藏着掖着，是时间渐渐地让真我裸露出来了。好在自己并未将流泪与软弱兼修，生活中依然保持着坚强的主色调，所以对放纵流泪也有些不以为意，更何况不是所有的日子都值得撑着笑脸的。

有了这样的注脚，对泪点的控制又变得有些轻率起来。看书时会流泪，为那些英雄壮举、悲欢离合、正义呐喊、冤屈灵魂；看电视会流泪，为那些功臣伟业、亲情得失、忘我坚持、快乐民心。看见亲朋好友经历悲痛会流泪，看见孩子们因痛苦流泪而流泪，看见长辈们无辜伤感也会流泪……日子似乎走向了两个极端：开心和流泪。或许是自己太过于设身处地，很多的泪其实跟自己的生活并无直接关联，是在为他人而流，但这些"他人"无法从我的生活中抹去，是他们将我的生活渲染得丰富多彩。有时候我也在想：流泪可能不只是一种情绪表达，也应该是一种生活态度，无关男女，不分年龄，更无高低贵贱之分。

静心

静心是对生命至高无上的享受，是超脱以后的精神升华，是一种无与伦比的境界。

浮华的世界里，能够静心的人凤毛麟角，而愿意静心的人甚众。愿意静心而无法静心，这本不是生命赋予，而是生活的“馈赠”。尽管我们并不需要甚至厌恶这种馈赠，但生活中的我们依旧只能接受这样两个字：无奈！

孩提时代的我们，除了玩耍，难有让我们牵肠挂肚、久放不

下的心事。所以，我们并不在意什么是真正的痛苦和烦恼，并不在意什么是真正的需要，不会把气愤和不满憋进心里，不会装病，不会失眠。当“童真”在时间的延伸中逐步消失的时候，静心便离我们越来越遥远，而我们只能把更多的精力投入这个世界的浮华与喧嚣之中。

人本无欲，无欲则心静。这种“原始”的法则总在刺激着我们，又让我们可望而不可即。真正的无欲，显然有悖于人类生存的原则，有悖于社会发展的自然规律，并不是人类真正的期望所在。所以我们要有理想和目标，要奋斗要追求，要创造要变革，要付出要索取。所以，静心对于我们，就像水中月、镜中花，又俨如海市蜃楼、昙花一现。人间本无世外桃源，既食人间烟火，便难避浮华与喧嚣。对静心以心向往之，无论能否进入或获得，总是得其所哉。

不过，倘能于一片沙漠之中觅得一隅绿洲，便是一种了不起的享受。譬如这，也不是每一个人都能经历到的。至于原因，全要看我们的“修炼”如何了。

男人的胡子

男孩进入青春期，嗓音会变得粗亮起来，喉结也渐渐地突出了。偶尔瞥见镜子里的自己，也许会发现平滑的脸庞上多出了几颗青春痘。再近前细看，终于看出嘴唇的上面，细细的乳毛已经被时间染成淡淡的黑色——可以称为胡子了。稚气未脱的男孩们对此或无动于衷，或惊慌失措，抑或饶有兴趣地对父母说："爸妈，我长胡子了。"其实，无论男孩们抱着什么样的心态，作为"过来人"的父母们，总会在心里暗藏喜悦，知道男孩在生理上已不是孩子，而是一个地地道道的男人了。

随着岁月的递进，男人的胡子逐渐变得粗黑起来。胡子粗黑了以后的男人，会对生活有一种全新的体验：从幻想走向现实，从幼稚走向成熟，从无忧无虑走向牵挂……就连走路的步伐似乎也变得沉稳许多。男人们这时开始自觉地意识到自己是一个大人了。所以，当他们一边对着镜子认真地刮着胡子的时候，一边开始盘算怎样对自己的生命负责。结了婚的男人，肩上总是有两只"背筐"，一只"筐子"里装着事业，一只"筐子"里装着家庭。男人们总是在一面忙碌着修理胡子，一面对付着两只"背筐"。而成功了的男人，面对正在被修理的胡子，会由衷地生出一种自豪、一种骄傲、一种欣喜、一种慨叹。这时候的男人，看自己的胡子就像是饮兴奋剂，连他们自己也能感觉到一种勃勃的雄性力量。

在一大堆女人的化妆品中，一柄剃须刀就是家有男人的象征。在剃须刀不断地劳作中，男人的胡子变得越来越坚硬。男人的上唇、下巴，乃至腮部，会在明亮的早晨泛着迷人的青光。男人的自信便从这青光中折射出来，像初升的太阳一样鲜明而生动。这时候的男人，成熟不再仅仅是一种自我感觉，还了然昭示于众目睽睽之下。有些对胡子情有独钟的男人，开始筹划着蓄积胡子。而蓄须的男人多半是为了更加明了地展示男人的阳刚之气，就像女人刻意表现自己的娇嫩脸庞和形体曲线一样。

男人们老了。老了的男人对胡子便有点不太重视。懒懒散散地修剪着，不过分在意它的长短疏密。胡子的功用总是先男人的衰老而减退。男人当了一辈子的男人，一生的酸甜苦辣俱已入心：希望和失望、成功和失败、奋斗和懈怠、喜悦和悲哀……男人的向往、男人的追求，直至男人的生命，都已在男人胡子的渐渐变白中，融进了男人的额头、眼角的皱纹之中。所以，老了的男人刮胡子与其说是一种需要，不如说是一种消遣。这是老了的男人珍惜生命的一种方式。

不长胡子是男人的悲哀，如何对待胡子是男人的自由。即便有多事的女人想对此评说，也只能囿于“仅此一撮”。女人看男人的胡子，就像看插在男人西服口袋里的一朵手帕花。男人向女人展示自己的胡子，是否也一样拥有这样的心态？

男人走了，无法抗拒的，像一棵参天大树轰然倒地。走了的男人静静地躺着，一切都躺着，唯有或黑或白的胡子挺拔向上——遗憾的是，谁也说不清，这到底是一种报答，还是一种无奈。

骑行

骑行是骑行者快乐的源泉，而我却将它演绎成痛苦。这痛苦让我反思，使我警惕。

第一次参加集中骑行，是在一个星期六的早晨。坦率地说，有些硬着头皮。目的地距邮城三十五公里，单程。这个数字让我心里很忐忑。年过半百了，没干过骑行这种事，还得来回。但是下不了面子，再看看一行二十七八人，有比我年长的，更有两位素不相识的女士，我似乎找不到撤退的理由。

时速二十多码，沿 S237 一路向北。几乎一色的骑行服很扎眼。每个骑行者身体拉成一道弓，像是趴在自行车上，幽默感很强。风从耳边呼呼地刮过，将自己的身体擦得很爽。眼睛的余光飘向两边，绿树红花尽向胸前拥来，又从身边闪过。擦肩而过的行人无不注目，几位护理绿化带的农妇开心地笑着，大声为我们“加油”，想必她们也和我一样，没见过这阵势吧。

开始骑行，感觉良好，可是没多久便有了花絮。曹先生的车前胎被戳。一声喊叫中，一行人齐齐地刹住了车，纷纷围拢来。也不过十来步的距离，等到我走近曹先生的车前，一个叫佳佳的女士已经卸下了曹先生的车轮，熟练地扒开了大皮。几个骑友七手八脚地帮着忙。我情不自禁，一声“乖乖隆的咚”引来无数人的目光。“佳佳老手了，骑行过西藏呢。”我对佳佳顿时由衷地生出几许敬意。

乘隙抬眼，一幅乡村夏日的景象倏然入目：朦胧晨光中，数方水塘里，几位养虾人正在水里忙碌。塘水淹没了他们一半身体。他们挥动着双臂，牵拉着虾网。一定是罗氏沼虾在晨光中跳跃，捕捞人一脸的笑意。笑声随风飘来，爽朗而干净。长期居住在城里的人看见这样的景象，感觉特别怡心。想起前几次为熟悉骑行装备，一人独自在大运河畔、高邮湖边骑行时，入眼的景色似乎未曾有任何改变。大运河中的汽笛响得并不是平常的感觉，像唱，如歌，或是呐喊加油！广阔的高邮湖近看如泼，远看似染。淡淡的薄雾似蝉翼笼罩湖面，更让人感觉浩瀚而缥缈。湖边散漫的清荷如晨读的处子，几处港湾里泊着捕鱼人的炊烟……这景，让骑行的心情变得十分美好。

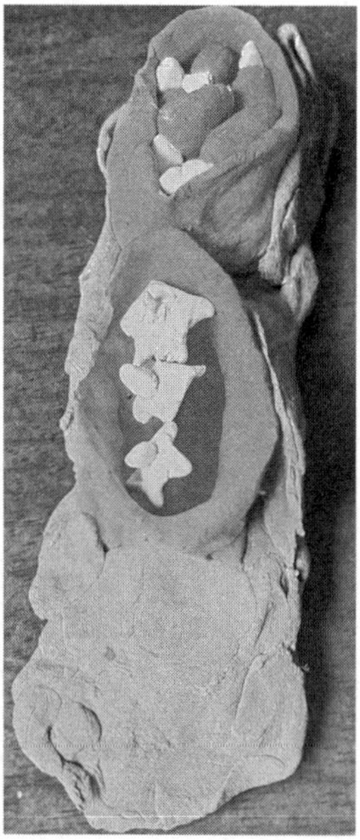

曹先生的车胎无法修复，只好退出此行。我们纷纷上车，继续欣赏一道的风景。绿化带刚刚打理过，带着露水的青草香味浓浓地刺激着我们的嗅觉细胞，精气神按捺不住地向上攀升。也不知道是谁来了兴致，车队突然间急速流动起来。几个年轻人的喊叫声把车速一下子涨到了三十多码。

底气不足，我不敢冒失。看着远去的车流，我依然不急不缓。有几位或许比我更有经验，抑或如我自量，也在离我不远的前后一线而行。骑行十余里，拐进马横路，前面的骑士们都在路边停了下来。第一次小憩。

停车时我才意识到，两腿落地的姿态因为乏力而有些异样，全身上下无处不湿。我的信心被打折了。数株苗状的香樟举着鲜嫩的枝叶淡然而立，像在嘲笑我。身边骑友们的嘻嘻哈哈让我无法做出退却的选择，未老的心境夹着薄薄的面子提醒我：千万不能打酱油！试骑时我也行了二十多公里呢，这才多远？我看着风景吸了一根烟，率先起程。我知道，我不能让身体冷下来。我需要坚持。

或许我是这一行人中最为陌生的一个。另一位大家都称呼“刘局”的女士这时候靠近了我，老熟人似的边骑边聊起来。孩子上大学了，她突然感到一种类似于失落的情绪，于是就依着感觉加入了骑行者的队伍。她笑说以前很少出门，高邮的许多地方没有去过，骑行一方面可以锻炼身体，另一方面还可以看看美景。这种想法和我一拍即合，于是骑行的疲劳被一部分聊天的兴致代替，我们就这样骑着聊着，直到有一个表扬我的声音从身后传过来，我才意识到这一阵子确实骑了很长一段路。

意识回到原点，真的感觉很累。某些部位严重的不适让我难以启齿，两腿酸而痛，嗓子干燥得像是被烘烤过，胸口有一种被裹得很紧的沉闷。我抬眼看看周边，仍然是一片水乡夏日独特的景致主宰眼睛，但此时它们给我的感觉已经不是半个小时以前那样了。疲劳让我在几户农家附近勒紧了刹车，无可奈何而又理直气壮地高呼一声：“休息喽！”

行动的一致性是骑行的一种格局。骑行者陆续停了下来。我贪婪地饮了几口早已凉透的茶，环顾一张张满是汗水的脸上表露出来的自信和兴奋，嫉妒而又纠结。我用手敲敲自己的双腿，感觉它们似乎还挺硬朗。累就累吧。我对自己说，既然还没累透，那就继续向前。他们的自信和兴奋不也是骑出来的嘛。

但是，有种感觉让我忍无可忍。我悄悄地向一位老骑手诉说了裆部的苦衷，他淡然的一笑让我很是受伤。不过，他接下来的举动又调整了我的情绪：他从自己的坐骑上卸下了海绵坐垫套，然后熟练地套在我的车座上，拍拍手说："再加一层会舒服些。"

我的信心陡然增加一分。问问行程还有几许，得到的答复是：快了。目的地是一座生态农庄，我想，即便是为了不曾读过的风景，也得把这个"快了"骑完。

九岁就能把着父亲的那辆28永久"掏螃蟹"；二十岁时，曾经只用一个多小时，从老家界首骑到高邮城，三十公里颠簸不平的路程，都没当回事。现在怎么就生出这么多不适来？骑在车上想到这些，我有些觉得自己被生活毁了，不，是被自己毁了。五十岁算什么？身体应该还是硬朗朗的。可是，现在却疲于应酬，乐于享受，疏于运动……看现在自己的骑行状态，如画之景再无心赏阅，同行之人亦无力畅谈，机械地蹬踏无非是为了完成一段路程而已。骑行的乐趣呢？

是自己造就了这份痛苦，或许因为我对身体的轻视。是，也不是，我想。坚决地后悔一次吧，现在就是机会。往前走，不能后退，更好的风景一定还在前面。

缩小朋友圈

现代生活的节奏太快了，每天总有一堆的事情等着你去处理，有时候甚至应接不暇、手足无措，让你摆不出“兵来将挡，水来土掩”的心态。即便像我这样年近六十岁的人，似乎也找不到静下来的理由。“上有老，下有小，自己还得跟着时间跑。”颇为讽刺的是，远方的战友、眼前的同学、几日不见的同事、久未谋面的亲戚，偶尔见面或微信聊天，问候的第一句话往往是：“你现在清闲嘞！”我不能辩解，倘若感叹一声：“哪里清闲得了？”对方的语气比你更坚决：“你还忙什么？应该很清闲的！”

是啊，我有什么不可以清闲？仕途已逝，儿孙绕膝，朋友众多，生计无忧。可是，我现在清闲了吗？每天五更起，夜半眠，其间似乎没有停顿下来的时候。不过，我为什么要清闲呢？想一想过度闲适，于事无成，于体无益，于精神无补，真觉得可怕！所以，你们凭什么说我清闲？

确实清闲不了。并非因为我还有什么远大的理想和抱负，只是因为生活本身。六十岁，依现在的观念划分，不过是一种偏于老年的中年，太阳已经西斜，但落霞未生成，大多“尚能饭否”。母亲虽不与我同住，但就在身边，常常打个电话问问安聊聊天，偶尔买些她喜欢的食物让其品尝，这些是不可不为的。一起生活了三十多年的老伴经常出门办事，倘能陪伴，总不应推辞拒绝吧，还得一如既往才是。孩子们中规中矩地上着班，两个孙女的日常生活总不应少了爷爷的身影，含饴弄孙的天伦之乐是没有理由放弃的。

即便是为了自己，似乎也没有清闲的理由。因为，有些习惯是很难改变的，有些爱好是很难放弃的。爱上读书，总要有些计划安排，不间断地让自己的目光在字里行间游走，以慰心中常存的“读书甚少”之忧。喜欢写字，如染烟酒之瘾，一日不为，便觉得很不自在。虽临池数年，废笔墨纸张多矣，艺也不见长进，却不能放弃，且每日耗时巨多，并不顾惜。擅码文字，四十年不曾辍怠，虽然不过只码“豆腐块”，倒也乐此不疲。即使是政务繁忙之时，亦不曾置之身外，此中所乐，仿佛不仅是偏重文字而已。衣食无忧的日子里，健康无疑是一个热词，不能抽烟不能喝酒于我似暂无商榷之可能，熬夜的毛病倒是改了不少，但是这些还不够，勤于锻炼已然成了不二之选。跑跑步、打打球，这些都是需要时间消耗的，清闲何其奢侈！

此外，盖因朋友圈所列甚众，三朋四友常有事求助，亦须抽出时间来答复。虽有时不胜其烦，但想想自己求助别人时他们的付出，便觉得很是应该。许多个晚上，朋友相约、同事相邀、亲戚相请，总免不了觥筹交错。更兼自觉无六十岁之意，豪爽之风一如年轻之时，老老少少，不欢喜者甚少，竟也圈了一些新的“粉丝”。“醉翁”之态高频展示，时间便在此间流逝许多，酒醒之后，莫不后悔。

悔，都因为自己还知道孰轻孰重。时间的长度不可更改，如何取舍，关乎生活的质量和健康之程度。取舍得当，遇事不慌，心情舒畅。反之，则时时有一种“时间真的不够用”的紧张与不安。所以，我强迫自己：得为朋友圈“瘦瘦身”了！

并没有想谁去谁留、冷谁热谁，也并不刻意删除拉黑。既为好友，必是缘分，不必诉诸无情之举，只将无趣之闲聊、无谓之应酬、无益之阅读、无心之点赞、无聊之推送一律推辞，或委婉或直接，或有意或无意，我不想让你感觉难堪。其实之于我，你并非重要还是不重要，就像我之于你，不会因为好久没有得到你的音信，而沮丧地以为我对你不重要了一般。时间和情境给了我们一套自然选择的生活法则，我们总不能违心而为。但我仍然留存着你的名字，就是想着在你需要我的时候，不至于无法和我取得联系。因为或许哪一天，我也需要你出现在我的生活里。因此，所谓“缩小”，不过是我选择的另外一种方式，仅用于个人自律而已。因为“碎片化”分散了我太多的注意力，浪费了我太多的时间，我被它“绑架”得有点累，到了非改变不可的时候了。

我不期待你的理解，但我说过，既为好友，必是缘分，理当珍惜。这一点我们应该达成共识。

下棋

办公室里有六个人，没有不会下棋的。这多半是由于文化生活的单调。会下棋而又染上了一个“好”字的，亦不下于四人。故而下班以后，休息室常常有棋子敲击桌面的脆响，夹带着为表达某种情绪而故意夸张地呐喊、怨叹或指责。

要在四个“好”棋者之间分出伯仲，排在第一的当推老姜。

老姜好棋而成瘾，男女老少相邀，皆可搏杀于“楚河”两岸，颇有些生下来就是等着与别人对弈的味道，棋缘极好。但论棋道，老姜又只能取末名，这与他的棋缘相比，可谓是天地之分了。妙在老姜又有一个好的棋品，下棋是从来不悔，又极容忍别人悔棋。待到一局之胜负了然于棋枰之上，老姜的脸上总挂着自然的笑，并不因胜而狂喜，也不因败而沮丧，心里爽朗极了，常令旁观者慨叹，说下棋对老姜不过只是一种存在而已。譬如生活，常常需要走那么一段路，只要自己认真地走，得失又何足挂齿呢。

单论棋道，应推老田为上。老田新到机关不久，但“善下狠棋”的名号早已为机关人人知晓。到机关后，老田绝不轻易露手。只是在别人杀得难解难分的时候，极是老辣地指点一二手，常常令人恍然而胜之。败者也常因此而嗔怪老田“真烦人”，但并不真恼，这倒更衬出老田精湛的棋道。

真正说“棋逢对手”，是王、卞二人之间的绞杀。一则是因王、卞之年龄相仿，都是血气方刚之人；二则因两人棋艺相当，“胜负”二字总在两人之间徘徊，极少有紧抱其一而终不放者；三则也因二人在办公室多以操练文字为主要职责，喜怒哀乐甚是近似。常常在喜极之时或怨极之余，对坐于“楚河汉界”左右。有烟静待于一则，有茶静待于另一则。烟雾缭绕、茶香氤氲之中，便有紧锁的眉头和眉下两双如炬的目光，在尺余见方的棋盘上扫描不停。

不过，无论是好棋者，抑或是仅仅会下者，碰着两人对坐、静心而弈的机会倒是稀罕。常常是两人下棋，而围观者甚众。下棋者不语，而观棋者嚷嚷不休。常有性急的，会在多次“指点”而迟迟不见效果之时，伸手去抢看中的棋子，放到自己看中的位置上去。下棋者不悔，也就认了。倘若不认，也会不急不缓地提了棋子，让它回到原位。最精彩的场面乃在一方“将死”另一方的一刹那，败者的眼前会有许多平伸过来的手指和仿佛是从指尖上跳过来的“臭棋”“臭篓子”“臭水平”等之类的叫骂。败者笑得很窘（老姜除外），赢者也乐得尴尬。有勇气站出来打擂的，对赢者说一声：“我来治你！”便站到对面的位置上去——相处多日，大家都知道，这不过是想下棋的人以此获得一种过瘾的方式而已。其结果很难说清谁治了谁。

下棋下久了，才知道无论是棋缘、棋道、棋艺、棋品，对于办公室的人似乎都不重要。高低上下、胜负成败，总是一种客观存在。于嬉笑怒骂中抱成一团，不论谁输谁赢，都不在计较之中。如此之缘、之道、之艺、之品，于集体于个人，倒是颇有些值得珍而惜之。

闲说“五官”

说“眼睛”

在人的面部表情中，眼睛是最能传神的：欢乐时眉开眼笑，愤怒时怒目圆睁，惊讶时瞠目结舌，聚精会神时目不转睛，精力分散时目光涣散，深思熟虑时凝视出神，心生邪念时眼球滴溜溜转……所以人们总是将眼睛美称为“心灵之窗”。

因为传神，眼睛总是表现得过于真实，真善美、假丑恶，俱能从人的眼睛里窥见端倪，所以，古代中国的珠宝商擅于通过观察对方的眼睛来决定货物的真假、买卖的价钱；古今中外的艺术家们无不把眼睛作为艺术的生命“点”加以塑造；谈判能手、辩论大师们则喜欢从对方的眼神中捕捉有利的战机；热恋中的青年男女为了爱情的“成功率”，通常会选择光线较暗的地方履行浪漫的约会。已故船王欧纳西斯则总是依赖一副墨镜，使自己的眼睛遵守了绝不泄密的诺言。

人与人之间的交往，眼睛总是我们的第一视点，彼此快速地一瞥，便立即确立了情感的基调。更多的时候，我们宁可用目光与对方交流，宁可更多地相信对方的眼睛，而不愿意过多地接受语言的蛊惑。

眼睛里容不得半粒沙子，是因为我们需要给眼睛一个生理性的健康。真正重要的当然不是仅此而已。如果是双目失明，那是生存的遗憾；如果是睁一只眼、闭一只眼，那是生活的遗憾；但如果我们的心灵有了污垢，别人从我们的眼睛里读到的，则是生命的遗憾了。

说“耳朵”

天籁需要用心灵去感知，而大千世界里各种或嘈杂，或清纯，或高亢，或低婉，或幽怨，或激越，或悲伤，或欢乐的声音，都会通过我们的耳朵为我们所接收。耳朵让我们更加真切、更加全面地了解到这个世界的存在，从这个意义上说，耳朵功不可没。

但耳朵是一个没有封口和开关，而容量又无限大的“容器”，功能单一，“设计”更显粗糙，它不能像眼睛那样依靠眼球的转动来调整方位，或者拉下眼皮以阻绝同外界的交流。除了距离的远近之外，几乎没有其他因素可以阻止各种声音的蜂拥而入。对于某一种让人感兴趣的声音，我们或可“竖”起耳朵倾听，但对

于那些我们本不想耳闻的声音，尽管我们置若罔闻，或者一只耳朵进、一只耳朵出，我们的耳膜终于还是振动了，那些声音还是顽固地走进了我们的大脑，扰乱了我们的情绪。这大概是耳朵最不能让人满意的地方。

再有一点就是，尽管我们十分欣慰地感谢耳朵的存在，但我们又常常对耳朵抱着极不信任的态度，总是认为耳听是“虚”，眼见才是“实”。其实，我倒是感觉到耳朵才是大度的象征，也是诚实的所在：好坏兼容、褒贬尽纳，百家之言，容于一耳。唯其如此，方可使人兼听则明。倘若有一天，我们的耳朵失去了这种公允，具有了唯好才听、是褒方闻的功能，真正倒霉的，恐怕绝不是耳朵了。

说“鼻子”

面对外国人高大的鼻子，我们总是慨而叹之：鼻子不过是呼吸的器官，如此硕大，未见得能助肺部一臂之力，即便是为了装饰面孔，也给人一种“风景这边独好”的误导。说一千道一万，鼻子长肥了，总是一件得不偿失的事情。

不过外国人也好，其他人也罢，鼻子总是要存在的。其中的道理显而易见：鼻子长成了，鼻孔才有朝下的机会，才能使我们的面孔具有一种整体感。

鼻子最大的功用就是可以供我们呼吸。清新的空气从这里进去，引导着我们肺部的运动，让生命之氧进入我们的血液，我们的生命就有了鲜活的状态。但鼻子也有另一种功用，那就是让我们感知气味，这使我们的生命可以在良好的环境中运行。如果从单纯的生存需要出发，鼻子的功劳是大大的。

从生活的角度看，“嗅觉”不灵敏的人常常会“碰壁”，轻则伤及皮毛，重则伤筋动骨，乃至送了性命。但这不是鼻子的过错，上帝没有安排鼻子应该拥有这样的判断功能，这就难免使鼻子有机会犯“方向性”的错误。

如果说鼻子真的有错，那它错在何处呢？我想，可能是错在它将鼻孔长成了“地道”，让主人无法辨认其真实的走向。

是吗？

说“嘴巴”

嘴巴最原始的功能是吃饭。语言的产生使嘴巴又具备了说的功能，而且随着人类社会的不断进步，嘴巴的这种功能得到了进一步的提高和完善。所以，尽管嘴巴只是“两张皮”而已，而其“说道”的作用却早已经跃居看、闻、嗅之上了，这大概是眼、耳、鼻始料未及的。

有一张能说会道的嘴巴，显然是一种资本。王熙凤的一张嘴，至今仍让人感觉“辣”味无穷。所以，真正木讷寡言的人，如果没有其他的“绝活”做补充，生活免不了要给他一些冷漠。因为一张嘴而使自己的处境有所改善的例子，在我们的身边比比皆是。当然，相反的事实也不稀少。所以我说，一个人光嘴皮子利索、能说会道还不行，更要多讲真话，不说假话。多为别人说话，少为自己讲话。而且，当说则说，不当说则不说，许多时候缄默比饶舌更加有用，不是有一句古话叫作“沉默是金”吗！

一如当年

有些人，常常相见，但却形同陌路；有些人，久未谋面，竟像别于昨日。

离开高中的校门时，不过十几岁。同学一场，有亲有疏、有近有远，概因我们都在尝试着选择。我是一个土生土长的农村人，那时候很少和城里的孩子在一起玩，能在一起玩的伙伴并不是很多。所以，同学时光对于我似乎聊存遗憾。

那时候同学之间所能发生的，我们都曾遇见或经历：有单兵作战或抱团“死啃书本”的，有兴趣相投者走得很近或成为知己的，有为了一些鸡毛蒜皮之类的事吵得面红耳赤甚至拳脚相加的，有安静独处两耳不闻他人事或厌倦书本调皮捣蛋的，甚至还有按捺不住青春的躁动悄悄暗恋或放肆追求的……两年的高中时光快得让人眨不了几下眼睛。但是，毕业时，还是在同一个镜头下留下了青涩的笑脸。

曾经的同学各奔东西，一个个同学定居在不同的城市，或是固守本土，或是浪迹异乡。时空的巨手无情地拂去了我们“恰同学少年”的欢声笑语。生活的旅程牵引着我们的双脚、携带着一个叫作“理想”的行囊不停地行走。努力也罢，懈怠也好，为了饥饿时的饱腹、为了相爱时的渴望、为了成家时的憧憬、为了成

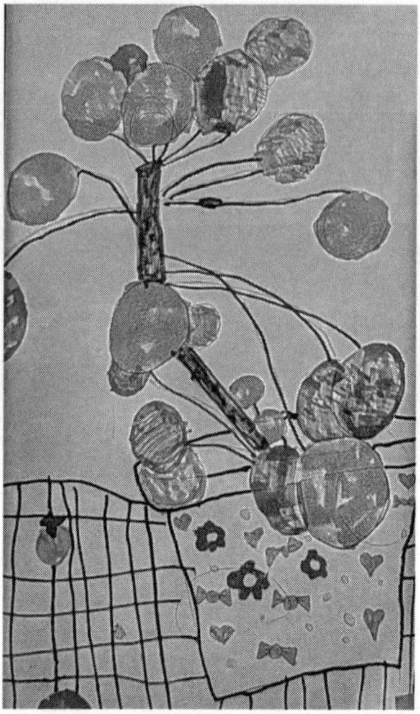

为父母时的激动……每个人都在辛苦地筑着自己的巢。

我在异乡人的族群里待了十三年。对一个怀揣着“跳出农门”远大抱负的少年来说，我尽了最大的努力，不让自己思乡的情绪在军营里发酵。炽热的阳光下，我或许会久躺在球场的草坪上，抬眼寻找那片从故乡飘来的云。当我静坐在白炽灯下的时候，我在看和几位同学的书信往来。我特别需要时间和精力为自己挣一些回家时的“面子”，制造一些再见同学时能够闲聊的“可歌可泣”的事迹。那时候，我们似乎不懂得抱怨，书信往来时，彼此激励的词句力透纸背，字里行间的情绪犹如水洗般单纯干净。时至今日，那些已经发黄的纸页仍然被我一片不失地珍藏在书房里。

那时，还没有像如今科技这么发达，即使是在有限的空间距离，也不能像现在的同学们这样毫无障碍地连接。但是，分别后的再见，使我心中对所有同学的挂念暴露无遗。聊天的话题永远不会少一些问询。当年校园中的每一处都有自己和同学的身影以及点滴回忆。这些景象刻在我的心里，不曾有半点模糊。

转业回到故乡，已是有家室的人了。人生旅途中重要的一站就那么悄然而来，又这么倏忽而过。故土是每个人生活的根，无论走多远，你永远不会摆脱这根的吸引。工作中、生活中，渐渐地和许多同学取得了联系，并且越来越多的同学给我带来了许多现实的喜怒哀乐和美好回忆，一个圈子不可避免地在慢慢还原。

我们承载了岁月，岁月也成长了我们。不在意现在是什么身份，不在意经济上是不是富有，不在意他们的手是不是一如当年滑嫩，他们的笑意是不是一如当年稚气，只在意曾经同学。生活在我们的脸上刻上了一些叫“皱纹”的东西，或许瘦了，或许胖了，或许又多了一个“爷爷”或“奶奶”的身份，那又怎么样呢？红事白事捧个场、大事小事帮个忙、高高兴兴聊个天、明明白白说家常，不要回报，不求索取。甚至连曾经的吵架、别扭、矛盾隔阂也成了谈资笑料，哪里还顾得上去分别什么“城里人”“乡下人”呢？

时间可以吞噬一切，却吞噬不了一种叫作感情的东西。所以生活中少不了“同学”这个集体。他们是在内心最纯洁的时候结缘，他们彼此帮助并共同见证了长大，他们是一张即便完全撒开也无法割断联系的网，他们是社会进步过程中一股重要的推进力量。曾经同学，永远同学。只要相见时的笑意一如当年灿烂，相聚时的性情一如当年率真，相助时的心境一如当年纯净，这就足以让我们同学一生了。

又是桂花飘香时

办公楼的院子里有三棵桂花树，长了六七个年头了，却无“十年树木”的迹象，不见华盖铺展，也不见茎枝粗壮，倒是显得一棵比一棵矮小。最大的一棵，成人与其比肩，目光可以轻松地越过它的顶梢。虽也是枝繁叶茂，却无遒劲之貌、玲珑之美。无花的日子里，比邻于左右的红枫、绿竹似乎更近人缘。故而一年之中，有很多的时光，桂花树就有些被冷落。爱花惜花者，或许也曾投以怜悯和期待的目光，但也未免无奈。日子久了，多少生出一些急切，期待着花开的日子早点到来。或许只有这样，方可解了心中的不甘。

前年底，单位翻建办公楼，挖掘地基时的泥土在不大的院子里堆成了一座小山。随着施工的进行，土山越来越高。土山坡上的泥土也渐渐地蚕食着院子里仅有的一点空间，桂花树面临着被掩埋的窘境。有人恋着桂花的花香，提议说必须设法保证桂花树的安全。遗憾的是，还没有等到提议变成现实，一夜之间，无助的桂花树已经没入了乌黑的泥土之中。到去年的八月，办公楼几近竣工，受到重创的桂花树竟又奇迹般地展示出片片绿叶。但是，重获生命的艰难历程，一定已经耗尽了桂花树所有的心血，直到凛然的北风吹进院子里，桂花树上终没见一朵开放的花。

新的一年。或许对桂花树来说，今年的春夏，雨水和阳光都是非常充足的。十五的圆月余晖犹在，嫦娥的倩影还在玉盘中驻足，办公室的人们已是欣闻桂花满庭香了。走近看时，但见一簇簇桂花挂满了每一根树枝。玲珑的花朵小巧可人，每一朵都向外舒展着四片洁白如洗的花瓣。细小的花蕊茎如银针，梢头轻坠着一粒菜籽般大小的蕊球。若再近前细看，却已被浓郁的花香熏醉了。退到三五尺开外，眯着眼，让桂花的身影在目光中朦胧起来，就只有清纯的香气在鼻际间缭绕不去。闻着闻着，就有些贪婪起来，恨不能让花的香气像暴发的洪水直泄心肺，浸入血液……

花香鸟语，本是自然的馈赠。这三棵桂花树若是被人工再加重了摧残，即便是有着顽强的生命力，恐也难摆脱厄运。果真如此，又几时才能觅得满院桂花香呢！

而我们的生活是不应该没有花香的。

早啊，爹嗲[①]！

经年累月的坚持竟成了一种习惯：一早起床，洗漱完毕，便铺纸兑墨，提笔练字。

坚持写字，主要是因为爱好不多，除了喜欢看点书、码点心情文字，偶尔参与一些户外运动以外，别无更多喜好。闲暇时光需要打发，所以选择了写字。不过，也不是突然爱上了写字。上初中的时候，有一天，我正在家里做作业，父亲回家后，看了看我的作业本，很严厉地批评我说："你看你这个倒马叉的字！人家晓晓天天练字，毛笔字写得好呢！"晓晓是谁，多大了，干什么的？我一概不知，但字写得好的说法，我是绝对相信父亲的判断的。父亲学中医，手工抄写的医书成堆码在家里，工整的小楷让我们敬佩、羡慕。从那时开始，我便和父亲赌气，立志要把字写好。不承想，时间久了，倒成了离不开手的爱好。

一爱三十八年。但当兵、转业后的数度易岗，期间的坚持如同插入了许多的破折号和省略号，有时候连着，有时候断了，让我对自己的恒心产生了怀疑，也对自己的行动深感自责。自去年

---

① 嗲，读作嗲（diǎ），形容撒娇的声音或姿态：嗲声嗲气、嗲得很。此处为高邮方言，日常打招呼用语。"嗲"在此作语气助词，意同"啊""呀""吧"等。

岁首之日起，我倒是下了决心，一定要放弃所有的标点符号，持之以恒地坚持下去。或许只留下一个感叹号，当某一天到来时，为自己和他人留一些感慨吧。

时至今日，六百多天来，只要身在高邮，每日必定捉笔弄墨，以怡身心。

我有抽烟的嗜好。因家里有了第三代，这就给了我刚性的限制。我只好移步家外，将存放杂乱物品的车库进行了简单的布置，当作自己的习字场所。对我来说，冬天的第一缕曙光有些慵懒，我不得不开灯习字。从车库外面看进来，场景或许有些感人。夏天的日头出来得早，这正合了我早起的习惯。大约五点钟的样子，车库的电动门会被打开。一眼望见摆放得有些零乱的文房四宝，晨起的倦怠模样会被秒清，精气神从骨子里往上蹿。或是临帖，或是随心练习，都会很快进入状态。至于冬天之冷、夏天之热，之于我的身体，当然都会有深切的体验。但冷热只在我心神旁顾时短暂停顿，并不流连。当毛笔在纸上行走的时候，我常恍如入定，无心体察。即使是周边邻里们过往招呼，我也常常听而不见，或是真切地听见，只是用鼻子哼一声，算作应答，也顾不上别人是否能听见或者听清。毛笔走在纸上的声音像一根纤细的线，牵住了我的神。

当然，并不是所有的声音我都忽略。家门口的这条小巷，早晨来往最多的还是上学的孩子们。他们或自己行走，或有亲人接送。每次有细微的脚步声临近或响过，我都会心里一动。他们是我最愿意接受“干扰”的对象。孩子们每天这么早就踏上求知路，很多的成年人这个时间还赖在床上呢。

其中有一位小女孩，每次经过时必定和我打一声招呼：“爷爷早！”甚至夸奖我一番：“爷爷你好勤奋哟！”还很稚嫩的声音从她那满是笑意的脸上递过来，清甜入心。但她称呼我爷爷，一开始我并不乐意，从心底里。在一个十来岁孩子的眼中，五十岁多一点的我怎么就必须是爷爷了呢？但很快我便忽略了称呼问题，而特别在意每天的这声问候。而且，每遇这熟悉的问候声传来，我总会抬起头来，微笑着感谢孩子，并勉励她努力、加油！时间久了，我突然意识到，我和这些孩子都是走在同一条道路上的人，甚至连目标都是一致的，而我，不过是年长他们一些而已。

总是在我和孩子打招呼之前，还有另一种声音一定会准时响起。那种声音很沉重，在清晨的空气中显得格外坚定而清晰，甚至有些扰民的意味。我确实有点心怵那种声音，因为它响得持久，和我写字时的心境极不协调。每每那种声音响起，我的眉头会情不自禁地微蹙起来，毛笔画过纸张的声音也变得模糊。制造这种声音的主人和我具有相同的习惯：起床很早，每日如此。因此，我不得不强制自己调整情绪，以免让它对我造成实质性的干扰。我得感谢时间。因为这种声音有着极其规律的节奏，我便强迫自己把它当成一种音乐——应该算是打击乐吧。是时间养成了我的适应性，久了，真的觉得这声音之中蕴含着某种音乐之美，哪天听不见，倒有了一种失落之憾。好在一直都有—— 一位邻居因为中风，不得不拄着带有四个脚的拐，每天坚持锻炼着。但是后来我意识到，适应这种声音哪里是什么时间的功劳。拐杖点地的声音和毛笔画过纸张的声音其实又有什么本质的区别呢？

五十多岁了，把写字的“旧爱”变成“新宠”，绝非为了在书法的殿堂里谋一立足之地，而仅仅是因为爱它而不愿意放弃，并借此修炼身心而已。写字还是练习书法，对我尚无本质之分。但是，看到自己不断地进步，总能感觉活出了一些精彩。我在继承着前人的继承和创造，我或许也在创造着后人可以继承的东西。人类的命脉就是这样一路向前的。这或许可以解释我为什么对一切正能量的声音都不拒绝，甚至对许多的声音特别重视吧。世界很大，而属于我们自己的很小。能容纳和传播声音的空间也很大，而真正属于我们每个人的又占几何？绝大部分时间中，我们都在享受着公共空间给我们带来的自由，无论是走在通往学校的路上，抑或是在以某种方式锻炼身体。所以，对于来自公共空间的绝大多数声音，我们没有理由不做出反应，例如："早啊，爹嗲！"

这是一声最普通的问候，在我们这个口音统一的城市里，像这样纯粹而原始的问候，让我体会到一种舒心的亲切。若非上了年纪的人，恐怕也很难如此问候别人了。但是，近段时间以来，我几乎每天都能听见这声问候。她来自一位上了年纪的妇女。我与她素不相识，各自在做着不同的活计，我静待在车库里，她流动在城市中，但是每次见面，她都会发出这样的问候。有好多次——或许就在问候开始的时候，我甚至没看过她的脸或身影。我像对待左邻右舍一样应付着她的问候——"嗯，你早！"直到有一次，她打招呼时我正好抬头，我才真切地看到她是一名环卫工人。

只一声问候，没有多余的交流。起初就是这样。那次抬头，让我看到了她的形象：穿着红马甲，手执扫把，一丝不苟地清扫着地面。其实，她在发出问候声的时候，也并没有直视我，我注意到她的目光落在地面上，随着她的扫把而行，而扫把的走动又总是被路面上的垃圾牵引着。她没有因为跟我打招呼而懈怠手中的活。正是这样的一种状态让我尤为感慨。记得儿时的村庄里，早起的人谁不是这样招呼别人的？没有客套，没有刻意，只是一声问候，便亮出了全部和谐的氛围。更何况我与“早啊，爹嗲”之间并无半点熟悉的缘由，这种问候的干净与被清扫过的地面有何分别？

是的，有许多声音虽无音乐之形象，却饱含音乐之内涵，值得我们拥有，值得我们细品，值得我们珍惜。因为无论它们如何变化，其实都有一个共同目标：让生活更加美好！

珠湖的一角

高邮湖又称珠湖，是江苏省面积仅次于洪泽湖、太湖的第三大湖，水域总面积为 760 多平方公里，水面积 648 平方公里，芦苇滩和堤坝面积 112 平方公里。高邮湖盛产多种鱼类，螃蟹、青虾、河鳗更为有名。湖中的野生水禽数野鸭最为有名，曾是招待贵宾的珍品。放养于高邮湖中的高邮麻鸭与北京鸭、绍兴鸭并称为全国三大名鸭，可产双黄蛋。高邮湖水生植物十分丰富，湖滩上盛产芦苇，夏季芦苇生长茂盛，芦苇滩好似一片绿色的海洋。秋季芦苇成熟，满眼都是芦花……

高邮湖沉睡了多少年？一纸红头文件，一万三千余民工的艰难会战……

一九七八年五月，一直在沉寂中安然度日的高邮湖，迎来了国家轻工业部和江苏省轻工业厅联合组成的考察团。数日以后，考察团公布的考察结果为：高邮湖界滩面宽阔、水位适宜、土质肥沃、地面平坦、交通方便，且有一万三千亩老苇滩，创建“省县合办，以县为主，分配（指芦苇）归省（轻工业厅），收益归县”的全民所有制性质的造纸原料芦苇场是合适而可行的，并初步拟定建设工程的设计原则：围堤植苇。

这一结论最终决定了沉睡多年的高邮湖将被彻底唤醒——尽管只是高邮湖的一角。

按最初的设计，要在偌大的高邮湖内，用圩堤围出包括有界首草滩在内的十万亩水域。一万多名民工在工程指挥部的部署下，在距离高邮湖主要水域最北端向南九公里的郑墩村湖西向湖心一线排开。然而，仅仅几天的时间，现实便向所有的人提出了挑战：高邮湖水流趋向自北向南，越往下游去，其淤泥的含水量越高，有些地方的淤泥简直如湖水！用这样的泥土筑堤，在这样的泥土中挖河，如果没有其他特殊材料辅助，简直是天方夜谭。

一九七九年元月，工程团领导机构向高邮县递交了缩小围湖面积、把南大堤的构筑位置向上游移动的报告。在进行了审慎的研究之后，这个报告的方案被采纳了。

在芦苇场的建设史上，这是一个具有重要的意义的决定。如果没有这一决定，或许芦苇场至今仍在“十月怀胎”，抑或早已“胎死腹中”了。

然而，易地再战的工人们并没有太乐观，新的现实像一块石头冷冷地砸在他们的心上：一锹硬，二锹烂，三锹没处站，四锹怎么办？

干涸的湖底看上去坚硬如铁，有些地方甚至出现了大量的裂缝。然而，一旦除去这一层表土，往下的泥土竟含有极高的水分，绝大部分地区的泥土含水量达到了百分之五十，用这样的泥土筑堤、挖河，且不说别的，连施工人员的立足之地都难以找到。至于工程进度，所谓“天天挑，不见高”，“今天挖，明天塌”便是绝对真实的写照。

怎么办？

无论是实践经验丰富，还是理论功底扎实的工程技术人员，每一个人都深知，摆在他们面前的是高邮水利建设史上罕见的难题，任何轻率和盲目的举动都将有可能造成巨大的经济损失。但他们同时坚信，没有解不开的疙瘩，没有架不起桥的河！不付出一番代价，就意味着主动放弃成功。于是，为了解决“南堤”的难题，他们广泛征求意见，大量翻阅资料，反复计算，昼夜试验，仔细琢磨。有时为了解决一道难题，先后提出了十几种方案，终于，大堤在一天天增高，河道在一天天深下去、宽起来。

在这里，我不能不特别提一下勤劳朴实、忠厚善良的农民同志们。在治理高邮湖的许多个日夜里，他们的双肩承受着极为沉重的体力负荷，这种负荷和他们所能获得的报酬是无法用比例关系来衡量的。而在这段时间里，他们的生活方式则似乎更加衬托了他们的某些品质：在潮湿的湖面上，用芦苇搭成的透风漏雨的简易工棚，棚内铺设着芦苇，芦苇上放着被褥，寒冷的冬夜，他们便栖息在这工棚之中，躺在这简易的床铺之上。第二天一早起来，脚是冰凉的，手是冰凉的，全身都浸着冰凉。在地势稍高的湖滩上，他们用泥土垒起灶，铁锅里的水总是含有高邮湖的泥沙，他们便用这样的水煮饭、烧汤。他们一个个都似泥人一般，他们的衣服，甚至他们的脸和手，几乎无一处没沾上高邮湖灰黑的泥巴……

三载苦战。

一九八一年九月，坦荡无垠的高邮湖突然被系上了一根灰色的腰带：一条长两万两千多米的高大堤坝戏剧性地将它切成两块。被围的五万四千多亩内湖中，近十条总长达三万五千米的“湖中河”悄然把湖面别致地分开来。与此同时，与主体工程相配套的各类子工程也相继竣工。高邮湖像一个秀丽的新娘，在人们的心血和汗水的装点之下，愈发显现出迷人的魅力。

高邮湖，从此将不再完全属于她自己。

一万三千亩老苇滩，一根根黑黄色的苇茬稀疏却尖锐地刺向天空……“芦苇”这两个字，成为芦苇场人视觉的聚焦点

成立芦苇场，最初的也是最根本的宗旨，乃是为了发展芦苇养殖，发掘造纸资源。所以，芦苇的生产和管理，便理所当然地成了基础工程建设以后所有芦苇场人目光的聚焦点。

一万三千多亩的老苇滩，乌灰的泥土中，一根根黑黄色的苇茬稀稀松松，带着尖锐的梢头刺向天空。多少年来，这些芦苇靠它们自身的力量年复一年地生长着，繁衍着。人们只知道收割它们，却没有人在它们的生长过程中给予必要的护理，为它们施肥、治虫、除草。这片芦苇像一个个孤苦无依而又生活贫困的孩子，没有能够得到正常发育，稀稀落落的芦苇根根清瘦脆弱。

然而，这一切必将得到彻底地改变！可是，该先从哪里下手呢？

这似乎不应该成为一个新问题。早在芦苇场进行基础工程建设的时候，由于内湖水位极低，干滩面积增大，芦苇场人就不失时机地移栽了近两万亩的苇根。愿望是良好的，他们期望等到来年芦苇出青的季节，五万亩内湖都被染绿。可是，谁能想到，一场洪水践踏了内湖，两万亩新植苇区蒙受劫难，所有的移栽老根全部被淹死，这无情的一棒把芦苇场上上下下都击蒙了。

经历了那段历史的人至今心有余悸，但他们要征服这片内湖，为芦苇茁壮成长创造良好条件。因此，他们在进一步完善基础工程的同时，把有效扩大植苇面积、努力探索科学植苇的新路子、加强生产管理等保证芦苇丰产和丰收的一系列工作当作芦苇场的主要工作任务。

对芦苇场的生产来说，有效扩大植苇面积也许不能算是难题。从某种意义上说，这不过是一种简单的体力劳动，但是，当把科学植苇的概念付诸实践时，一切问题似乎变得复杂起来：技术力量不足、实验经费不足、有效信息不足、硬件基础不足……

一个“闯”字，再次把芦苇场人逼到了某种边缘。

一九八〇年，芦苇场人从湖南省汉寿县芦苇总场科研站引进了材质好、产量高的荻苇籽，尝试人工苇籽育苗。在一无资料、二无苗床、三无经验的困难情况下，他们设法得到省造纸公司的帮助，又向县堤防管理所借了一块地方作为苗床。几个人整天围着苗床转，边学边干，边干边学。经过近一年时间的辛勤摸索，终于初步掌握了荻苇的生长规律，为日后大面积栽种奠定了良好基础。

或许是原本清澈甘甜的高邮湖水给了他们智慧，这一次较为成功的试验竟平添了他们无限的信心，使他们在往后的日子里一发而不可收：挖垡移栽、挖根移栽、老苇田耕翻复壮、荻苗压秆、荻苇和芦苇嫁接……一九八三年，他们别出心裁的芦花育苗试验获得了巨大成功，华东地区六省一市的芦苇生产场和一些专家闻讯前来参观，普遍认为，这一研究为芦苇生产提供了一条良好的途径。在这样一个科研人员奇缺、科研条件十分简陋的情况下，他们创造出了可喜的成绩。

滩面管理也是长期困扰芦苇场人的一大难题。

近两万亩的芦苇，经过几年的精心培育，如今长势喜人。五月，滩面上涌动着浓浓的绿色。但芦苇场人深知，要收获丰产的喜悦，必须首先保证这成片的绿色顺利地延续下去，直至变成深秋的金黄。

昔日的景象已经成为抹不去的烙印。这个时节，正是“渔民想捕捞，商贩赚钞票”的大好季节。可以想象，一百多艘渔船，往来穿梭于苇荡之中，那将是一种怎样的破坏！商贩们把青绿的、宽大的苇叶采集下来，为千家万户能够吃上一顿粽子提供原料。被采了叶子的芦苇因为不能正常地吸取光照，整体受到严重影响。

场领导针对这些矛盾，首先实行了“划片管理、联产记奖”责任制。经过一段时间的摸索，他们又逐步把滩面管理和生产管理结合起来，形成了以生产为主体、以片长为代表的管理、收购、划码、堆垛、销售一条龙管理体制。一九八八年，在对过去的管理实践进行了认真细致的总结以后，他们进一步认识到，单纯的滩面管理和生产管理相结合，还不能保证芦苇场的生产取得最佳效益。于是，场领导经过反复酝酿、认真思索，并征求各方意见，决定把滩面管理、生产管理与芦苇场的行政管理体制挂钩，形成了按级承包、明确职责、合理分工、措施配套、赏罚有度的统一管理体制。这一招，有效地促进了芦苇场的生产。

一九八四年，一场罕见的虫灾袭击了近两万亩的芦苇滩。

芦苇闹虫害，这是常事。芦苇场人深知虫害的危险，因此，经常组织专家或学者研究解决办法。什么毛虫、蛾虫、钻心虫……哪一年不为它们多花一番心血？如今这高粱长椿象虫竟来得如此突然，如此凶猛，芦苇场人不能不感到震惊。

县植保站派来协助工作的科技人员指出，如不认真防治，其损失可能是毁灭性的！

一个临时机构成立了：治虫指挥部。芦苇场所有场、股级干部悉数被分派到生产、后勤第一线跟班工作，无一例外。

时间短，任务重，机械、物资和人力均远远不足。界首镇农技站的同志闻讯伸出了援助之手：全镇的四十台弥雾机全部集中，同时还组织了一支治虫队伍。

近二十天的时间，几百人的大会战，六千多亩灾情较为严重的苇区终于得到了治理……

其实，对芦苇场来说，芦苇的丰产并不意味着丰收。

金秋十月以后，芦苇待割。登高而远望，无边无际的芦苇荡在阳光的照耀下，更显迷人。但是，这种“迷人”可以经受风霜雨雪，却难以经受“冬天里的一把火”的考验。

收割季节来临，湖滩上人头攒动，镰刀飞舞。芦苇一片片倒下，又被捆成一捆捆，码成一垛垛。

假如这千百吨芦苇全部在露天草库里集中，那么，“火”就更加令人生畏了。对“火”来说，“解决”紧密团结在一起的千百吨芦苇永远不会成为难题。

其实，每年一到芦苇蜕青的季节，芦苇场人的心头便燃起了一把火。每年至少有四个月的时间，他们都在被那把火烤着，一刻也不得安宁，只有等到草库里所有的芦苇全部安全运达造纸厂，那把火才会熄灭。

这把火烧得芦苇场人个个都变得精明起来，他们知道自己应该怎么做。整个芦苇生长区周长近百里，除了沿京杭大运河的十几里外，其余的地方人迹稀罕。他们便在这些地方的“交通要道”上布设了六个保卫点。保卫人员全部挑选责任心强、讲原则的人来担任。芦苇场的消防艇坚持每天试机十分钟，消防人员像钉子一样钉在岗位上，随时保证出艇作业。一九八八年年底，苇滩上一名割柴的农民不慎将烟头扔进草垛，引起火灾，片刻工夫，消防艇便以令人难以置信的速度开往现场，及时扑灭了火灾。

更令人欣慰的是：自芦苇场建场以来，尚没有因保卫工作不慎而出现任何火灾事故，背后芦苇场人花费的心血又有谁知道！

五万五千亩水域，实际有苇面积一万八千亩，尚有三万七千亩空白水面，芦苇场人无法忽视这笔财富……

一九九一年，一场特大洪涝灾害袭击大部分地区，芦苇场也未能幸免。混浊的洪水淹没了整个苇区，残害了芦苇的生命，使芦苇场遭遇了建场以来最惨重的打击。以芦苇生产作为主要来源的财政经济严重滑坡。严峻的事实逼着芦苇场人进一步思考，更要求他们不失时机地做出行动。

“增收”的失利首先向他们提出了“节支”的要求。芦苇场每年都需要干柴，以前每年排水范围总要涉及整个内湖五万五千亩的水域，而这五万五千亩的范围内实际有苇面积只有约一万八千亩，占整个排水面积的三分之一，加之排水设施主要靠电力，耗资巨大，浪费严重。一九九二年，芦苇场人在经过认真地勘察、研究、分析以后，果断实施了战略性的“二道圩隔堤工程”，投资五十五万余元，挖掘土方二十五万余立方米，构筑了一万四千米长的隔堤，将一万八千亩有苇面积和三万七千亩空白水面截然分离。又改电力排水为动力排水，仅此一项，每年节约排水费三十万元以上。

与此同时，三万七千亩空白水面又对芦苇场人产生了巨大的诱惑，浓厚的商品经济意识更使他们明确了这种诱惑的美好前景。于是，不断增添发展后劲，走综合经营的路子，在芦苇场人的思想深处扎下根来，并促使芦苇场人大刀阔斧地去奋斗、去开拓。短短两年的时间，他们累计投资五十二万余元，先后规划、设计、开挖了一千到四千亩的大型鱼塘三个，五百亩以上的中型鱼塘四个，小型试养区鱼塘三个，累计完成土方量达十三万方。

高邮湖的这一角彻底得到了改变！它不再仅仅是一片苇区和一片水面的简单累加，纵横交错的“湖中河”“水中堤”，一片片大小不一、形状各异的湖中湖把这一角装扮得别有情趣。更为重要的是，高邮湖这一角“形”与“色”的变化向世人昭示了芦苇场喜人的发展前景，也同时展示了高邮湖的巨大潜力。芦苇场人渴望在二十世纪末使芦苇产量突破两万吨，养殖开发实现三万亩，年纯收入达到两百万元，人均收入超过两万元，其他各项指标争创一流水平。

芦苇场，高邮湖的一角啊！